有爱的青春陪伴者

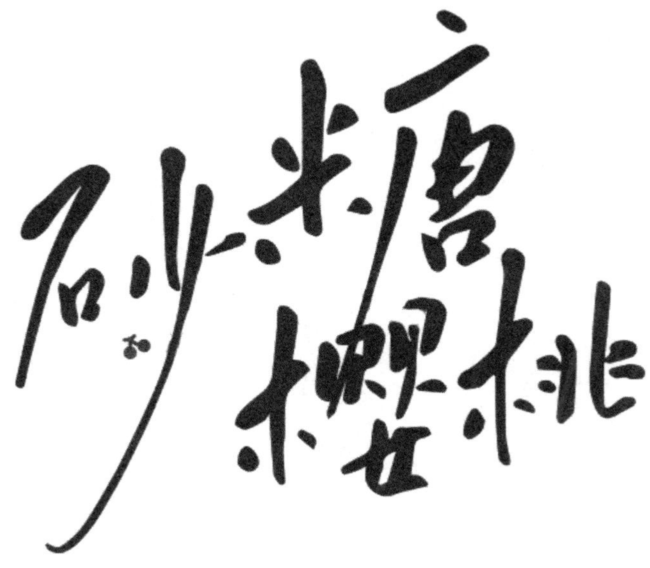

萧小船 / 著

江苏凤凰文艺出版社
JIANGSU PHOENIX LITERATURE AND ART PUBLISHING

图书在版编目（CIP）数据

砂糖樱桃 / 萧小船著. -- 南京：江苏凤凰文艺出版社，2022.11
ISBN 978-7-5594-7011-9

Ⅰ. ①砂… Ⅱ. ①萧… Ⅲ. ①长篇小说－中国－当代 Ⅳ. ①I247.5

中国版本图书馆CIP数据核字(2022)第124455号

砂糖樱桃

萧小船 著

责任编辑	王昕宁
特约编辑	不 夏 年 年
责任校对	言 一
出版发行	江苏凤凰文艺出版社 南京市中央路165号，邮编：210009
网　　址	http://www.jswenyi.com
印　　刷	湖南春黎文化传媒有限公司
开　　本	880mm × 1230mm 1/32
印　　张	9
字　　数	242千字
版　　次	2022年11月第1版
印　　次	2022年11月第1次印刷
书　　号	ISBN 978-7-5594-7011-9
定　　价	39.80元

江苏凤凰文艺版图书凡印刷、装订错误，可向出版社调换，联系电话025-83280257

sweet cherry

目录

contents

sweet cherry

目录

contents

/第一章 许樱同学，明天见/

1.

二月末，寒假走到尾声，“再不熬夜补作业就死了”和“再不玩玩就没时间了”两派将大多数学生党圈住，街上透出一种萧条和寂寥。

231 路公交车停在水合站，许樱背着书包走下车，眯着眼看着前方。

高三学生的寒假，每一分每一秒都被真题占据，许樱已经有快一周没怎么出门了。她将手揣进口袋，快步走到路边的金桥网吧。

许樱住在离一中半小时车程的一个老式小区里，她做过大概的统计，小区内居民平均年龄四十七岁。

而她的加入，让小区居民平均年龄降低了半岁。

这种老式小区环境清静，邻居淳朴，小花园里种的都是萝卜白菜，非常适合退休养老。

但凡事都有双刃剑，小区清静的同时免不了偏僻，许樱今早起来发现家里无线网断了，方圆五百米都没有能连网络的地方。她有几份很重要的复习资料还没有下载打印，于是只能坐车去网吧。

离得最近的网吧，就是离一中两条街开外的这家金桥网吧。

一进门，空调的暖风扑面而来，打得她凉凉的脸颊一阵发麻。

许樱揉了把脸站到吧台前，将身份证递给网管："开一个小时的机器。"

网管叼着烤肠，捡起身份证看了一眼，又看了看许樱，摇头："我们这儿是正经网吧，不是本人身份证不让进。"

眼前的女生皮肤白得像一捧雪，大大的眼睛里藏了不知多少颗星才会这么耀眼，再看身份证照片上的这人，脸色蜡黄眼睛无神，借别人身份证也不借个像一点的哦！

许樱伸出手，将身份证再次推过去："虽然照相没有照出我万分之一的美貌，但确实是本人没有错。我可以默背身份证号，倒着背也可以。"

在网管仔细看身份证的这几分钟，许樱一错眼就看到从里面绕出来一个男生。男生也看到了许樱，脚步猛地顿住，下意识地撒腿就跑。

"哎！蒋京！"

许樱的一声喊成功勒住一匹要脱缰的野马，蒋京叹了口气认命地走过来，双手探出："事到如今我不怨天不怨地只怨我自己，你和刘主任说的时候记得重点突出，我是主动认罪自首，争取个宽大处理。"

"你说的每个字我都认识，连一起我不太懂，最近语文造诣又深了不少。"

许樱的夸赞一如既往地真诚，蒋京信了，往门口探头探脑看了一眼："不是刘主任让你进来做倒钩，钩我们这些来玩的鱼上钩？"

许樱真挚微笑道："你想象力很不错。"

"嘶！"蒋京像发现新大陆一样看她，"如果不是，你怎么会出现在这里啊班长，画风不搭啊！”

许樱一心一意只搞学习，这是整个年级的共识。

除了学习，她对任何事情都仿佛没什么兴趣，就拿穿衣服来说，不用穿校服的日子里她春夏一身黑色运动服，冬天一身黑色羽绒服，这两年半的时间从来没改变过。

在情绪躁动的青春期，女生都想着千方百计施展自己的美，只有许樱，坚定地做五彩斑斓中的一抹黑。

这样无欲无求无喜无爱好的许樱来网吧，在蒋京眼里，堪比恐龙到动物园。

“来下点儿学习资料，你在刚好，帮我证明一下我是我。”许樱指着仍然在端详身份证的网管。

蒋京点头，许樱这个理由就很符合她搞学习乖乖女的人设。

蒋京上前勾着网管小哥的肩膀，绽开一个灿烂的笑容：“哥们儿，聊两块钱的？”

两分钟后，许樱顺利地开好机器跟着蒋京到他坐的 D 区。这一片几乎都是一中的人，每个人的电脑屏幕上赫然都是同一张脸，乍一看，她的眼有点儿花。

许樱的记忆力很好，她清楚地记得坐在前排最左边的男生是九班老师们教学生涯的头号“杀手”，他旁边那位是七班德智体美劳全面发展的体委，此时此刻两个平时完全不会有交集的人手挽手，嘴唇颤抖地盯着屏幕，画面诡异又和谐。

其实蒋京想得不太对，许樱并不是真的对什么都没兴趣，只是平时的一些事勾不起她的兴趣而已。

像今天这个场面，哪有人不想围观一下？

许樱把视线再次聚焦到一个屏幕上，他们在看的是一场直播，直播间里的人微微垂着头，一张脸白得没什么血色，额前刘海微微有些长，遮在左眼皮上一点点的位置，这个角度只能隐约看出他眼尾内折，眼型很漂亮。

“我要退出节目，这是我自己个人的决定，来做个直播也是不想有人造谣说什么我被资本控制不得不退出，毕竟还没有什么能控制住我。”男生声音懒洋洋的，那股狂妄劲儿似乎要顺着网线溢出来。

说着，他抬起头，扬起嘴角笑了一下。这个姿势让他整张脸都露了出来，许樱第一个反应是，这人长得真好看。

五官每一处都无可挑剔，尤其是那双眼，像有精光从眼底迸射出来，衬得人格外凌厉。

第二个反应……这人很眼熟。

虽然只是曾经模糊地从同桌郑知许手机屏幕上瞥到一眼，但许樱记住了他是郑知许很喜欢的一个小偶像。再详细的，她就没去了解过。

“现在偶像都这么……”许樱斟酌了下形容词，“都这么性格突出的吗？”

“不是都这么性格突出，而是只有沈燃有这个资格突出。”蒋京凑过来，下颚紧绷，深情凝望着直播里的人。

许樱有点儿蒙，虽然她不怎么关注这些，但也没远遁红尘之外，学校里的男生大多对所谓的偶像都嗤之以鼻，蒋京一个男生居然也追偶像的吗？

“你……很喜欢他？”

“不是喜欢，是崇敬。沈燃是每一个年轻人梦中自己的样子，谁能不喜欢沈燃呢！我等着他出道呢，可谁知道等来等去等到他宣布要退出节目去上学。这种理由谁会信，看燃哥眼下一片青，肯定是想到要和我们分别，一夜没睡，唉……”蒋京连着叹了好几口气。

许樱被蒋京抑扬顿挫的声音激得鸡皮疙瘩起一身，也明白这些人聚集在这里，是来看喜欢的偶像最后一眼的。

许樱还是第一次见到这样的画面，不免又多看了几眼。

直播间里，沈燃站起来，在头上扣了一个黑色的棒球帽，潇洒地一转身，对着所有人挥手。

“啪”的一声，直播戛然而止，所有人对沈燃的最后定格记忆，落在那一道背影上。顿时，网吧哀号声一片，九班“杀手”和七班体委哭唧唧地手拉手去看直播回放了。

蒋京四十五度角看着天花板，他考倒数第一时都没这么悲伤。

许樱不知道沈燃参加的是什么节目，不懂他们的伤悲，也不懂夜的黑，只是莫名其妙的，她满脑子都是方才沈燃转身的那一个瞬间。

倒还是一挺酷的男的。

许樱从一片愁云惨雾的网吧出来时，已经下午一点多。

网管小哥为了弥补由于自己视力问题而耽误了许樱时间的愧疚，“噔噔噔”上下跑了几个来回帮她把资料打印出来，用网吧的袋子装好，还附赠了两根烤肠。

许樱把珍贵的烤肠都转赠给了蒋京，来慰藉他的悲痛。

走到公交车站的几步路，蒋京把烤肠消灭干净：“班长，我还要回去再看一遍直播回放，就送你到这儿了。”

许樱理解地摆摆手。蒋京忧伤地转身，回去了。

等了两辆公交车等来了 231 路，许樱上车刷了公交卡。整个车厢只有最后一排靠窗的位置空着，旁边坐着一个男生，下半张脸缩在毛衣的高领里，正闭目养神。

许樱快步走过去，轻声开口：“这位同学麻烦让一下。”

男生高挺的鼻子溢出一声懒懒的轻哼，很像小区里吃饱喝足露出肚皮等着她撸的流浪猫。这个想法刚一闪，男生的长腿已经艰难地挪了出来，示意她进去。

许樱：“谢谢你。”

许樱贴着他留出的空隙往里进，这时司机踩下油门，公交车一下滑出去，由于惯性许樱往前倾，手立马抓住前面座位的椅背站稳。

还迷迷糊糊半睡半醒的人脑袋直接撞上她的后背，前有椅背后有“豺狼”，许樱就是个夹心饼干的夹心，还是草莓馅儿的，被夹得脸都涨红了，好在没伤到哪里。

这一个突发的摇晃事件，终于把沈燃从睡梦中摇醒。

他皱了皱眉睁开眼，看见已经坐在里面脸颊红红、眼睛湿润润的女生，正拍着胸口稳定自己激动的情绪。

她手里拿着个装东西的袋子，袋子外面印着四个字：金桥网咖。

昨天沈燃发微博说今天要进行直播告别时，底下很多评论的朋友说要在网吧集合，为他流泪。

这个女生的激动表情，眼角的泪花，她手里拿着的网吧袋子，都在明晃晃昭示着她的身份——自己的粉丝。

沈燃往后靠，今天第无数次爱信不信地官方解释：“我真的是去高考，不是炒作，不是被迫退出，你的眼泪不必为我而流。”

许樱刚缓过那口气，就听到这样莫名其妙的一句话，对方嗓音轻轻哑哑，很耳熟。

许樱侧过头看他。

男生的脸色苍白没什么血色，薄唇紧抿，那双眼漫不经心地往上扬，慵懒又有几分凌厉。

这不是方才网吧中出现的“一中大众偶像”吗？

直播间里才会出现的人现在出现在身边，这感觉还是挺奇妙的。

许樱目露欣赏，也明白了为什么他这么受欢迎。

因为这人，现实里比直播里还好看。

沈燃就眼睁睁看着眼前这号活粉丝的表情变得有些迷惘，他挑眉：“你不是我的粉丝？”

如果说不是，这场面就尴尬了，而且看眼前人似乎很不好惹的样子，许樱有感觉得罪他会很麻烦，想着之后也不会再有什么交集，先应付当下就好，遂轻轻一点头：“没错，我是你的粉丝。”

然后，她低头翻开了自己的笔记本，认真复习起来。

非常冷淡的一个粉丝，这种粉丝，沈燃还没见过。

他的粉丝分为两类，一类是爱他颜值的女粉，一类是爱他气手枪技术的男粉。后者膜拜他的技术，前者则琢磨怎么让沈燃翻牌回复，还总结了个帖子——《如何吸引燃哥翻牌大全一览》。

其中第一招叫愿者上钩，众所周知沈燃私下喜欢玩游戏，粉丝就故意发打游戏的视频给他，然后就会换来沈燃忍不住的一个回复。

沈燃：太菜了。

所以等许樱将今天复习的内容扫尾后，百无聊赖地终于点开一款游戏时，沈燃脑中久久熄灭的小灯泡“啪”的一下就亮了。

许樱的手机是几年前淘汰的款式，不能玩大型联网游戏，只有些简单的小游戏，她随手点开一个游戏图标，选了随机单人模式。

第一轮游戏很简单，左上角出现数字，出现几，就在屏幕中央的菜篮子里放几个蔬菜。许樱是典型的脑子比手更快的类型，一轮游戏下来只放对了三个篮子。

“呵！”旁边传来一声讥笑。许樱身形一僵，权当没听见，切下一个游戏。

她这么淡然，倒是出乎沈燃预料。

这一轮是选相同形状的火箭游戏，许樱再次只对了三个。结束后，她抬起头：“有双人模式的，你要一起玩吗？”

看这孩子馋游戏馋的，脸都要贴她手机上了。

沈燃知道这是愿者上钩之后的欲擒故纵，按往常这种幼儿园级别的游戏他是不会碰的，但公交车上实在没意思，他的手机又没电了，现下手痒得很。

沈燃修长的食指虚点了点，一副“神仙下凡赐福”的模样：“就这一把。”

许樱切换双人模式，手机屏幕一分为二，两人头对着头，各占一边。

第一轮游戏，还是放蔬菜。

和单人模式区分开，这回比的是速度。数字出现在屏幕中央，谁先放完该数字的蔬菜算谁得一分，累积得分多的算赢。

游戏音效响起：

“Ready（准备）！”

“Go（开始）！”

中间第一个数字是“7”，许樱刚放好三个，沈燃已经结束第一回合。

屏幕中间的数字直接滚到下一回合的“6”，沈燃的手和他的脸一样白，骨节修长，上下翻飞，敲打着屏幕，实在赏心悦目。

许樱的视线不知不觉就被引过去。

一轮游戏下来，沈燃以 7:0 的战绩取得单方面的碾压性胜利。

许樱被虐得过于惨痛，心里有小刺猬在滚，忍不住说：“乒乓球世乒赛上都会让个友谊球，你这有点儿不人道了吧！”

沈燃嗤笑一声坐回去，长腿屈起：“我又不是人。

“我是神。”

行吧！许樱一时无言，扭过头看着车窗外。

街道两边的枯树在快速倒退，越往前越偏离城市，景致越冷清。公交车猛地停下，没有丝毫预兆。

许樱被甩得往前倾，沈燃下意识地长臂一伸，许樱的脸就直直地撞进他掌心，一股淡淡的好闻的薄荷味笼罩着她。

许樱乱七八糟地想，今天过后，她再坐这辆公交车要考虑戴头盔了。

她缓了缓思绪，深吸了口气坐好：“谢谢你啊！”

沈燃收回手，脸上没什么表情。

许樱觉得可能是一句谢谢不够隆重和真诚，又加了一句：“您绝美手指伸出的一小步，是社会和谐的一大步。”

沈燃的手顿在半空。

愿者上钩之后的欲擒故纵，还没有粉丝实践成功过，眼前的人不止成功，还得以发挥，得以延伸，走的每一步，都是崭新之路。

这么说来，还挺感人。

沈燃的嘴角上扬，自出现伊始浑身的那种过于嚣张凌厉的气势散了不少。

许樱心里“啧”了一声，没想到这人还挺不经夸。

公交车司机下车检查了一下，又上来：“车抛锚了，情况有点儿复杂，要等修理人员过来。大家耐心等一下，也可以先下车到前面公交车站，下一辆 231 路也就二十分钟左右能到。”

车上一片怨声载道，甚至有人开始骂骂咧咧的。

沈燃听到司机的话表情一变，站起来背着包就大步走下去。许樱也跟着下去，沈燃余光瞥见后面的人，迈开步子开始往前跑。

车上其他人也陆陆续续都下了车，看见有人在前面跑忙着赶车，也撒腿开始跑，浩浩荡荡的一行人开始了街道跑酷。

人很难抵挡内心翻涌上来的从众心理，许樱见状也跟着跑，她坐了大半天腿有些发软，没跑几步小腿就抽筋了，可怜兮兮地坐在街边揉腿。

天上的云，颜色一如往昔，但过去几天都是不好看的形状，今天的云长得很好看，圆圆软软，像大号的棉花糖。

许樱揉着揉着就笑了起来。

眼前压下一片黑影，她的笑一下敛起，抬起头。

刚还在前面的沈燃单手插在口袋，皱着眉头看她：“你跑什么？”

“不是你先跑的吗？”

沈燃脱口而出道：“我坐错了车，你也坐错了？”

“没有。”许樱好奇地看他，“不过你坐错了车为什么要跑？”

当然是想快点儿离开案发地点，不想让别人知道他坐错了车，可眼下已经有人知道了。

粉丝之间的信息传播速度是光，是电，连风也追不上。今天放她走，晚上他坐错公交车的事迹就会传遍五湖四海。

他，还是要脸的。

沈燃目光死死地盯着许樱，随后转身蹲下：“我送你到下一个公交车站。”

“只是抽筋，缓一缓就好了，不必……”

沈燃打断她，说：“那我扛着你。二选一，你选吧。”

许樱闭了嘴，眼睛左右转了转，想了半晌，还是屈辱地伸出手爬到沈燃背上。

沈燃握拳，双手没有碰到她身上的部位，轻松地背起她往前走。

许樱心道，看不出来，还挺绅士的。

下一秒，“沈绅士”的威胁声就响起：“今天的事情保密，不然我现在就把你扔出去。”

许樱无语，片刻后，“哦”了一声。

沈燃又说：“发个誓吧！”

一不小心把小命交给人拿捏，跑都没地方跑，许樱只能从了。

“我许樱对天发誓，要是把沈燃坐错车还带人狂奔一条街的事情说出去，我就天打五雷轰，腿短三厘米。”

许樱。

他记住了，谣言要是散播出来他就找她麻烦。

2.

也许是遭遇三连暴击的缘故，身体今天早早开始罢工，坚决不让许樱再投身学习的海洋，她也没挣扎，洗漱之后就躺在床上。

许樱住的是一室一厅的小房子，不大，但方向位置很好，还带一个小阳台。春天来时，院子里的桃花就会主动地从花纹缝隙探进来，像是电影里的老式弄堂。

住进来之后，她开始期待每一个春天。

许樱阖上眼，在脑海里习惯性过滤今天一天发生的事，对重要知识点查漏补缺。

去网吧看到沈燃官宣退出节目，公交车上碰到沈燃，和沈燃打游戏被虐，跟着沈燃一起往车站跑的中途腿抽筋，被沈燃背到下一个公交车站点，在路上被沈燃威胁……

今日突出知识点，简单概括两个字：沈燃。

“今天的行程和这个名字的重合率有点儿高。”

总结完毕，可以睡了。

许樱搂紧被子翻了个身，随后在这夜做了个梦。

梦里，那双白皙且修长，灵活得不像凡人的双手正上下翻飞……

在翻花绳。

沈燃翻出个超越人类花绳极限的大象形状，然后挑着眉递到她面前，威胁的话懒洋洋，却丝丝入扣："你如果翻不出来的话这就不是个花绳，而是你的上吊绳。"

许樱绞尽脑汁，战战兢兢地翻了一宿花绳，醒来时左手抠右手，亏得指甲修剪得很圆润，不然右手可能活不过这个晚上。

翻身下床洗漱完毕，许樱换上校服出门，头盔还没来得及买，就先戴了顶毛线帽。

三月一日，新学期开学。

再有三个月就是高考，一切都将结束。

这半学期，是这一场战役的总攻阶段，不能掉队，不能分心。

从楼下走到小区门口，许樱收到打太极回来的邻居奶奶们的"关怀"，坐上公交车时手上有一袋小笼包、一个鸡蛋饼、一份肉夹馍和两杯豆浆。

"太招人喜欢有时候也是一件麻烦事。"她自言自语地坐在公交车的座位上。

坐在后排的郑知许耳朵尖，一下看过来："樱桃，怎么是你！你戴个帽子我都没认出来！"

郑知许拍了拍旁边的男生把许樱换了过来，一只手挽着她的胳膊，"嘿嘿"一笑。

许樱会意，把装早餐的袋子给她。

郑知许随手挑了肉夹馍，一口咬了半个，才想起来问："你昨晚怎么没回我消息？"

许樱昨天从网吧回去手机网就又断了，月末流量又早早用完，修 Wi-Fi 的工作人员说线路出了问题，今天才能修好。

不过这么复杂的过程郑知许这个好奇脑若要追问下去，免不了把碰到沈燃的事情带出来。

许樱说："我新买了套真题，做得有点儿入迷没看到你消息。"

一听“真题”两字眼前全是金星的郑知许立刻停止了对这个话题的深入，转而开始倾诉自己的痛。

她叹了口气，表情瞬间切换成和昨天蒋京如出一辙的同款悲伤：“沈燃你还记得吧？他退出节目了……还是那么决绝的方式，以后天大地大，我上哪儿去看他啊，呜呜！”

沈燃。

许樱眼皮一抖。

她居然又听到沈燃相关的消息了。

她虽然发了誓不说沈燃坐错车，但别的消息还是稍微能透一点给郑知许的。毕竟郑知许的偶像说了，眼泪不必为他流。

许樱斟酌道：“安心吧，你还能看到他的。”

“你怎么知道？”

许樱咬着吸管，样子很诚恳：“猜的。”

许樱戴着一顶白色毛茸茸的毛线帽，衬得小脸只有巴掌大，像个精致的陶瓷娃娃。

郑知许是个重度颜控，当初高一下学期分文理班之后，看到新同学许樱瞬间眼前一亮，几乎天天跟着她，最后成功占据许樱身边的位置。

郑知许的名言：只要注视许樱超过三秒，我就没有任何烦恼。

漂亮妹妹是人间瑰宝。

一中，嘉城升学率最高的省重点高中，没有之一。

而这一届高三是公认的近十年最好的学苗，学校期待着高考时升学率刷新历史纪录，也期待着多样化人才为一中带来荣耀。

这个多样化，主要聚集在高三（7）班。

有得过金奖的音乐天才大提琴手，有师从国画大家作品获过金奖的美术生，还有以物理竞赛第一名早早保送嘉南大学的天才少年。

许樱到高三部时，先去办公室拿上学期期末成绩单，远远就听见自家班主任梁晨笑得花枝乱颤，把班里的瑰宝再挨个拣出来夸一遍。

除了上述日常三位未来之星，这次许樱还听到了自己：“我家班长真的，长得太好看了，哈哈哈……”

许樱敲了敲门，梁晨停下狂笑，看见她家貌美如花小班长站在门口，乖乖巧巧地说：“梁老师，我来拿成绩单。”

梁晨可开心了，在桌面上抽出成绩单给她，不住地夸：“这次也是第一名，我家班长脸和业务能力都超可以的。”

许樱微笑着接受了夸奖：“谢谢老师，我先回去了。”

“对了，咱们班转来一位新同学，你作为班长要积极鼓励他融入紧张刺激的高三学习中哦！”

许樱点点头。

梁晨扬扬手：“去吧，去吧！”

许樱转身出门，身后梁晨又开始了：“哎，我刚才数孩子忘了一个，刚回来的这个，我看好他以后大红大紫哦……”

开学之后要准备百日誓师大会，班里的同学都被拉到操场当劳动力摆座椅了，教室里面空空荡荡的。

许樱把成绩单贴到教室前面的墙上，她这次考试数学、英语和理综都逼近满分，只有语文拖了后腿，作文跑题只得了三十分。

语文老师说她想得太多，把题干想超纲了，对此许樱已经习惯了。

她转身，把郑知许随手扔在第一排的书包捡回去。

刚才书包遮挡了她的部分视线，等到书包被挪开她才注意到教室里还有其他人。

最后一排靠窗的位置上有人正趴着睡觉，在今天开学的日子他并没有穿校服。

许樱想起刚才梁晨说的话，明白这个应该就是转来的新同学，她要积极鼓励他融入紧张刺激学习中的新同学。

许樱一个激灵打了个冷战，才看到这位同学旁边的窗户开了条缝儿。

嘉城这个时候天还很冷，新同学这心火有点儿大啊。许樱放轻脚步，一挪一蹭往后走，绕到最后把窗户带上了。

下一秒，看起来睡得昏天黑地的新同学伸出一只手把窗户又推开。

许樱又带上，他又推开。

再带，再推开。

这该死的胜负欲激得人血压都往上飙，许樱不信邪，再飞速伸手。还没来得及推开，新同学“啪”地伸出手，许樱的校服袖子宽宽大大，这一下被结实的手掌压在玻璃上。

“抓到你了。”这四个字轻快又模糊，让人分不清他到底是醒着还是睡着。

许樱小腿隐隐又有要抽筋的感觉，在提醒她这声音她昨天听过，这人她昨天见过，甚至晚上做梦他还跟她翻了一宿的“花绳”。

许樱顺着狭窄的窗缝往外看，树杈枯旧，草木全无，颜色是一片灰，和昨天在公交车上往外看到的世界无甚两样。

除了车变成了教室，今天和昨天，在某一刻重合了。

这世界太小，小到一抬头就能碰见以为再也见不到的人，真是魔幻。

沈燃的手压上之后就不动了，许樱判断他是还睡着，这姿势不适用于班长和新同学的友好重遇场面，万一班里同学回来还容易引起误会。

她屏住呼吸，将袖子一点儿一点儿从他的掌心往外抽，试图从魔爪中逃生。

睡意迷蒙中，沈燃觉得手里攥了只毛茸茸的小仓鼠。

小仓鼠的背拱起，一点一点往外扭，试图逃离他的掌控。

沈燃是个有耐心的猎人，等小仓鼠自觉要脱离掌控再一击即中。

“啪”的一声，就在许樱马上要成功逃离的时候，袖子又被按住了。

走廊传来“哒哒”的脚步声，伴随着郑知许的嘲讽：“李不言，不是我说你，但凡你拿出画画天赋的百分之一补给其他地方，也不至于猜拳都输这么惨！废物啊废物！”

声音越来越近，许樱急了，她脱了校服，袖子却卡到被困住的右手手腕。

她深吸口气,左手照着沈燃的魔爪一捶,趁着他受击时抽出右手,飞速将校服褪下蒙住他的头，然后从后门逃之夭夭。

在楼梯口，她听见七班教室传来的尖叫声。

有男有女，有长有短。

“沈燃！我的苍天，我是不是在做梦！活的沈燃，喘气的！”

这其中，郑知许的声音格外突出：“早上樱桃说你会出现我还不信，现在我信了，樱桃小仙女我爱你！”

许樱觉得，郑知许的奸细气质，真是与生俱来，不明真相都可以把她出卖。

她摇摇头，无处不在的刘主任突然蘑菇一样从她背后“长”出来：“前面是你们班吧，闹得把班长都吓出来了，真是不像话！”

刘主任黑着脸，大步走到七班教室门口，“砰砰砰”把门拍得震天响：“闹什么，闹什么！都坐原座去！都是你们梁老师给惯的，一会儿不看着就要掀房顶了！”

教室里立刻鸦雀无声，郑知许和蒋京恋恋不舍地看着沈燃，一眼复一眼地蹭回座位。

刘主任转身，对走廊里的许樱谆谆教育道：“许樱，你作为班长就应该厉害点儿管着他们，虽然离高考只剩下三个月，但也要紧绷神经打好这三个月的仗，不然过去这两年半就白费了！”

许樱连连点头：“我知道了。”

“还有你班那个男生，是新来的吧，头发那么老长，你督促他今天就剪短，明天早上我来检查，不剪我亲自给他剪！”

许樱顺着刘主任的话，往教室里看。沈燃依靠在窗边，脸上还带着丝倦意。他的桌子上，还放着她的校服。

沈燃掀开眼皮看了她一眼，忽而翘起嘴角笑了笑，然后缓慢地将校服抓起来，一下一下收进怀里，又睡了过去。

好，现在她要偷偷拿回来都不行了。

3.

沈燃到高三（7）班的消息，在两节课课间就传遍整个一中。

虽然沈燃在节目中途就退赛，但一个鲜活的、就存在于身边的名人，即使不是粉丝也都想来看看。

毕竟谁不想多看漂亮帅哥一眼呢！

好在有刘主任坐镇，抱着这种心态的围观群众不敢大批拥过来，只敢装成来七班借笔记的有志少年，悄悄地来，按照指示手势往沈燃睡着的方向望一望，然后再心不甘情不愿地悄悄离开。

郑知许看他们小心翼翼的样子得意得直抖腿："我和燃哥一个班，我可以随便看，放肆看！"

沈燃的座位就在斜后方，一回头就能看到他，这是什么人间乐事。

郑知许满足之余想起之前许樱的话："哎，樱桃，你怎么知道我还会再见到燃哥啊？"

半晌都没见许樱回应，郑知许才发现她眼神放空不知道在想什么，手里拿着的笔像是有自己的思想，在草稿纸上瞎舞。

郑知许很少见樱桃这副发愣的样子，手戳了戳她手臂。

许樱怔怔地回头看她，"啊"了一声："你说什么？"

"我问你怎么猜到我还会再见到燃哥啊？"

"看你今天面相必有喜事。"许樱随口说了句，将画得乱糟糟的草稿纸揉成团。

等他再把她的校服当成自己的枕头，她的心就开始突突地跳，上一次许樱有这种明显的剧烈心理波动还是在去年。

沈燃没说话，但简单两个小动作就无声地掀起了波浪，这人真的有点儿东西。所以问题又回到了上一个：沈燃当时到底是睡着还是醒着？

“阿许，外面有人喊你！”

教室门口一声喊，郑知许脚步欢快地走出去，她人影刚晃出门，“嗖”的一声，一只巴掌大的纸飞机从斜后方降落，稳稳落在许樱桌子上。

飞机机身上写着三个字：To 许樱。

许樱拆开，里面的字堪称狂草，和他那个人一样每一处笔锋都透着肆意生长。

“校服不要了？”

许樱一愣。他果然醒着！

“嗖——”又一只纸飞机飞过来。

“如果你不是我的粉丝，此刻坟头草已经三米高了。”

再一只纸飞机飞来。

“话说你是我粉丝吗，哪有粉丝企图用校服捂死自己偶像的？”

真不是粉丝的许樱仿佛看见自己坟头三米的青青草在摇摆。

她在一中就想兢兢业业搞学习，除了刚开始那半年有些波折，其余时间都是安安稳稳，万花丛中过从来麻烦片叶不沾身，谁能想到快毕业了遇到了个沈燃。

他的影响力至少在一中看，是满星级的。

如果跟他对上，自己之后将会没有一天平静日子。

许樱深吸了口气，在最后一只纸飞机上回了两句话，再将飞机原样折好，手腕使力，“航班”摇摇晃晃，原路返回。

沈燃伸手，飞机落在他掌心里。

沈燃之前长期作息颠倒，睡得很少。从节目组退赛前后麻烦事都不少，加上和家里那位斗智斗勇，饶是精力体力都充沛的他也有些扛不住，这几天一直在调整。

今天开学第一天，高三老师开会，前两节课是自习，沈燃就补了两节课的觉。

他睁开眼就看到压在脑袋下睡了一节课的校服，想起早自习睡觉时的“被打”事件。

沈燃体温偏高，睡觉的时候喜欢吹一点儿风。

迷迷糊糊间有人把打开的窗缝合上,他还没睡透,伸手就拉开了。

对方又合上，他再拉，拉锯战进行到第二轮时他就清醒了。

他稍稍侧过头，眼皮掀开一条缝，就这么看到鼓着腮帮子，小心翼翼把袖子往外扯的许樱。

她穿着一中的校服，出现在这个教室里，那就是他的同学没错。

世界真奇妙。

这是沈燃脑子里浮现出的第一个想法，再看她努力想要逃还不想惊醒他的样子，眼睛一直盯着他的手，小心翼翼地往外挪，他坏心思起来，在她要成功时一把按住她。

按照她表现出来的样子，之后肯定是急坏了但又无计可施。

沈燃没想到许樱急了一巴掌拍过来，他手背发麻的瞬间，按在掌心的“小仓鼠”就逃了，等他抬头时，校服直接罩下来。

他看到的是白花花的布料，而许樱已经不见了踪影。

这一连串动作迅速又敏捷，不像她昨天表现出来的那么乖巧，甚至连粉丝的身份也存疑。哪有下手这么狠的粉丝。

他被她骗了，被这个看着温暾的小姑娘骗了。

沈燃醒来的第一件事，就是折纸飞机。

飞机来来回回几次，带回了许樱的反应。

“你误会了,我怎么可能是想捂死你,我是怕你开着窗睡会着凉,所以才脱了我的校服，保护你的健康。我，是你的粉丝，是你最忠诚的护卫。”

这鬼话说得一丝痕迹也不露，要不是手背隐隐还在酸痛，他就要信了。

沈燃再次趴在桌上，闷笑得双肩颤抖。

那边暗戳戳观察的许樱松了口气。

开心成这样子，看来她选择装粉丝的决定是正确的。她实在是不想和沈燃这样的人有冲突或者争论，她只想安安稳稳地在一中待到顺利毕业。

只是和沈燃斗智斗勇的这个过程，比解一道她哥哥的大学微积分题还要难。

郑知许赶在上课铃响前两分钟回到了教室，肩上背着早晨乱扔的那个大书包，只不过那时书包瘪瘪，现在鼓鼓囊囊，里面的东西满得要把拉链撑爆。

郑知许的目光深切地往沈燃的方向望了望，此时沈燃已经从乐不可支的情绪中脱身，眼睫下垂倚在墙边，整个人还透着倦意，似睡非睡。

郑知许把背包塞到桌子底下，近乎蹑手蹑脚地坐回位置上，神秘兮兮地说："樱桃，你猜我干吗去了？"

郑知许不说，许樱是不可能会问的，她又忍不住想分享，就主动抛出问题等着许樱复述。

许樱果然问："你干吗去了？"

"给燃哥创造惊喜去了。"

许樱一听这个"燃"字，头皮就一麻。

郑知许悄悄地打开背包一角，里面的字条差点儿涌出来。

"这是一中所有的'小凤凰'写的祝福语，虽然他来得突然，但我们对燃哥的热爱，能将所有的意外化成惊喜。"

"小凤凰？"

"燃哥的粉丝名，燃就是火，浴火重生就是凤凰。"

许樱点头移回视线，一秒后又移回去，指了指书包问："这个沈燃会看吗？"

郑知许拉好拉链，拿出高一下的语文书摆在桌面上："当然。"

许樱又问："是一中所有粉丝都写了？"

郑知许点头："没错，从我们发现燃哥的那一刻开始，这个惊喜活动就开始进行了，到现在为止已经收集完了，一个不漏。"

许樱的目光瞬间有些凉。

郑知许漏了一个，漏了许樱这个新晋伪粉。

“丁零零——”

上课铃声响起，这一节是语文课。

书本知识已经在高三上学期复习完毕，高三下学期就是刷真题，有针对性地进行知识点的最终复习。

七班的语文老师姓胡，是高三语文组的组长。

语文组上了年纪的男老师们画风出其一致，背头、戴无框眼镜，外套敞开，露出里面的暗色衬衫。

胡老师进门，许樱高声喊：“起立！”

班里同学们齐齐站起，郑知许的手向后伸，后座的李不言和蒋京各自把一瓶牛奶放在她手心。

他们每天语文课前会猜胡老师今天穿的衬衫颜色，今天郑知许猜是灰蓝色，李不言猜是深红色。

“同学们好，都坐吧！”胡老师单手插在口袋里，抽出根粉笔在黑板上写了“爱莲说”三个字，粉笔屑飘飘扬扬，几点白色落在他的灰蓝色衬衫上。

胡老师每节课都会要求默写一首高考范围内的古诗词，还会点一名同学上黑板上写。

“爱莲说”刚起了个笔，郑知许就低声祈祷：“不要叫我不要叫我不要叫我……”

“那就郑知许同学上来吧！”

郑知许如霜打的茄子一样低着头站起来，胡老师推了推眼镜：“我听你们梁老师说班里转来位新同学？是哪位？”

班里的同学们目光齐刷刷地向后。

因为前两节课老师开会，至今沈燃都还没在全班同学面前介绍过自己，大家也只是暗戳戳地打量。

胡老师一开口，大家终于有机会能明目张胆地看过去了。

目光有强烈的好奇，有热切的喜欢，沈燃像什么也注视不到，举了举手示意新同学是自己。

“那新同学也一起上来默写一下吧！”

一听这话，霜打的郑知许一下来了精神，近乎跑一样快速移动到讲台上。

万众瞩目之下，沈燃抖开桌子上的校服，披在身上往黑板前走。

他长得高大，这件校服的尺寸过小，搭在他宽阔的背上像条小围巾。

许樱喉咙一哽，怎么看怎么觉得沈燃这是故意的。

她余光瞄着地上郑知许的书包，手心发痒。

后座的李不言和蒋京正痛苦地思索《爱莲说》每个字的写法，没有精力注意别的。

许樱不再犹豫，伸手拉开书包的拉链，小心翼翼地摸出几张字条，在心里和这几位小凤凰道歉：先你们哥哥一步看到了你们澎湃的爱，对不起。

许樱发现沈燃粉丝的祝福虽然行文五花八门，但刨去形容词等修辞手法，中心思想还是挺朴素的：高考加油，祝您快乐。

许樱就围绕这个思想进行扩句，扯下写好的字条神不知鬼不觉地塞进书包里。

说一个谎言，就要用无数个谎言来圆。

她虽然和沈燃接触不多，但看出了他睚眦必报的本性，若得知她骗了他，沈燃一定不会善罢甘休，她突然有点儿后悔冒充沈燃粉丝了。

《爱莲说》篇幅不长，沈燃很快写完从讲台上走下来，指尖夹着短短一截的粉笔头，手腕随意一动，粉笔头穿过大半个教室，抛出浑圆的弧度，准确落入教室最后面的垃圾桶中。

他将校服卷了几下，路过许樱的座位时，随手放在了她的桌子上。

她的校服，终于回来了，但还的方式，还不如不还回来。

许樱的脑中响起炸弹的声音。

这间教室因为沈燃随手的举动而被炸得颤了几颤。

目睹这一切的郑知许嘴巴张大，一节课往看起来“认真上课”的许樱瞄了几百次。

好不容易挨到下课，郑知许立刻追问三连：“这校服是你的？你和沈燃之前认识？你为什么不告诉我？”

一个谎言要用许多个谎言来圆。

但针对许多个谎言的疑问，都可以用最开始的那一个谎言来回答。

许樱露出标准的真诚微笑道：“实不相瞒，我也是小凤凰。”

郑知许：“……啥？”

4.

许樱是自己的同好，还是个隐藏极深，两个月完全没有透出一点儿属性的同好，郑知许迷惑中夹杂着丝丝激动。

不过和许樱的特质联系在一起，就很能让人相信了。

许樱除了学习的无欲无求，只是表现出来的，谁也没扒开她心脏看看她是不是真的内心毫无波动。

思考了几个来回后，郑知许的激动翻卷起波浪，将迷惑压趴下。

这一天的课后和午休，郑知许拉着许樱“话沈燃当初，惋惜沈燃现下，祝福沈燃未来”。

许樱表现得一贯冷静淡然，只是在郑知许停顿的间隙，附和几声。

“确实是帅，令天地变色的惊艳。

“确实是可惜，他走了之后，没有人像他。”

许樱用诚恳的话说着赞美，古古怪怪又可可爱爱。郑知许快乐邀请许樱加入送字条活动，许樱淡淡一笑，指着她的书包：“已经在里面了。”

在靠着用最初的谎言走天下的过程里，许樱从郑知许透露的信息和微博搜到的内容里将沈燃的过往东拼西凑了解了个大概。

沈燃的成名源于一条微博。

@宝藏帅哥bot：请速速点开下面这个视频！收获今日份心动！

视频里，沈燃站在游乐场，他外形高大，轮廓凌厉，和童心趣味十足的游乐场不兼容，显得尤为突出。

在射击的小摊子上，他左手举起枪，端平的一瞬间，扣下扳机，“啪”的一声，右上角最隐秘的角落，也是最难打的一个气球应声爆开。

沈燃放下手，换了一个连发子弹的枪。他从口袋里掏出一截缎带，蒙在双眼上系好，从左往右快速行进，枪膛上合，气球“啪啪啪”地成串炸裂。

沈燃停下，单手扯开眼睛上的缎带，布墙上空空荡荡，没有一只气球“存活”。

现场响起一片掌声，沈燃接过老板递过来的一等奖——最大号的皮卡丘毛绒玩偶。他单手抱在手里，一转身脸恰好对上路人偷偷拍摄的手机镜头。

从这个死亡角度看，他的脸居然一丁点儿瑕疵也没有，那双眼眼窝很深，眼型修长，瞟镜头的一眼十分漫不经心，慵懒又不羁，看着极不好惹，可又招人眼，可遇不可求。

评论区十分真实的在尖叫。

“十秒钟，我要知道这个帅哥的所有信息！”

“就刚刚，哥哥在我心上开了一枪！”

“这帅哥的气质真的太优越且复杂了，危险的迷人，从此小说里的男主都有了脸。”

“二十秒过去了，还没人给联系方式吗？这届网友真的不太行。”

视频在网上发酵几天，还是没有人扒出帅哥的消息。

网友们扒不出消息，就等着帅哥自己往出跳。

然后，网友们等来了人气堪比顶流明星的知名导演言却转了这条微博。

@江只只法定配偶：有他联系方式的麻烦告诉我。/转发@宝藏帅哥bot

言却是出了名的喜欢手把手带没经过雕琢的新人演员，之前深陷低谷近乎走投无路的关居，被言却找到拍新剧《求风》，之后横扫当年各大颁奖季奖项，重新翻红。

言却的转发将故事的走向拉到了一个大家都想不到的方向，演艺界很多想争取跟言却合作的新人小演员，纷纷模仿视频里的人到游乐场去射击，一时间带起了一波新风潮，同时期游乐场的客流量激增了百分之四十五。

可之后的剧情走向并不像大家期待的那样，帅哥虽然现身了，但没有去演戏，而是参加了一档名为《永恒少年》的综艺节目，他的名字第一次走进大众视野里——沈燃。

节目组的百万文案师针对每一个参赛选手都写了一个标语，给沈燃的，是八个字：燃燃如风，是我少年。

在节目上被问为什么不接受言却的邀约去演戏而是参加综艺节目，沈燃说：“因为我喜欢。”

因为他喜欢，仅此而已。

喜欢什么就去做，不喜欢就不做，沈燃酷得真实，又足够厉害，他可以为了一个舞台两天不睡，也会因为讨厌一首歌而放弃晋级。

他是每一个同龄人曾想象中的那个自己，不受桎梏，野蛮生长成如风的少年。

节目里，沈燃和陈最人气最高，两个人是竞争对手，但又经常分到一个组表演，堪称相爱相杀。而沈燃在录完第三期宣布退赛回去上学参加高考，就有一些粉丝认为这其中有内幕，跑到节目官博下面要说法。

郑知许就是这“一些粉丝”中的一个，直到在班级里看到活生生的沈燃，她才意识到，沈燃确实是回来上学的。

燃哥的每一句话都掷地有声，不屑于撒谎，是她错悟了！

“一会儿放学，等班里人都走得差不多了，我们去叫醒燃哥。”

许樱在将今天获得的关于沈燃的消息消化掉后，转头问：“做什么？”

郑知许拍了拍书包：“送这个。”

说完，她两手食指对了对，可怜巴巴地说：“人家自己去有点儿害怕。”

如果不是知道曾经郑知许把一个试图对她动手动脚的社会青年一拳打得鼻梁断掉的话，许樱还真的信了。

白天最后一节自习课，天光泛金色，在白色的窗上镌刻出耀眼的花。

沈燃伏在窗边的桌上睡觉，高领毛衣遮住小半边脸。除了上课，他就一直这么睡着，像末日前狂欢通宵打了一晚的游戏。

黑板上，语文课上他写的《爱莲说》还留着。他的粉笔字不同于签字笔，写得很规整，只在每个字收笔时习惯性地一挑。

“予独爱莲之出淤泥而不染，濯清涟而不妖，中通外直，不蔓不枝，香远益清，亭亭净植，可远观而不可亵玩焉。”

许樱莫名觉得，沈燃倒是很符合这首诗。

不管外面人怎么想象，他都独自一人美丽。

下午五点半，放学铃声响。

高三下学期的晚自习学生们可以选择在教室上，也可以回家复习。

许樱平日里都是回家复习的，她拿了两套习题装进书包，戴好毛线帽，等着郑知许拉着她去给沈燃送满载粉丝爱意的字条。

十五分钟后，教室里的同学走得差不多，郑知许拉着许樱的手，紧张得发抖，像是风中的杨柳，走三步停一步，几米的路走出了操场八百米跑道的感觉。

“樱桃，樱桃，我不敢，呜呜呜……”

郑知许话一说，那边睡着的沈燃迷迷糊糊有了动作，惊得她的声音一顿。

可沈燃并没醒，只是换了个方向又继续睡去。

劫后余生，郑知许眼巴巴看着许樱。许樱看着沈燃，懂了。

窗缝不知道什么时候被他打开，许樱走过去将窗户拉上。不到半分钟，睡梦中的沈燃就皱起了眉头。

他揉了揉额角，撑着胳膊起来，一睁眼就看见窗边的小姑娘。

睡得多了总会思维混乱，他差点儿以为还是早上的光景。

可夕光不是朝阳，眼前的小姑娘脑袋上多了顶毛茸茸的帽子，一切都不太相同。

“燃哥，你醒啦！”郑知许抱着书包挤到两人之间。

沈燃这才注意到除了许樱，还有一个人的存在，而且这人手长脚长个子很高，许樱被她遮挡得只能看到毛线帽的边边。

沈燃有些烦躁：“有事？”

沈燃有起床气这是小凤凰们都知道的，刚才郑知许看沈燃被吵醒后眼睛一眨不眨地盯着许樱，担心他对许樱发脾气，便赶紧站了出来。

听这语气，果然是不高兴了。

郑知许紧张得吞了吞口水，急忙将书包奉上：“这是我们一中粉丝们的一点儿心意，知道燃哥不收礼物，这里只有我们的祝福小字条。”

沈燃不经意地问：“所有粉丝的都在？”

“但凡是一中的，有名有姓的小凤凰都在！就连许樱这样藏得很深的小凤凰都被我挖出来了，一个不落。”

郑知许肩膀边缘的毛线帽动了动，沈燃溢出一声低哑笑声：“那我收下了。”

郑知许喜笑颜开：“谢谢燃哥！”

郑知许转身：“樱桃，我们走吧！”

许樱抿着下唇，缓缓地摇了摇头：“我想起刘主任让我放学后办些事情，我得留一会儿。”

郑知许立刻道：“那我陪你啊！”

“不用了。”许樱笑着，“你不是要和李不言他们去打球？”

“哦，对哦！”郑知许一拍脑门，“我差点儿忘了。那你办完事去操场找我，我们一起回家。”

许樱继续笑：“我打算办完事留在学校自习，你要一起做两套真题吗？”

郑知许：“……不必了，告辞。”

沈燃全程听着两人的对话，许樱说话的语速有些慢，但一来一往每句话都把郑知许往她想要的地方推。

——许樱有事要和他说，但又不想让郑知许知道。

沈燃站起来，抻了抻睡得酸软的腰身。

许樱看了他一眼，还是没开口。

沈燃少有地耐心十足，手臂撑在课桌上，就这么看着她，不催促也不询问，静静等着她开口。

教室后方悬挂的石英钟秒针在“嘀嘀嗒嗒”地走，将纠结的因子搅乱。

许樱抿抿唇，开了口：“沈燃同学。”

这是她第一次正式地叫他的名字。

沈燃嘴角不自觉扬起，鼻音低低“嗯”了一声，算是应下。

“许樱同学，有什么事？”

许樱的目光似不动声色的水波，一眼从沈燃的唇边漫过去，再往上移，定在他的脑袋上。

“刘主任要求年级所有的男生，头发要剃成板寸，你这个……不太行。”

在一整天和郑知许的“交流”中，许樱对沈燃的基本属性有了一定的了解。

沈燃是神射手，但凡射击类运动没有他不擅长的。

沈燃喜欢打游戏，技术一流，能和电竞选手同台对抗。

还有……沈燃不喜欢别人碰他的身体，尤其是头发，碰一下就会炸。

之前《永恒少年》录制时期沈燃和陈最不和，据传说就是因为陈最抢了沈燃的发型师，导致两人在化妆室直接起了冲突，是另一个参赛选手关的门。

沈燃如果实在不愿意，许樱也不能强迫他去剪头发，可刘主任说到做到，明天真的拎着把剪子把沈燃头发一剪子处理，以沈燃的脾气秉性，和对别人触碰头发的排斥，很可能会和刘主任起冲突，到时候场面就不可控了。

许樱身为班长，这种事情是一定要考虑周全的。

她思绪转了几个来回，抬头看沈燃。

他眼底已经没有方才的轻松恣意，不过嘴角还松弛地弯着："我不剪会怎么样？"

许樱："应该会通报批评。"

沈燃一点头："那我不剪。"

许樱表情有瞬间的僵硬，像被人操纵的木偶小人，呆呆的，和之前又不太一样了。

沈燃手一松，坐回了椅子上，微仰着头看她，喉头轻滚："你知道我不喜欢陌生人碰我的头发的，对吧？"

许樱点头。

"我刚刚转过来，对这里不熟，这附近的理发师对我而言都是陌生人，我不想让他们剪头发也是合理的。"

许樱："嗯……"

"那你……"沈燃声音拖长了，"还忍心让我去剪头发？"

许樱万万没想到，沈燃看着像个体能怪物，行动大佬，但思维转得这么快，几句话就把她弄得无话可说。

许樱挣扎了一下："你要是自己不去，刘主任会亲自给你剪，他剪出来的发型会很难看，反正结果都是会被剪掉，你还不如自已去。”

沈燃清清淡淡地笑了，笑里藏着这个年纪本不该有的机锋：“我如果不愿意，还没有谁能让我乖乖地低头从命。”

好，死循环就这么上演了。

木偶小人又开始定住了，这次连眼神都凝滞。

沈燃眉头一挑，话锋突然转过来：“如果粉丝满足我的一个要求，作为回报我也会实现她一个小愿望。”

“木偶小人”的脑袋被线牵引，朝他转了过来：“你说我？”

“对。”

他将书包拉链拉开，字条像雪花一样大片大片地跳出来，铺了半边桌子。他点了点字条，说：“你把你的读给我听，我就去剪头发。”

许樱：“为什么啊？”

这两者，有什么必然的逻辑关系吗？

沈燃：“我开心。”

许樱陷入短暂沉默，沈燃也没多说什么，抓起外套就往外面走：“不行就算了，许樱同学明天见。”

“哎，等一等！”

“木偶小人”的身体都被调动，扒着桌子和地上的字条去找自己的。

沈燃顿住脚步，低头看她小小一只手忙脚乱地忙活着。

找了一会儿，她眼睛一下亮起，抓住一张字条笑了起来，小声说：“找到了。”

沈燃蓦地想起，昨天公交车出意外之后的场景。

所有人都在奔跑，他回头看，场面蔚为壮观，像游戏里一批一批冲进敌方水晶塔的小兵。

而那个在车上遇到的“粉丝”，只歪七扭八地跑了几步就坐在了街边，是第一个被敌方打倒的小兵。

只不过游戏里的小兵倒了就失去了生命力，而她却突然笑了起来。

嘉城的春还未至，那笑像是借了一缕春的温柔风，飘飘扬扬地吹到人心间。

“我要读了，你要记得你的许诺。”

沈燃回过神来，许樱已经站到了他面前。

那张字条在她手里已经被捏得皱皱巴巴，她低着头，只拿头顶对着他。

“To 沈燃：燃燃如风的是你，这火花被风吹送到大地，会烧过高考的崎岖，炽热地绽放在这个夏日里。那之后的每一个明天，都值得被庆祝。”

她语文不好，写这段话绞尽脑汁用尽了所有的文艺细胞。

而沈燃，只抓住了最后一句，非常之浪费她的感情。

他笑，笑意深深：“放心，会值得被庆祝的。

“许樱同学，明天见。”

/第二章 贩卖温柔/

1.

因为“游说沈燃剪掉他尊贵的头发”，许樱回家比平时晚很多，刚好过了修 Wi-Fi 线路工作人员的上门时间。

今天又修不上了。

许樱在路上买了鸡蛋灌饼做晚饭，进小区之后又被邻居阿姨们投喂了水果和小蛋糕，她把东西整齐地放在窗边的书桌前，拧开樱花形状的台灯，光晕笼下，照开习题册印刷的铅字。

她的语文成绩相对而言不好，作文尤其拖后腿，分析的视角总和答案相差千里。

要想让总成绩更高，就要下苦功去练，将标准的高分作文当成公式一样日夜去背，录下来去听，刻进脑子里，等写作文的时候翻出来想，尽量保持下笔不要那么偏激。

“啪啪！”

小窗被敲了两下。

许樱咽下一口饼走到窗边，只见路灯下站着一道颀长身影，看她打开窗就扔开手边的小石子，冲她挥了挥手。

许樱随手抓了校服套在身上，匆匆跑下楼，一下去就被冲上来的顾放抱了个满怀。

“有没有想我？”顾放揉了把她的脑袋，笑着问。

“哪有时间想你，不要矫情了。”

许樱将顾放推开，往后退打量着他。

顾放身上还穿着队服，明显是从队里直接过来的。

她眼神霎时有些发怔，顾放有些懊恼自己最近太忙忘了这茬，将外套脱了挂在臂弯里。

许樱回过神，说：“你的新队服比上一件好看，我都忍不住多看几眼，你们队以前的服装设计师终于下岗了吗？”

顾放知道她是想解释方才瞬间的凝滞让他宽心，他家的小樱，总是这样嘴上淡淡，可心比谁都要炽热。

好感动哦，要落泪了。

顾放仗着自己身高优势一个锁喉，将许樱搂住，拖小狗一样往小区外走：“走走走，去吃饭，去谈心，让你感受下我这血液里流动的澎湃思念。”

许樱挥着手臂：“我作文还没背完呢！”

顾放：“文字哪有帅哥好看。”

“帅哥在哪儿？”

“嘿嘿，你面前。”

许樱刚才短暂微小的酸楚被顾放冲散，他一人就是一台单口相声。

小区门口的烤肉店里，顾放一边烤肉一边往嘴里塞，还一边和她激情吐槽最近带的队员。

“那个小冯，一开枪自己就往后退，说后坐力太大。我的天呢，一个气手枪被他说得像耍 AK47。还有那个小刘，练习赛打三枪，一枪脱靶，两枪分别打在不同队友的靶子上，怎么说呢，当代送分大师，他是不是有裸贷在队友手里？”

许樱耳朵听着顾放叭叭叭，手在和他抢肉，筷子你来我往“唰唰唰”飞舞得令人眼花缭乱。

等他吐槽完，桌子上的肉也消灭得差不多了。

他端起一杯雪碧，高高举起：“信男顾放在此祈求上苍，求一天才射手降临，拯救团队拯救我。”

顾放手一歪，雪碧倾倒在烤肉架边缘，“滋滋”冒了两缕青烟。

顾放也曾是被寄予厚望的选手，但后来受伤早早退役，留在队里做教练。

队里对他的定位是“魔鬼”，不管是曾经做选手，还是现在做教练，他的魔鬼操作一如既往，脸上笑嘻嘻，心里我第一，想要最好，想创造最好。

他嘴里“天才射手”这四个字一出，许樱眼前瞬间闪过沈燃那张脸。

如果把沈燃介绍给顾放……

这个念头刚冒出就被许樱强制性按下去，他们两个要是凑到一起，这世界就要毁灭了。

罢了。

顾放吃饱喝足把许樱送到楼上，顺手给她修了 Wi-Fi，然后就准备打车走。

许樱好奇：“你怎么没开车来？”

“吃太撑不乐意动。”

可以说非常有远见了。

许樱嫌弃地把他推到门外，无情地关上门。

顾放念叨了三遍“这些年的时光和爱全都错付了”，慢慢悠悠往楼下走。

口袋里的手机振动，是队内的营养师周逸发过来的一段视频。

周逸："去年他的视频走红时我就注意到了，不过你那时候说不是青少队不是体校出身的不要，以后麻烦太多，我就没告诉你。"

周逸："最近他退出综艺了，队里现在的情况又这样，我想可以适当放宽点儿要求的……吧？"

顾放坐上出租车，瘫在后座，享受片刻的贤者时光。

他随手点开那个视频，俊朗面庞上染上的困倦一点一点消散，最后猛地坐起来，脑袋直直撞上车顶，眼前一片金星。

不，这不是金星，这是上苍听到他的祈求赐下的幸运。

顾放快速将这一喜讯和许樱分享。

顾放："刚才吃饭时许的愿实现了，上苍果然爱世人！我跟你说……"

顾放是许樱同父同母的亲哥哥，比她大五岁，顾放随父姓，许樱随母姓。两个人一起走过举着风车跑在郊野的童年期，西瓜甜和汗水苦交杂的少年时。

对许樱而言，这个世界上顾放就是她最亲密的人。

正因为如此，她知道再不行动，今夜会被顾放烦得睡不着。

许樱随手把他拉黑了。

好吵啊这人。

第二天清晨，乌云沉在天空最下层，黑压压的，像透明袋子兜了一袋子墨汁。

袋子不经意被人捅破，等墨汁倾洒尽，天才会放晴。

公交车站人满为患，许樱等了两辆都没能挤上去，等第三辆车来前，淅淅沥沥的雨转成瓢泼大雨。

她穿着雨衣，里面裹着厚围巾，安安静静地立在站牌前，看心急的人们不断张望着下一辆车的到来。

"来了，来了！"人群里有人喊出声，队列立刻开始涌动。

许樱随着人潮往前走，后面的男生着急，一直在推着她："快点儿走啊，再不快走又挤不上了！”

狭窄的车门前人已经堵满，有人跑着往上挤，被人墙弹回来往后摔。

后面的男生还在坚持不懈地推着许樱，前前后后都是慌乱不堪，许樱心口一波一波负面情绪在翻涌。

她皱着眉，嘴角抿平。

公交车再度塞得满满当当，司机挥着手喊着：“等下一趟吧！”

没能挤得上去的人再次被隔绝在外，后面男生气得嘴里不干不净：“腿迈不开一样，就在这儿磨磨蹭蹭一步不往前走，真晦气！”

许樱额角青筋鼓动几下，手指逐渐缩起，抠住了掌心，用力地狠狠掐了几下。

后面男生看她不出声性子软，越发嚣张，“呸”地吐了一口。

“啪”的一声，他肩头挨了重重一下，后坐力逼得他不断后退，滑了五六步才站稳，他定睛一看，刚才那女生旁边多出个高大的男生，左手拿着一把透明的雨伞，右手扭了扭手腕，居高临下地看着他：“骂得这么起劲儿，居然一推就倒，没意思。”

低低的男声混合着雨声，落到耳朵里模糊又清脆。

许樱的手指倏然一放，偏过头看着突然出现在身边的沈燃。

可能是太冷，他的面色比之前见到时还要白，头上戴着卫衣的兜帽，眼下有倦色，声音在雨声里听起来模模糊糊的：“怎么，才一晚上不见就不认识我了？”

许樱缓缓地眨眨眼，长长的睫毛卷了雨珠进去，眼底有些模糊。

她揉了揉眼睛，摇摇头：“认识的。”

沈燃鼻尖溢出一声轻哼。

刚被推开的男生看两人熟络的样子，知道这看起来就极不好惹的大高个是为女生出头的，刚才那一下随便一推，他差点儿就扛不住摔了，要是正面再起冲突他肯定要吃亏。

男生往后退着要跑，衣领就被一把扯住，近乎拖着被拽了回去。

冰凉的大手按在他后颈，沈燃“亲密”地贴了上来，声音比雨丝更凉："人家小女生被你骂得都要哭了，不道个歉真没礼貌。"

周围的人都看了过来，目光在男生身上凌迟。

后脖子上的手微用了力往下压，男生咬牙低头，生硬地挤出一句"对不起"。

沈燃松了手，歪着头看许樱，她的眉眼通红，脸上也有不自然的潮红。

沈燃好言好语地劝道："他都知道错了，你就原谅他吧！"

许樱沉默了几秒，疲惫地叹了口气："没关系，下次不要这样了。"

男生待不下去了，匆匆忙忙地朝人群最外面跑去。

沈燃换了只手拿雨伞，很自然地占据了许樱身后的那个位置。

许樱的雨衣是透明的，上面印着小小的、一颗一颗的红樱桃，有两颗恰好在她脖子处，她一低头，樱桃就像印在脖颈上一样。

沈燃看了两眼，移开目光，不远处雨中的迈巴赫喇叭响起，召唤他上车走人。

沈燃摸出手机，敲了几个字。

沈燃："体验生活不能因为暴雨而中途放弃，我今天还坐公交车，你回去吧。"

被召唤的司机宋帘强行忍下了心里的吐槽。

沈燃将手机关机，前面的许樱回过头，真诚道："刚才的事情，谢谢你。"

沈燃挑起嘴角："不客气。"

第四辆公交车停下，许樱终于上去了。

车里依旧都是人，她找到一方狭窄位置站好，男生的小臂顺着伸过来，抓住她旁边的扶手。

许樱眼观鼻、鼻观心地看着窗外，余光却忍不住扫向旁边的沈燃。

他实在是太难让人忽视了。

“哎，燃哥！”不远处的后排传来郑知许惊喜的声音，“还有樱桃，这里这里，我在这里！”

许樱回头，郑知许震惊地看着沈燃：“燃哥居然剪头发了？！”

沈燃的兜帽不知道什么时候摘了，长而慵懒的发型不再，取而代之的是精短的寸头，衬得他身上那种狂傲气更浓更重。

这巨大变化让许樱一怔，就听他意味不明地低笑：“嗯，我听话着呢。”

许樱睫毛微颤，想起昨天她煞费苦心地劝沈燃剪头发经历的苦与难。他说的听话，不会就是听她的话吧？

许樱嗓子有些发干，脚下意识往别处挪了一下。

身边的沈燃突然低头看了她一眼：“我好歹刚才也算是救过你，恩将仇报不太好吧！”

许樱低头去看，那慌乱的一脚，刚好踩在了他的脚上。

许樱脸热地说：“对不起。”

公交车内人挤人，这几十秒内收回来的脚就已经找不到落下的地方。

许樱单腿站了一会儿，公交车轧过一个颇深的水坑，车身猛地一颠，她站不住，本能地去抓身边靠得最近的东西。

身体动荡了几秒回归原位，许樱长舒了口气，可待定睛一看自己抓的是什么，又一口气差点儿没上来，卡得她要背过气去。

沈燃的手指正被她扣在掌心里。

他的手指比普通男生更长，指腹还带着一层很明显的茧，应该是玩射击留下的。

“谢谢你，沈燃同学。”许樱迅速放开。

沈燃垂眸，手上刚被她攥住的地方浮起了红色的印子。

他将手负在身后，垂眼看着她的发顶，回道：“不客气，许樱同学。”

2.

“沈燃剪了寸头”的消息在这个近乎人人狼狈的雨天，迅速在一中传开。

高三（7）班在短短两日间经历了第二轮的全校同学参观打卡，沈燃终于没再睡了，只是也并不热情，单手支着下巴在课桌上闲闲地翻着书，对所有人的注目自动忽视。

大课间因为下雨不用出操，郑知许默默地观察了一会儿，看沈燃眼下隐隐有倦色，猜测他到睡觉时间，但又不想有小凤凰再来看他扑了空，就忍着不睡。

燃哥真是太善良了。

郑知许摸了一把发潮的眼，起身，拍了拍前排仰望沈燃的蒋京，交流了几个来回。

半分钟后，七班门口就站了两个门神。

再有人扒着门往里看，要是路人郑知许就瞪过去：“看什么看，乱看是要烂眼睛的！”

要是已经熟悉的小凤凰，蒋京就笑眯眯小声说：“燃哥要睡觉了，之后再来，互相理解哈！”

郑知许在一中“恶名”远播，蒋京又是出了名的“交际花”，两个人一个唱红脸一个唱白脸，终于还了七班一个安静。

许樱抱着一摞英语卷子从四楼办公室下来，远远地就看见两个站岗的门神。

不用想就知道，一定是为了沈燃。

“下节课又要考试了啊！”郑知许一阵哀号。

蒋京也是头疼不已，小跑几步接过卷子，夹在腋下，对着许樱笑，眼睛眯成了两条缝儿：“班长，一会儿记得关照关照。”

他说的关照，就是在许樱收试卷的时候晚点收他的，好让他把答案都写完。

身为学渣，蒋京有自己的骄傲，每一分都不能放弃。

许樱向来好说话，笑了笑就算是默许了。蒋京顿时想欢呼，又突然想起不能吵到燃哥睡觉，遂中途忍下了。

许樱走进教室，蒋京和郑知许帮她一起把试卷分发了下去。

出人意料的，沈燃并没有睡。

蒋京觉得一定是入睡环境不够好，三步并作两步直接到最后一排将试卷小心翼翼放到沈燃手边，压低声音说："眼罩、毛毯、耳塞，我那儿都准备好了，燃哥要不要试试？"

沈燃直起身体，淡淡地说："不必了。"

看沈燃并没有接受自己的好意，蒋京也不气馁，换另一种方式继续关心："等会儿这张卷子燃哥努力答一下，答不完也没关系，班长会晚点再收我们的试卷！"

沈燃掀开眼皮往不远处瞥了一眼，小班长正低着头，认认真真地将试卷一张张放在课桌上。

她脱了小樱桃的雨衣，穿着黑色的呢子大衣，看起来更白了。

沈燃的视线停滞了片刻，方才许樱和蒋京在门口熟稔说话的画面倏地灌进脑海，他收回视线，话音有些轻："你和许樱很熟？"

蒋京拍着胸脯："别说咱们七班，就算放眼整个高三年级，我都能排和班长关系最好前三名。"

不知为什么，蒋京说完这一句，就感受到一阵阴沉的风扑面吹来。

沈燃若有所思："是吗？"

"那是。"

蒋京没有察觉到他话里的深意，身体靠过来，接着刚才的话头继续说："老陈，哦，也就是我们英语老师，之前怕我们过个年把复习冲刺的劲头都过没了，想了个高招。班长开直播做题，摸底考试倒数后十名每天跟着她一起做两个小时，啧，那段时间，那叫一个苦。"

沈燃往后仰着，唇边带着一点笑："所以今天的测试倒数后十名还要跟着许樱做题？"

“没错，这次的时间是晚自习的时候做一个小时。”

许樱发完试卷，郑知许拉着她去买热牛奶。

出教室前，许樱看到蒋京小蜜蜂一样在沈燃身边飞，过一会儿李不言也过去了。

李不言和蒋京，是许樱直播间的固定成员，除非流星撞碎地球，不然他们两个在今天摸底之后还得继续在直播间学习。

看样子，他们两个是给沈燃传授经验去了。

硬币投入机器里，热牛奶的甜香气溢出来。

许樱捧着纸杯啄了一小口，暖意一瞬间蔓延，眼睛不自觉地弯起来。

郑知许侧头一看，快乐得差点儿把手里的牛奶甩出去，围在许樱身边跳：“樱桃怎么这么可爱，比昨天更可爱的樱桃就是今天的樱桃了！”

许樱低着头喝了小半杯牛奶，状似不经意地问：“沈燃……学习怎么样？”

她从郑知许和蒋京以及网上搜索中并没有得到过有用的相关信息，但看他刚才与李不言、蒋京凑在一起，猜测沈燃的成绩应该和他们差不多。

郑知许摸了摸鼻子，眼神游移，嘴上还很倔强：“燃哥已经那么完美了，有一两样不那么擅长的事情也正常嘛！”

也是，沈燃不务正业了那么久怎么可能成绩好，那也太没天理了。

有值日生在倒教室里的垃圾桶，为了方便开了后门，一眼看过去，刚热腾腾出道的“学渣三人组”还在后面聚集。

郑知许还在继续为沈燃辩白，举例他一百个优点来抹平刚才许樱指出的一个缺点，末了总结：“但凡是知道燃哥本质的人，没有人会不喜欢他，学习不好算什么，各有所长罢了。”

说完，她猛然想起许樱也是潜藏的小凤凰，立马露出一个懂自懂的表情：“你不也是燃哥的粉丝嘛！”

许樱下意识往里看，沈燃仗着腿长，脚尖勾着桌脚，往后靠在椅背上，椅子半悬着，他懒洋洋地一下又一下摇晃着。

蒋京和李不言就站在他旁边，星星拱着太阳一样。

似是发现什么，沈燃转过脸。明知道这个音量他根本听不到什么，许樱还是莫名心虚，加快脚步错开与他的对视。

她想，这人的目光怎么仿佛无处不在？

她抬头能看到，低头也能看到，不经意地一转身也经常能撞上，真是可怕。

一节摸底测试过去，雨势渐收。

“外面不下雨了，可我这心里的雨却还瓢泼着。”郑知许唉声叹气，恋恋不舍地添上最后一笔交卷。

蒋京还在那儿奋笔疾书，往空着的地方填单词：“班长，再给我三千秒，我要让苍天知道，我不认输！”

许樱绕过他先去收别人的卷子，这次从后排往前收。

最后一排的沈燃露出一副许樱从未见过的如临大敌的样子，眉头皱得紧紧，下颚也绷着，绞尽脑汁在想问题。

许樱略扫了一眼他的答案，选择题几乎全军覆没，看来蒋京雄踞多时的倒数第一宝座可能要让贤了。

沈燃随手在答题纸上写了个“C”，头也不抬地说：“等我一下。”

许樱点点头：“不着急的，下节课前交上去就可以。”

她在一旁一张张整理手上的卷子，最后很巧的，她自己那张落在了最上面，位置角度都很绝，只要沈燃长了眼睛就能绝地翻盘，最起码逃脱后十名没有问题。

可沈燃那双那么有神的眼睛只在上面停留一秒，还是不管不顾地继续发挥自身水平，倔强得让许樱欲哭无泪。

“好了，拿走吧！”

许樱没有动，沈燃抬起头，揉了揉发酸的手腕，才顾得上仔细看她。

她表情有些晦暗不明，沈燃顾不上细想，视线都被她唇边一点小白花吸引住。

她刚才喝牛奶的时候，小小的奶泡炸开，有一点抿在了唇边。她自己不知道，郑知许也没有提醒她。

现在那道浅白色的印子还在，显得她人有些呆。

沈燃插在口袋里的手微微蜷曲，歪着头似笑非笑地问："班长还有事？"

"没有了。"许樱回过神，拿着一摞卷子走远。

蒋京和李不言正在讨论题目，李不言把"悔恨难当"四个字刻在脸上。

"倒数第二道选择题正确答案是B，我早就应该知道是B的。"

李不言就是班主任梁晨嘴里说的"师从国画大家作品获过金奖的美术生"，他刚结束紧张的艺术生校考，高考对他而言并没有那么紧要，本来快快乐乐就可以走向解脱，这下又要被直播间困住了。

"嘿嘿，我选的就是B，'三短一长选最短，三长一短选最长'，我是按口诀选的，万无一失。"蒋京得意道。

郑知许看不上蒋京得意扬扬的死样子，上去推了他一把："你可歇歇吧，就你那水平，对了一个B，输了其他二十五个字母，结果还是直播间里见。"

蒋京没有底气，被怼得哑口无言。

郑知许转过去，张牙舞爪的脸孔瞬间柔和下去："许樱可是我们班的门面，全年级想进她直播间的人数都数不过来。像我，就算没被选中我也会主动去直播间的。"

虽然她去直播间是去看樱桃可爱的脸的。

郑知许指着旁边两个人："他们两个就是垃圾，才不知道许樱的好。"

身边两个"垃圾"敢怒不敢言，默默走开。

没一会儿，沈燃出了教室，他本人就是视线聚焦点，走在走廊里每挪一步就有目光跟着动一步。

大厅里卖牛奶的机器上面贴了一张纸，上面不知道是谁用粉色的笔写着四个大字：贩卖温柔。

一中的这个机器，每卖一杯牛奶，会给山区捐款一分钱。

贩卖的，确实是一抹温柔。

一次性纸杯装着廉价的牛奶，这样的东西以前沈燃碰都不会碰。

可后来和家里闹翻，他忍饥挨饿过，什么滋味都尝过。

这样的一杯热牛奶，可遇不可求。

之前那些日子他竭尽心力周旋，别人看到的光鲜，背后是数不清的钩心斗角，各怀鬼胎。

来一中之后，日子像是慢下来，一天一天，平静又温馨。

而这些，才应该是他这样年纪的男生应该经历的。

那一天的车站，公交车拉着他驶向了一个新的方向。

那才是正常的人间。

牛奶不算浓，可入口又意外好喝，沈燃闷头一口气喝光，捏着纸杯扔进了旁边的垃圾桶里。

心里的草经过不属于它的牛奶的浇灌，并不温柔地野蛮疯长。

3.

为期一个月的“直播间跟随写作业”名单在三天后出炉，相较假期名单人员没有太大的变动，蒋京和李不言都在，唯一有变的就是倒数第十名由孟菲菲换成了沈燃。

许樱又开始愁了。

她是个假粉，自己小心兜着这个身份不破已经很吃力了，她想尽量避免和沈燃有很多的接触免得被他发现，平安无事地好好复习直到毕业，中间不想有任何波澜，不管是身体还是心理上的。

可在她的努力下，现在不仅在学校能见到沈燃，甚至回去自习的时候他还会出现在直播间。

真是努力了个寂寞。

许樱非常挫败，放学后肩膀塌着收拾书包。

离开教室前，沈燃还被李不言和蒋京他们围着，直播间的学习活动从明天晚上正式开始，今天就是他们的最后狂欢时间。

“燃哥，等下一起打游戏啊！”蒋京满怀期待。

然而，沈燃却没给蒋京机会。

沈燃站起来，在卫衣外面套上黑色的呢子大衣，随口说道：“高三下学期是多么重要的学习时刻，怎么能打游戏分心呢？”

李不言和蒋京一愣。

“我回家复习了。”沈燃的手插进大衣口袋里，在两人震惊的目光中潇洒离开。

过了会儿，蒋京才回过神，胳膊肘杵了一下李不言：“燃哥这热爱学习的劲儿，怎么看着奇奇怪怪的，在我心里的燃哥不应该是这样的啊！”

李不言摸了下鼻子，说：“燃哥有他的骄傲，要是高考考个三百分，网友肯定说他是九年义务教育的漏网之鱼，而且以他目前的成绩，这个预想很有可能实现，燃哥这是决心要努力，不落人口舌呢！”

“那咱们要是考个三百分，也丢燃哥的脸。”蒋京左手攥拳捶到右手掌心，下了很大决心说，“不打游戏了，找燃哥学习去！”

两人拽着书包，飞奔着往楼下冲，追上沈燃前进的步伐。

雨断断续续地下了几天，再逢太阳彻底下班西行，室外的温度骤降。

操场上刮来一阵风，在水洼处吹出一个个细小的气泡，飘到一起连成一串波纹。

一中只有室外篮球场，一共三块，堪称是每天下课的兵家必争之地，郑知许今天装作痛经偷溜出来，才将一块受雨水侵蚀最少的场地拿下。

只见郑知许单手运着球，专注地和面前比她高一头的男生对抗，旁边来晚了没抢到场地的男生勾肩搭背地看热闹。

“刘程，你行不行啊，连个女生都打不过！”

“要是输了你还有脸上课？收拾收拾回家种地得了。”

刘程是高二篮球队的副队长，要换一般人这么说他早就冲上去了，奈何说话的是高二（4）班有名的不好惹的刺头黄鑫，他只能听到当没听到，吐了一口气，更聚精会神地应对郑知许。

郑知许一个突然的投篮假动作，刘程被骗了过去，再回神郑知许带球从他身后绕过，手腕一扬，球稳稳地进了篮筐。

三分球，空心命中！

场上吹起一片口哨声：“阿许好样的！”

黄鑫阴阳怪气地说：“打成这个样子，真够给我们年级丢人的。”

郑知许扬起脸，细细的长眉挑起来，笑得明艳又嚣张，待看到不知什么时候站到角落的许樱，正给自己鼓着掌，顿时更加心花怒放。

郑知许嘬起红唇做了个飞吻。

许樱嘴角翘了翘，笑得斯文又乖巧，见郑知许已经看到自己，就退出喧闹的人群。

黄鑫的视线跟着许樱滑出去很远，咂咂嘴：“这女孩我怎么没见过？”

旁边一人回道：“那是高三（7）班的班长，一直是年级前三名的学霸。”

另一人说：“听说她家境不好，衣服都只有一套，穿了洗，洗了穿的，从来不参与别的活动，只专心学习。”

隔着一条塑胶跑道，篮球场的对面是足球场。

足球场的草坪被这一场雨水摧残后变得泥泞不堪，没什么人过来踢球，场边的长椅就空了出来。

许樱拿着纸巾擦干坐下，翻出单词本。

下午，郑知许突然醒悟，自己不能再玩下去，要艰苦奋斗，要自立自强。可她自控力太差了，就双手合十，恳求许樱搭救一把。

许樱想了想，制订了个计划表，每天郑知许放学后只许玩半小时，之后要和她一起坐公交车回家，每日进直播间跟着做题。

算上郑知许提前跑的那十分钟，再有一会儿她就会过来喊许樱回家。

“abadon，动词，抛弃、舍弃。ability，名词，能力、才能。able……”

许樱速记了十几个单词，身后传来一阵骚动的声音。

都是热血年纪，打篮球又是会有很多身体碰撞的项目，篮球场上经常会因为打球发生冲突。

许樱不是爱看这种热闹的人，顾放曾跟她说：“不要管任何人，只管你自己不要受伤害。”

可今天那里，有郑知许。

她合上单词本，起身跑过去。

十分钟前，郑知许的一记三分球助力高三民间联队将分差拉到五分，她看表差不多到时间了，就点了个人替她继续打，穿好衣服准备找樱桃回家。

可人还没走两步，就被一个高个子男生截住了去路。

“着急走什么啊，留下来再玩会儿呗！”黄鑫伸手拉下外套拉链，扔到一边，“你不是挺厉害的嘛，不会不敢吧？”

郑知许再怎么着也是个女生，刚才的进球只是碰巧罢了，她要是走了就是带着赢球走的，以后别人会说高二那群男的连个女的都打不过。

“谁不敢了？不敢的是孙子！”郑知许最怕人激，当下将衣服脱了重回赛场，“啪啪”拍了拍手，“来，继续！”

黄鑫嫌恶地推开刘程：“边上待着去！”

裁判吹了口哨，比赛短暂中断后又重新开始。

黄鑫体格庞大，身高逼近一米九，又是练体育出身，篮下抢球时一撞像撞上堵硬硬的墙，郑知许被震得浑身发麻，球脱手丢到界外。

她看了一眼黄鑫，黄鑫脸上是明晃晃的昭彰恶意，告诉她自己就是故意的。

郑知许练过散打，对付一般人不成问题，可黄鑫这个身形，又是长期锻炼的，她很难占到便宜，只能强自压住怒气，绕开黄鑫换位置站到后排卫。

几个人的小比赛并不正式，换位置也并没有什么。

队友截断对方的球传给郑知许，郑知许再次靠着灵活身形穿进对方站位里，来到篮筐下，一个弹跳，球从右手运到左手，正要往球筐里投，突然一个巨大的黑影压了过来。

郑知许只觉得左手腕一麻，紧跟着人就掉了下来，栽进人群里，裁判吹了一个犯规哨。

球从篮筐弹开，“啪啪”几下弹到远处。

“你存心的！”郑知许手腕传来撕裂般的疼，脸色煞白，眼睛也水汪汪的，骂人都显得没有气势。

“这不过是正常比赛中的犯规而已，谁打球的时候没经历过啊？我就说吗，女的就不应该打篮球，被抢球输了就玩不起。”

“你之前一直站在三分线外，突然就在我伸手投球的时候冲过来打我的手，这是正常的犯规吗？你是长臂猿？”

“我刚才明明就站在篮下了。”黄鑫吊儿郎当地歪着头，“你问问他们，谁看到我在三分线外了？”

旁边的人要么沉默，要么摇头否认，没人愿意为了郑知许去得罪黄鑫。

“啧，没意思，不玩了。”黄鑫接过同伴递来的衣服一套，人群自动给他让路。

郑知许气得浑身都在抖，可她受了伤，李不言他们又都不在，只能吃了这个哑巴亏。

“我看到了。”

寂静之中，一道女声兀自响起，像一颗小冰糖，在风里融化，清甜却坚定。

声音有意惊了篮球场上的人，也无心传到了外面路过的人的耳中。

“不知道是不是我幻听了，我怎么好像听到了班长的声音。”蒋京嘟囔着，抠了抠耳朵，“班长这个点早就回家学习了，肯定是我聋了。”

话音刚一落，走在前面的沈燃脚步一转，几大步便跨上台阶，脚下踩着风雨走向了操场的铁门。

蒋京和李不言对视一眼，跟了上去。

篮球场上，许樱背着书包，从方才自己特意隔开的一人区里踏入了喧嚣繁闹地。

无数道目光顿时集中在她一个人身上，有好奇，有敬佩，有看好戏，还有些若有似无的恶意。

许樱的胸口像是被一只无形的手摁住，使劲儿地往下压，将她仅有的稀薄空气挤压殆尽，闷得有些轻微的眩晕感。

这不适感许久不曾有过。

她咬了咬下唇，在心里一遍遍地告诉自己，阿许一直对她很好，阿许不会抛下她一个人，为了阿许她应该也必须要这么做。

许樱走到郑知许身边，黄鑫脸上本来因为被人戳破真相的暴躁表情因为看到来人是谁化成了邪邪的笑：“小学姐，话可不要乱说哦！”

“我没有乱说，我刚刚亲眼看到了。”许樱右手捏着手机，点开一个视频举起来，“这是我刚才录下来的……”

许樱眼一花，手机被黄鑫一把抢过去，扬手扔到了操场外面。

“我的最新款手机！”郑知许骂骂咧咧，“身残志坚”地要冲上去。

许樱挡在她前面，仰着头看向黄鑫：“你心虚才想毁证据，刚才你就是故意要打阿许。”

黄鑫没遇到过这么跟他讲事实说道理的人，他短暂被噎了下又恢复那副浑蛋样：“就是故意的又怎么了？”

“人家小姑娘被你欺负成这样，不道个歉真没礼貌。”

沈燃刚走近，就听到许樱说的这句话。这跟之前在公交车站自己说的，如出一辙。

他心里突然有种奇妙的感觉。

遇到许樱之后，总会在某个不特定的时刻，两点时光重叠，让他在恍惚片刻后，如在云端。

“道歉？”黄鑫像是听到什么好笑的笑话，笑得前仰后合。

要是自己，郑知许无所畏惧，可她不想让樱桃卷进来。郑知许拉着许樱：“算了，跟这些人讲道理不会有什么结果的。”

许樱点点头，又说：“不道歉也可以，他要出你的医疗费和手机赔偿金。”

“道歉，不可能；赔钱，更不可能。我看你长得有点儿可爱才跟你废这么多话，别给脸不要脸。”黄鑫脸沉下来，招呼同伴，“无聊得要死，走了走了。”

风里卷起呼啸声，紧跟着“啪”的一声，之前飞到远处的球准确无误地落进篮筐，再滚进来人的掌心上。

人群爆发小范围的惊呼声。

“看哪，看哪！是沈燃！”

“我这几次去高三（7）班都没看到沈燃正脸，没想到居然在这儿看到了！”

球像是有自己的生命一样格外听话，在沈燃的指尖上转动，他启口：“比赛还没结束，胜负还没分，这位同学怕输球怕得要赶紧开溜，这么自卑啊！”

黄鑫成功被沈燃的话激怒，又碍于沈燃身份特殊。

黄鑫虽然看不惯那么多小姑娘被沈燃迷得神魂颠倒，又瞧着他体形虽然结实但比不过自己，当即说继续比赛。

沈燃将呢子大衣脱下来，再单手将高领毛衣扒下来，只穿着里面的黑色 T 恤。

郑知许摩拳擦掌准备看好戏，忘了自己是伤员，扯到手腕疼得脸都变形了。

“怎么才一个小时，你就把自己伤成这样？”

李不言摇头晃脑地凑过来，看了眼郑知许肿起来的手腕，脸顿时变得严肃：“我先带你去医务室包扎，别回头成了残废。”

“你才残废，会不会说话！”

“好好好，我残废全天下我第一残废行了吧！”李不言连拉带哄带着郑知许要走。

许樱一直提着的一口气松了下来，也打算去照顾郑知许。可还没来得及走，怀里就被沈燃的衣服塞满。

许樱发着蒙看他，只看到了他的侧脸。

剃了寸头之后，沈燃的下颚线条看起来更加锋利，长相更有攻击性。

“既然是比赛总要赢点什么，不然多没意思。我队要是赢了，刚才她提的要求你都要照办。你们要是赢了，想要什么随你挑。”

“没问题。”黄鑫想也没想就答应下来。

沈燃见状，转回头叮嘱：“等会儿记得站远点儿。”

许樱不明所以：“为什么？”

沈燃嘴角勾起一个弧度，似笑非笑。

许樱的眼睛瞪得圆圆的。

沈燃这回是真的笑了出来，他顿了顿，说道：“许樱同学。”

“啊？”

“我要是赢了，请我喝东西吧，喝‘贩卖温柔’。”

许樱点点头：“好。那，你加油。”

/第三章 必然发生事件/

1.

这一场比赛犹如一艘船行驶在海面上，郑知许帅气漂亮地赢了刘程，是轻柔的海风拂过了海绵，漾起粼粼波纹；黄鑫堵住郑知许，加入战局，是水底暗礁凸起，撞晕了小船的方向；许樱站出来给郑知许做证，是船长力挽狂澜，艰难地将船往正确航道上开……

而沈燃的下场，是天将飓风卷狂浪，要么将船埋葬深海，要么送船驶向远方。

“嘟——”哨声再次吹响，比赛再一次重新开始。

之前的比赛黄鑫被判犯规，球由高三队控下，几个辗转运球落入沈燃的手中，黄鑫并没有来得及立刻跟过来防沈燃。

沈燃找准机会，手一扬，球落入篮筐。

周围爆发一阵欢呼，声音有男有女：“燃哥牛啊！”

“沈燃帮班上女生出头和黄鑫对上”的消息不胫而走，闻讯而来的人越来越多，挤挤挨挨地将这一方场地围得近乎水泄不通。

许樱刚刚站到了前排，后面不断有人推搡着，耳边充斥着震耳欲聋的叫嚷声。

她盯着沈燃，心里的不安越来越重。

沈燃连着进了三个球，将比分继续扩大，黄鑫咒骂了几句，行动越来越慢。

沈燃的身高和黄鑫相差无几，只是体形看起来比他瘦弱太多。这么一对比，就好似黄鑫是因为体形原因跑不过沈燃才导致频频失误，送分给沈燃。

全场为沈燃加油的呐喊声响得教学楼里都清晰可闻。

场上，沈燃再次拿到球，人群短暂安静下来，静待沈燃再次得分。

许樱往人群里扫了扫，不远处有个女生在认真地录视频，镜头紧紧地跟着沈燃。

她抱紧沈燃的衣服，猫着腰小跑到女生那边。

沈燃跑得很快，几下就把黄鑫甩开，篮下刚好没有对方的人守，沈燃单手拿球，要跳起来送球入网。

本来体力不支的黄鑫突然迈开步子，身影快得人眼前一花就到了沈燃身后。

“沈燃小心！”

“小心！”

黄鑫故技重施，只是这次不是奔向手腕，而是蹦起来撞向沈燃。

篮球这个项目，太多职业运动员因为身体碰撞留下时时复发的伤。

黄鑫这一下用尽全力，沈燃又没有防备，脚悬空很容易出事。

众人的提醒拦不住黄鑫，沈燃跳起来，身旁的黑影狠命地撞过去。

“砰——”

许樱的手指尖都在发抖，手机差点儿滑下去。

她眼前的世界一阵阵颠来倒去，耳边“嗡嗡”的一团乱，只记得用力抓紧手机，像抓住一根飘来的稻草。

她用力深吸口气，暴怒的男声灌入耳朵里："你这是打球还是打人！"

这声音……并不是沈燃的。

许樱一怔，深深呼吸几次，眼前清明开来。

手机的镜头里，沈燃就站在那里，精短的寸头露出额头，薄薄的汗覆在上面，有种不羁野性的美。

而喊的人是黄鑫的同伴，他扶着黄鑫，梗着脖子吼道。

黄鑫没受什么伤，可刚才那一下他被沈燃结结实实撞开，跌在地上时他甚至听见有人笑出了声。

沈燃的球进了，这一刻黄鑫的自尊跟名声跟着碎成了渣，同伴还要再说什么，被他一巴掌拍在脑后方闭了嘴。

"这位同学，愿赌服输，你要是不服……"沈燃顿了一下，轻笑了一下，"那我也不会和你打，浪费时间。"

眼看着没事，并不需要这个视频做证据了。许樱侧过身，将手机还给主人，换回了沈燃的衣服，道了声谢。

那厢沈燃已经径直迈步走了过来。

许樱把怀里的衣服奉上，沈燃拿过来，动作顿了一会儿才一件件穿上。

"走吧，许樱同学。"

许樱迟钝了几秒："去哪儿？"

"我赢了，请我喝东西。"沈燃一挑眉，"许樱同学不会想赖账吧？"

许樱急忙摇头："刚才的比赛你打得太好了，我看得入迷情绪太过激动，短时间难以自拔去想其他的事情。"

"那许樱同学仔细说说，我哪里打得好？"

许樱一时不知道说什么。

"许樱同学上次写的祝福文采斐然，让我感动不已。之前我看到一段话，说真正的粉丝给偶像写信的时候很谨慎，写了删删了写，想让忙得睡觉时间都没有的偶像能快速看完，所以信上写的内容只是心里想说的话的一小部分而已。我现在时间很充裕，可以听许樱同学把心里所有的想法说完。”

许樱脑子“嗡”的一声，感觉自己要窒息了。

雨后天晴，夕阳西落，一层淡金一层绯红，密密地织成筛子，将光筛出柔和又瑰丽的色彩。

沈燃低头，看那光落在她的脸上，晕开一片灿烂。

女生的唇一张一合，声音软而清亮，正经又认真地说着吹捧他的话：“你的一个跳跃，潇洒恣意，如神似仙，游走于九霄之巅。我很纳闷，这么一个活生生的神仙，怎么还没有人来找你演仙侠剧？”

两人越往前走，光越往后。

“以前我不知道这世上还有完美的人，但是有……”

“你不舒服吗？”沈燃兀自出声。

许樱正扮演粉丝机械输出的彩虹屁被一下打断，她下意识地视线往下垂，声音听着还很正常：“你怎么这么问？”

“你的脸过于白了。”

许樱拍拍自己的脸，说：“郑知许说我是喝牛奶喝多了才这么白。”

“贩卖温柔”的牛奶只剩最后一杯，许樱递给沈燃，奶香气从她的手上渡到他的手上。

“我要去医务室看郑知许，今天的事情，我代她谢谢你。”

沈燃喝了一口牛奶，莫名地觉得比他之前自己买的那杯好喝，似是多放了方糖，瞬间就甜了几个度。

他眉眼舒展，说：“不用代她谢谢，你自己谢谢就好。”

许樱觉得奇怪：“我为什么要谢谢？”

沈燃沉默着将牛奶一口喝光，才说：“我让你有机会这么近距离欣赏偶像的美貌，洗涤你的心灵，还不值得你说一句‘谢谢’？”

许樱的表情再一次被沈燃震僵，过了会儿才拉回了一张完美无瑕的真诚笑脸：“我谢谢您。”

沈燃很自然地接了句：“不客气。”

许樱赶到医务室的时候，隔着门就听见郑知许在和李不言互相攻击、互相谩骂。

“被那么个大块头打中只肿了一圈啥事也没有，你是钢筋铁骨打的机器人吧？怪不得你能每天那么狠心对英俊又善良的我下毒手。”

“你？英俊又善良？我一个月前吃的年夜饭都要吐出来了。”

郑知许的声音清脆洪亮，这才一个小时不到，恢复能力真的是满级了。

正赶上医务室的女老师拿药回来，许樱再次确认了下郑知许的情况。

女医生很温柔地说：“幸好没伤到骨头，按时擦药，好好休养就没事了。”

“谢谢老师。”

“不客气。”

许樱跟着女老师进去，在一旁很认真地听女老师讲药的用法，过了半小时，几个人离开医务室。

季节刚过了冬日，黑夜却仿佛还习惯于过去，早早地降临。

几个人都还没来得及吃晚饭，郑知许招呼大家去吃米线。

离一中西门五百多米有一家米线店，店的年头比一中学生的平均年纪还要大。

店主是一对从云南来的夫妻，手工做的米线味道十分地道，是除了篮球场，第二个一中学生必争的战场。

这个点晚自习马上开始，店里没几个人，不用争不用抢，轻轻松松就可以享受一碗热腾腾的米线。

金汤酸辣适中，米线软糯微弹，鲜切的肥牛在滚水里一烫，嫩得像能化在喉咙里。

蒋京摇头晃脑地念叨：“要不是阿许‘残废’，我们也不会这么轻易抢到位置，所谓‘塞翁失马，焉知非福’，古人诚不欺我……嗷！”

刚掰开的一次性筷子精准地击中蒋京的鼻子，郑知许恶狠狠地瞪着眼睛：“吃饭还堵不上你的嘴！”

她说完又抽出一双筷子掰开，转头瞬间变脸，笑眯眯地对许樱说：“知道你不吃太辣的，我另外让老板煮了清汤的，马上就能上来了。”

李不言看不过去：“郑知许，你真是老双标人了。”

许樱的口味和她对大部分人和事的态度一样，很淡很淡，不爱吃辣不爱吃咸不爱吃甜不爱吃酸，但也不是不能吃，就是不喜欢。

其实只要是食物，没毒，她都可以咽下去，总而言之是个对味道底线很低的人。

之前，郑知许照着食谱做了一盒蓝莓曲奇，分给几个人吃，蒋京和李不言只吃了一小口就跑去吐了，许樱竟然一个课间的工夫都吃完了。

郑知许感动不已，三不五时地做东西投喂许樱。

从此蒋京和李不言看许樱的眼神，充满了至高无上的敬意。

“来喽，小心烫！”

说话间，老板端着刚煮完的米线上桌，放在许樱面前。

玻璃的推门被打开，老板直接迎上去：“同学吃点儿什么？”

“肥牛米线，加份米线，再加份肥牛，多加辣。”声音一出，许樱有些恍惚。

怎么他又出现了？

今天在操场已经将她之前在无意间记住的几句“彩虹屁”用光了，她夸无可夸，决定少说话。

其他几个人愣了几秒，郑知许举起完好的手：“燃哥，这里，这里！”

李不言：“老板在这儿加把椅子呗！”

蒋京：“我搬吧！”

桌子一侧挨着墙，四个人里许樱和郑知许背对着门口，李不言和蒋京坐在对面，加把椅子只能加在过道的地方。

沈燃刚接完沈复的电话，沈复话里话外将他出走的那一年多的时间贬得一无是处，他有些烦躁地挂断电话，随便找了家店拐进来，没想到会碰到他们。

可视线从添的椅子上移到旁边的纤小身影，停了停，沈燃从善如流地走了过去。

蒋京殷切地递了筷子，问：“燃哥，你怎么会来这儿吃饭啊？这不符合您高贵的气质啊！”

这个过程复杂到沈燃都懒得解释，随口敷衍说：“没什么不符合的，家里破产了。”

沈复要是真的破产了，他就彻底自由了。

蒋京他们仨面面相觑，表情震惊又心疼，继续开始互相攻击，互相谩骂，做米线店的气氛组，试图把燃哥这伤心痛苦的一页自认巧妙地掀过去。

一次性筷子在沈燃的长指间转了一圈，又一圈，停下。

他手臂支在桌子上，微垂着头，看着旁边毛茸茸的头顶，好意地提醒：“许樱同学，再不吃要凉了。”

许樱面前的米线保持着最初放到她面前的模样，甚至连筷子都没有掰开。

她半垂着眼，很认真地在盯着小砂锅里的米线，逐渐冷却的热气大半都扑在了她的脸颊，晕得她脸上一片红意。

闻言，许樱下意识往后挪了挪，才说：“我不喜欢吃太热的，就等着它放凉点儿再吃。”

许樱不喜欢和别人说这些，她自己喜欢什么，不喜欢什么，她自己知道就好。

可总不能说她是因为不想和沈燃对话，才装成吃货一样盯着米线看的吧！

两害相较其轻，就算她说了也不会怎么样，沈燃又不会在意。

“那牛奶呢？”

许樱想了想说：“水喜欢喝热一点儿的。”

规矩还挺多，沈燃想着。

许樱等到米线凉了，掰开筷子要开动。

沈燃伸出手，半路截住了她。

许樱抬头，疑惑地看着他。

沈燃捏着筷子的顶端，轻松将筷子“掠夺”，一手一支，交叉在一起，将筷子上细小的木刺摩擦干净，还给许樱。

筷子握在手里，温度似乎都变得不一样了。

“同学，米线好喽！”

热腾腾的米线上桌，汤表面浮了一层红油，远远地都能感觉到那浓重的辣意。

沈燃将小砂锅往右挪，离李不言那碗只有一小寸距离。

许樱抿了抿唇，夹了一筷子米线放到小碗里，小口小口地吃起来。

沈燃身体的倾斜使得那三个人说着说着就把他带到里面去了，他们说几句他点头应上一声。

“我的手机死得好惨烈，里面还有我花钱买的好多本小说呢，打算今晚一鼓作气看完，计划都让黄鑫给毁了！赔不赔钱我不在意，我就是想打爆他的头！”

李不言若有所思地问：“我听说黄鑫他家人脉挺广，从初中一直嚣张到高中，他会乖乖认输赔偿阿许吗？”

李不言和郑知许都是嘉南大学附中出来的，平时互相怼得最厉害，但也关系最好。

沈燃筷子点着汤里漂浮的一小块干辣椒片，“嗯”了一声。

郑知许转头喊：“老板，来五瓶雪碧！四瓶凉的一瓶常温的。”

老板很快把饮料拿过来，放在桌边。

沈燃放下筷子，用手背触了一下瓶身，拿起一瓶轻松拧开，放到了许樱的手边。

是常温的那一瓶，许樱拿着勺子喝汤的手一顿。

她在认认真真地吃米线，因为热沁出的汗珠就挂在小巧挺翘的鼻尖。

她一人安安静静，其他人吵吵嚷嚷，看着很格格不入，但又异常和谐。

许樱抬起头，微笑说："谢谢。"

沈燃若无其事地坐回去，又递了两瓶给右手边的蒋京和李不言。

二人虔诚地双手接过，恨不得供起来日夜祈福。

"这次的事情多亏了樱桃和燃哥。"郑知许站起来，举起一杯雪碧，表情严肃，"樱桃是我的女神，燃哥是我的男神，今天让男神女神联合起来为我讨公道，我郑知许感动不已，大家干了这一杯，以后就是好兄弟，有福同享有难同当！"

"咳咳咳……"许樱一口汤呛住，差点儿被郑知许的话"送"走。

沈燃的嘴角扬起来，心头刚刚积起来的阴云散开，有彩虹色的光射进来，带来轻薄明亮的愉快。

家里和一中，像是地狱和人间。

他再一次被人从地狱里拽了出来。

冰雪碧沿着透明的玻璃杯缓缓往下蔓延，气泡"呲呲"作响，白色泡沫满得要溢出来。

五个杯子都举起来，往中心齐聚，碰撞在一起，发出清脆的声响。

"砰——"

郑知许高声喊："感恩遇见！"

李不言和蒋京起哄地吹口哨，许樱弯起眼在笑。

这个料峭的初春，跟着有了温度。

沈燃举杯，贴着自己的唇，无声地跟着说："感恩遇见。"

2.

晚上八点半，沈燃到家。

说是家，其实只是离一中有五站公交站的一处单身公寓，高考前的这三个月，沈燃就住在这里。公寓不大，收拾得简单却干净，一应生活用品俱全。

这里就像是每一个为了孩子考学，而选择在高三冲刺阶段搬到学校附近，照顾孩子起居饮食的家长收拾出来的样子。

只是这些都是保洁阿姨收拾的。

沈燃脱掉上衣扔进洗衣机，转身进了浴室，将那一股热热闹闹的米线香味洗掉。

二十分钟后，他甩了甩头发上的水珠，赤裸着上身出来，挑了件纯棉的 T 恤穿上。

放在床头柜上的手机“嗡嗡”响起，“姓沈的”三个字随着振动不断亮起又暗下。

沈燃像是在看什么玩具一样饶有兴味地看了一会儿，直到屏幕彻底暗下去。

又过了半分钟，手机又响起，是一串没有备注的号码。

沈复找不到他，就用方姨的，再不接就再用别人的，他习惯了。

沈燃连看都懒得看，拎着一个背包，穿了运动服到小区楼下跑圈。

那辆黑色的迈巴赫尽职尽责地停在小区门口，正躺在驾驶位上的宋帘一看到沈燃的身影立马坐起来，打开车门就跟了上去。

沈燃的身体素质绝佳，之前又经过系统训练，跑了几圈仍然脸不红气不喘。宋帘竟然也没有被甩开多远，依旧执着地跟着。

前面五百米的位置有一棵梧桐树，沈燃突然加快脚步。宋帘努力加劲儿，双腿跟灌铅一样，喉咙里风滚进去，胃部往上反着铁锈的味道，宋帘这才意识到他之前都是故意让着自己的。

宋帘咬着牙往前冲，梧桐树后沈燃手支在树干上，看着冲过去的身影，伸出手鼓掌：“宋司机这身手、这速度，不去做长跑运动员真是国家队的损失。”

宋帘听到声音一个刹车，弯下腰，双手撑在膝盖上大口大口地喘着气，才迈开沉重的步子走过去。

“相逢即是有缘，还得麻烦宋司机买两瓶水，fillicio（神户天然矿泉水）就行。”

宋帘心想，两千多一瓶的水，你可真好意思开口。

这附近买不到沈燃要的水，而宋帘的工作之一，就是满足沈燃所有的需求。

宋帘没办法只能给家里打了个电话，不一会儿就有人送来一箱水。

宋帘搬过来，沈燃拧开一瓶，一口灌了大半瓶。

喝完，他把剩下的往肩上一扛，随口说：“你累得厉害，这个就不麻烦你帮我抬上去了，先走了。”

宋帘怀疑沈燃是故意坑他一箱水的。

“哦，对了。”沈燃扛着水箱，在夜色里转头看他，“我坐公交车去上下学挺好的，以后不用你特意送我了。不过你每天和方姨汇报的时候就直接说我坐你车去上的学，免得麻烦。”

方姨全名方氤氲，沈复和沈燃的亲生母亲离婚后过了几年和方氤氲走到了一起。

宋帘支支吾吾地说：“这不好吧……毕竟太太是让我来做司机的。”

“司机只是幌子，看着我每天去了哪里才是真的。我不排斥你跟着我，你还不用做司机奔波，这对你是稳赚不赔的。”

沈燃一笑，昏黄路灯下这笑比月光还凉：“予人方便，就是予己方便，宋司机也不想再一次在夜里狂奔吧？”

这是威胁，赤裸裸的威胁。

可宋帘也没办法反驳，毕竟这是人家家里的事，他就是一个打工人，得罪谁都没好果子吃。

宋帘想了想，沉痛地点了点头。

沈燃目的达到也不废话，转头就走，回去把那一箱水放到冰箱里。

冰箱内部的光打在瓶身上的施华洛世奇水晶上，里面的水都泛着璀璨的珠宝浮光。其实这水跟普通的水味道无甚差别，人们喝它是为了它所代表的高不可攀的阶层。

沈燃的父亲沈复最常说的一段话是："你身在什么样的位置，就要做什么样的事情。你是我沈复的儿子，你要做的是不择手段让沈氏集团立于不败之地，做其余的所有事情都是浪费时间。"

沈复设好了沈燃要走的路，他沈复唯一的儿子，不应该沉迷射击做什么运动员，就应该好好学经商出国深造，回国进入沈氏，继承他的位子。

从初中开始，沈燃的射击课程慢慢地、一点一点地削减，之后彻底停下。

上了高中，沈燃选择住校，常跑出去偷偷地练射击，没几次就被沈复抓住，用藤条打得皮肉绽开，半个月都没能下床。

沈燃好了以后不吃不喝，无声地和沈复抗议。

沈复气急，揪起沈燃就要下死手。

沈燃面色苍白，瘦得脸颊都凹下去，可眼神却偏执，直盯着沈复，盯出了血色。他一语不发，却看得沈复心慌。

这么折腾下去，不会有他想要的结果。

沈复和沈燃达成一致，他放沈燃去做自己想做的事情，以三年为期，如果到时候沈燃并没有找到自己的出路，就要听沈复的安排，不能再反抗。

"好。"沈燃重重地吐出这一个字，之后因为过度饥饿晕厥过去。

醒来之后，沈燃拥有了自己梦寐以求的，属于自己的时光。

这段时间沈复不再支持沈燃的生活费用、训练费用，一切都要靠他自己。

沈燃和之前的训练团队联系上重新投入训练，之后没多久团队高层出走，队伍解散，沈燃再找其他人，也是屡次不顺。

花钱找训练耗费过大，几次团队散去他的钱被卷走所剩无几，最惨的时候口袋里只剩下两百块钱，被房东下了最后通牒，第二日再没有钱交房租就要搬出去。

沈燃没有一个馒头掰成两半吃，艰苦撑着，三年时间他只坚持了一年半。

最后，他用了这两百块钱去了一次游乐场，然后回到家里，向沈复低头。

在一中待几个月，是他退无可退的结果。

他不甘心，却也真的累了，可一中的一切，超出他的预期。

他疲惫的灵魂被唤醒，突然生了再试一次的斗志。

沈燃关上冰箱门，掩住那一片刺目的宝石光，又去了浴室冲了个澡，再出来时，手机收到两条新短信。

一条来自方姨。

方姨："小燃，这两天温度低，出门要多穿些，想吃什么就让小宋去买，别自己跑去买，小心着凉。"

方氤氲各种社交软件玩得溜到不行，会用短信的一看就是沈复。

打了电话又想装打电话的人不是他，沈燃冷笑一声，删掉短信。

第二条信息，发件人是个陌生的号码。

"沈燃选手你好，我是市射击队主教练顾放。我看到你射击的视频觉得你很有天赋，想邀请你加入市队。时间地点随你定，有意回电细聊。"

"市队？"沈燃冷哼一声，"一定是老沈找来试探我的人，想看我是不是真的安安静静回来上学。这试探太不高明，他可能不知道，市队从来不挖外面的选手。"

沈燃回了两个字——滚蛋。

这一条信息也跟着魂归垃圾箱。

沈燃扔开手机，将自己摔到床上。

身心都紧绷了一日，身体沾到床的瞬间，疲倦感立刻袭来。

这是平凡的一刻，也是他最贪图的安宁。

就像……

沈燃脑中闪过篮球场、闪过黄昏日落时的那张脸。

他眉心舒展，酣然入睡。

城市另一头，嘉城市射击队医务室。

顾放的右手手腕用纱布包着，左手攥着手机，口中絮絮叨叨念念有词：“快回消息，快回消息，快回消息……”

营养师周逸做好队内每个队员暂定的营养餐表，脱掉白大褂放好，随口说：“不知道是谁能让我们‘人间魔鬼’顾指导这么苦苦等待着……咦，你交女朋友了？”

“什么女朋友，还不是之前你跟我说的那个沈燃。”顾放往后仰靠在椅背上，左手仍没有放松，“我费了很大的力气从之前一个制作标靶的人那里要到了沈燃的手机号，想着直接打电话太唐突，容易被当成骗子就先发了短信过去，可都十二分钟零三十秒了，他还没回我。”

话音刚落，“滚蛋”两个字就冲到了眼底。

顾放捂住嘴，差点儿落泪，叹了句：“终究是我不配！”

周逸不走心地劝了顾放两句让他看开点，低下头检查了下他的伤口。

“行了没事了，你说说你，这只手之前受过那么重的伤，怎么还不管不顾地冲出去，幸亏只是扭了一小下。”

队里新提上来三个青队上来的小队员，上午刚到，顾放忙着下个月的市队交流赛，下午才来得及见他们。

顾放定下的规矩，新来的队员不管是谁推荐的，之前成绩如何，都要在他面前接受一次考试，从身体素质到专业能力都要过一遍，合格才能入队，不然都要退回。

几个小孩来之前就听说顾阎王的恶名，在他铁面的威压下，压力倍增。

做步枪立射练习时一个浓眉大眼的小队员紧张得手抖，顾放训斥了一句他竟然吓得手软，枪紧跟着往脚面掉。

小孩吓傻了动都不会动，一把职业选手的枪分量足足有十七斤，这一下砸下去脚面肯定受伤，之后再想上训练场怎么也得小半年。

运动员的职业生涯辉煌的时候只有那么几年，错过了就再难找回。

这一点，没有人比顾放更了解。

顾放没时间犹豫，一个箭步冲上去，右手大力推开小队员。

他的手之前受过很严重的伤，之后留下后遗症，太用力会剧痛以致伤反复。只是情急之下，他什么也顾不上，这一下扯到了伤处。

顾放脸色当场白下去，被送到医务室。

已经是下班时间，队医上完药顾放就让他先走了，留周逸这个倒霉蛋加班替他隔一小时按摩一次。

“都是小孩子，就算菜，我也不能见死不救。”

周逸的手按上去，忍不住絮叨：“这要是让你妹妹知道，她不得心疼死，你可长点心吧！”

顾放眼神一黯，周逸只当他是太在意这个妹妹，欣慰终于找到办法能治他了。

“你晚上还没吃饭吧，我家那儿新开了家花椒鸡，特好吃，去不去？”

顾放摇摇头：“下午那三个小孩的成绩表我得做一下，明早发配他们赶紧哪儿来的回哪儿去，你先走吧！”

“行吧，您老小心着点儿。”周逸拿好车钥匙出门，偌大的医务室只有顾放一人。

他静静坐了一会儿，起身，关上灯。

走廊里安安静静，感应的灯随着顾放的脚步逐一亮起，前呼后拥，送他回到自己的办公室。

办公桌右边，放着一个玻璃柜，里面是整齐摆放的，金灿灿的奖杯和奖牌。

有他做队员时得的，也有做教练时带领队伍获得的，只是不管是他做队员还是做教练，都缺一个世界赛的冠军。

深深的遗憾从心底里涌出来，他从桌子最下方锁着的抽屉里摸出烟。

“你再敢偷偷抽烟，我就去告诉奶奶！”脑中突然浮现出的小姑娘扎着两个麻花辫，双手叉着腰，气鼓鼓地瞪着他的模样。

顾放想了想，还是放了回去，摸出手机，拨出“1”号快速拨出键。

“奶奶，我是小放，这个点怎么还在看电视……”

“没事,我就是抽查看看老太太有没有乖乖睡觉,呵,果然没有！您帅气的孙子气得三天不会给您打电话了。”

“小樱情况挺好的，一直很平稳没有再犯病，您放心吧，还有不到三个月高考，考完我们就回家……”听着电话里奶奶慈祥温柔的声音,顾放慢慢平静下来,又是那个坚不可摧,帅气逼人的好教练、好大哥。

好大哥深夜对妹妹发送爱心问候。

顾放：“今天你哥看到了一个大帅哥，照镜子的时候看到的，嘻嘻嘻！”

消息没能发送成功。

旁边一个偌大的红色感叹号，和上面一行“您已不在对方好友列表”的小字在这个深夜里扎透了老大哥的心。

顾放捧着一颗被伤得支离破碎的心，举着三根手指头发誓：“等我哪天去你们学校门口堵你，我让你知道知道什么是规矩，什么是体统！”

之后，他点开挚爱的宫斗剧，以此来抚慰受伤的心。

3.

本学期的直播间学习，在第二日晚上即将正式开始。

放学之前，班主任梁晨和英语老师老陈一起和许樱谈了一小会儿。

许樱是梁晨眼里的宝贝，她刚一进办公室梁晨就端上刚点的奶茶，芝麻芋圆绢豆腐，热乎乎地暖着她的手心。

“班长这几天为我们班的业绩都累瘦了，特意给你点了一杯奶茶，快补一补。”

许樱笑眼弯起来，乖巧又礼貌：“谢谢梁老师。”

“许樱啊，这次的名单和上一次的没差太多，只是多了个沈燃。”老陈伸手敲了敲桌子，“这个沈燃我听说过，昨天和高二年级那个黄鑫发生了冲突……”

“没有发生冲突，只是打篮球。”许樱很平静地纠正老陈的观点。

这貌似是她第一次很据理力争地说话，但仔细想想又没什么。

老陈只是愣了一下，又点头：“好，是打篮球，不过能和黄鑫搞得那么火药味十足的，也不是什么省油的灯。我让你搞这个直播间学习，是想让你在温习功课之余能带一带班里后面的同学，让全班的成绩都提升起来。如果因为某个人而破坏了直播间的安静影响了你，那就得不偿失了。”

老陈在英语组资历很深，而梁晨则是第一年带高三的年轻老师。

在找许樱之前，梁晨已经就沈燃的事情和老陈争论过，结果自然是没争过。

虽然她每个学生都喜欢，但对一个学生负责，和对大多数学生负责，这二者之间，她肯定要选择后者。

许樱长长的睫毛眨了眨：“陈老师是不想让沈燃跟着直播间学习是吗？”

老陈没有隐藏地点点头：“他算是在一中借读，他的最终成绩说白了不会影响到咱们班的升学率，我这也是为了你们着想。”

许樱确实是不想和沈燃有更多的接触，也因为他要在直播间学习而烦恼了一阵。

但她没想过，最后会以这种方式，让沈燃离开直播间队伍。

更何况以沈燃的影响力，一旦被人知道他是因为这个“冤屈”

而被赶出去的，那直播间才是真的要翻天覆地。

老陈下了决定："要是你没什么意见，就把沈燃替换成之前的孟菲菲，你们就安安心心地学习。"

许樱抬起眼，瓷白的脸上有自己都没感知到的一分愠色："沈燃是凭着自己的实力考到班级倒数的，按照之前定下的规则，他就应该要在直播间学习。老师定下规则的时候，也没有把借读生排除在外，现在用这点拒绝沈燃，我觉得不是很公平。"

这下不光老陈，梁晨也发觉了小班长和以往的不同。

"而且沈燃之所以和黄鑫打球，是为了班级里的女生不被欺负，并不是故意挑事。"

许樱字字清晰，不卑不亢，再加上她长久以来给人的温和听话、乖巧懂事的感觉，让人不由得就对她的话信以为真。

门外的风如是，门内的人亦如是。

梁晨站起来，接过许樱手里的奶茶，将吸管插进薄薄的塑料封盖，又递还给她。

"许樱说的和我了解到的情况差不多，这毕竟是许樱的直播间，她认为合适的肯定就合适，咱们就坐等着班长带我们班走向新的巅峰吧！"

老陈看许樱这么执着，再看梁晨也迅速倒戈，摇摇头叹一口气："那好吧。只是许樱，要是沈燃惹什么事影响到直播间的学习，你一定要第一时间告诉我和梁老师。"

许樱点点头："我会的。"

这一场欲点燃的战火在三言两语间平复，不会被外人知晓。

梁晨又说了几句有关百日誓师大会的事，之后许樱带着那一杯奶茶退出了办公室。

走到楼梯拐角处，靠在雪白的墙壁上，许樱合上眼，深深地吐了一口气。

要靠自己把沈燃的形象扭转，又不能太过激进惹老师厌烦，这其中的分寸着实不好拿捏。

这两年多，许樱人为地、刻意地只专注于学习。

而自沈燃出现的这段时间，她会为了一些杂乱的，和学习不相干的事情分心，生活不再是一日重复一日，而是有了些变化。

她不知道这变化是好是坏。

“许樱同学是被班主任罚站了？”恍惚间，一道熟悉的声音自她耳边响起。

像被人窥探到了秘密，那一杯开了封的奶茶被她不注意地大力捏了一下，奶茶顺着吸管挤出来，滋到了墙面上。

许樱瞪大眼，呆愣愣地看着自己闯下的祸事。

沈燃抱着双臂，微微弯腰，戏谑地盯着她：“许樱同学见到我怎么像见到鬼了，你是不是做了什么对不起我的事情啊？”

顶着他的目光，许樱倒是很快就冷静了下来：“是激动，见到燃哥，太激动了。”

怕露出破绽，她边说边掏出口袋里的纸巾擦着手里的奶茶杯，擦掉一圈溢出来的奶茶，之后放到窗边。

沈燃用眼神点了点墙上的“奶茶狂草”问：“许樱同学，这要怎么办？”

五分钟后，许樱一只手拿着一盒白粉笔，另一只手拿着笤帚从高三（7）班再回四楼。

沈燃就站在方才她背对着站的地方，也闭上眼，仰头接受窗外夕阳的沐浴。

听见脚步声，沈燃歪过头，视线从许樱脸上一转，落在她手中的粉笔上：“用不用帮忙？”

“没关系，我自己可以的。”

她说自己可以，沈燃就真的没动手，靠坐在窗台上看她干活。

那杯奶茶已经不见了，应该是被他丢了。

奶茶落在墙面干得很快，留下的印记颜色很浅，许樱拿着白粉笔一点一点地涂上去，白色的粉末扑簌簌往下落。

很快，低处的印记都被一层白色覆盖，和原来相差无几，只剩下高处的几道。

许樱踮着脚，伸长胳膊，艰难地往上够着。

再往高处，她只能跳着蹦着，恨自己没搬一把椅子过来。

她卖力地蹦了几个来回，那一处印记被涂得乱七八糟，她鼓着腮帮子深呼吸了两次，准备看准位置再次行动。

刚要伸手，就有人先一步拿走她手中的粉笔，抬起手轻松地够到那个她遥不可及的位置。

一声轻笑，从头顶传来。

沈燃缓慢地将被许樱涂得破烂的缺口补好，将粉笔头收到掌心。

他退后几步，打量着墙面说："嗯，看不太出来了。许樱同学，你觉得呢？"

许樱的心跳如擂鼓，声音大得她快要听不清沈燃说的话。

她看那面墙，浅浅的印记被遮住，重新变得雪白雪白的。

她说："真好看。"

墙好看，站在墙前面的沈燃好像……

好像，也比往常更好看了。

许樱住处的直播设备是老陈之前上网课用的，两个主机显示屏，一个摄像头，电脑内安装好了直播的软件。

晚上八点，许樱坐在电脑前，调试了几下之后，打开了直播间。

捧场王郑知许第一个就位，急吼吼地冲进直播间，占据左边显示屏第一个位置："樱桃，我的樱桃，我已经有两个半小时没看到你的盛世美颜了，快打开摄像头让我看看！"

每个在直播间学习的人在手机上安装一个配套的软件，输入直播间号码就可进入。

蒋京顶着一双困倦的眼出现："我昨晚通宵学习，刚放学回家才睡一会儿就被我妈喊醒来学习，人生啊，可太苦了。"

"你那哪是通宵学习，是通宵游戏吧？"李不言无情地拆穿他。

蒋京寻思拉他下水：“李不言快把摄像头打开，不然我明天就和老陈告状！”

李不言惧怕老陈威严，不得不打开摄像头：“还想着摸会儿鱼呢，这下摸不成了！”

直播间里人陆续到齐，一共九个，只缺一个沈燃。

郑知许纳闷：“我和燃哥说了啊，今晚八点，我把软件也传给他一份了，他不会是忘了吧？”

许樱庆幸于不用和沈燃对上，整个人都放松下来。

她打开摄像头，右边整面屏幕上出现她的笑脸，眼睛灿灿，笑着看着摄像头：“大家好呀！”

左边的显示屏上，沈燃几乎在同一时间出现，前后相差不过一秒。

她轻松不设防的笑，被他在一秒捕捉到。

就好像初遇的那一日，她看着满天的云而笑，空灵又可爱。

“燃哥进来了！”

“燃哥又卡出去了！”

郑知许激动地播报沈燃的消息，许樱不得不对着沈燃头像上黑下去的框框问一句：“沈燃，还能听见我说话吗？”

“能听见。”沈燃顿了一下又说，“不过刚才手机掉地上了，摄像头出了问题，我看不见你。”

所谓的直播间学习，其实就是许樱起带头作用，其余人跟着做题，全程除了开始和结束中间不用怎么说话。

摄像头坏了，就等于沈燃没有参与这一场直播。

许樱刚僵住的嘴角又放缓，眼尾暗喜地往上勾了勾，嘴上却语气颇为遗憾地说：“那沈燃同学只能等手机修好了才能恢复正常了。”

沈燃淡漠地“嗯”了一声。

许樱伸手，将桌子上的樱花台灯调亮。

“那我们准备开始吧，今天这一个小时，我会做一套前年的理综高考试题，大家做半套就好。”

她的姿势向前，脸更加贴近摄像头，更亮的灯光一打，皮肤白得透亮，似一颗海珠。

摄像头被黑色的睡袍的一角遮住，镜头没坏，他仍能看见她。

她拿着笔，正在做物理的选择题。

沈燃坐在书桌前，支着手臂，翻开和许樱一模一样的那套题。

他在心里说着答案。

——“C。”

许樱拿着笔，在第三题“C”上打了个对号。

——“A。”

许樱跟着在下一题选了 A。

——“B。”

每一道题,两个人的正确率一样,只是沈燃的速度比许樱快一些。

许樱开始做物理的多选题时，沈燃已经开始做化学了。

做完选择题，沈燃停下，又垂眼看向手机。

耳边，是她的声音在回荡。

“……现在用这点来拒绝沈燃，我觉得不是很公平。

“而且沈燃之所以和黄鑫打球,是为了班级里的女生不被欺负，并不是故意挑事。”

仿佛是为了圆自己是他粉丝的这个谎有些困难，又或者是因为他身上生人勿进的冷漠气质，许樱能躲着他的时候就躲，实在躲不了面对时就是会不自觉地紧张，这他都能看得出来。

直播间的事情，她大可以听老陈的意见不让他去，这刚好遂了她的心意，可她却为了他说话。

沈燃第一次被一个女生保护，没有任何目的，单纯地保护。

郑知许的事情，许樱根本就没有录到黄鑫的视频，却故意把什么都没有的手机递到黄鑫面前，就是料准了黄鑫性格急躁，又向来嚣张无赖惯了，肯定会出手毁手机。

许樱很聪明，又会藏着聪明，让人误以为她是除了学习什么也不放到心上的书呆子学霸，可她本质又是善良至极。

沈燃联想到传闻中她的家境，心下已经勾勒出了她从小到大的生活轨迹。

——家境不好，靠自己努力学习赢得逃离黑暗的机会；本性善良被人欺负，不得不学着精明来让自己活下去。

沈燃的心被狠狠地刺了一下。

他常常在想，为什么他不能像同龄人那样，活得简单纯粹，为了得到一双球鞋而开心，想做什么就去做什么，想追逐什么就去追逐什么。

他以为，只有他一个人这样。

可现在，他发觉还有人，也过着这样的生活，他并不是一个人。

从第一次见面开始，从那辆公交车开始，每逢他望向她，她就是在学习，她比他见过的所有人都要努力。

因为这可能是她能看到的，唯一的一条路。

就像孤单的路终于多了一个队友，可以说说话，可以互相鼓励。

沈燃闭了闭眼，看到了模糊未来中的一线希望。

他回来这些日子，晚上从一中离开还一直保持着做大量的体能训练，为的不就是有朝一日能有机会拿起枪吗？

他可以再拼一拼。

沈燃装作彻底掉线退出了直播间，直接打给了宋帘。

“帮我办个事，高二（4）班的黄鑫，他家有亲戚是一中的高层，去让黄鑫三天之内来我班里把欠的手机和医药费还回来，还要当着大家的面道歉。”

对面的宋帘：“不是，我只是个司机而已……”

“办不了，就晚上跑圈见吧！”

宋帘的小腿肚隐隐抽筋，一咬牙，沉痛地说：“行，我努力。”

沈燃挂掉电话，要再点进直播，想了想她做题正集中还是别让她再分神。

他对着手机自顾自地说话：“我好不容易为人着想一次，以后记得要好好谢我。

“我这个人不管付出什么，就要想办法讨回来。

“看你可爱，给你打个折扣，只讨回来八成。

“我人很好是吧？”

他手指对着灯光弯一弯，墙上就有个影子在点点头，像是真的在回答他，顿了一下，又摇摇头。

许樱明显不是这么认为的，他心里还是有点儿数的。

不过之后，她会慢慢知道的。

知道他不好，但对她好。

前者是数学里的可能发生事件。

后者经过这一晚，变成了必然发生事件。

/第四章 今日多云转甜/

1.

进入高三之后，梁晨买了一个巨大的倒数日历，挂在黑板旁边的墙上。

日子一天天过去，高考一天天临近。

距离高考前一百天，一中惯例要集结高三年级所有学生召开“百日誓师大会”，激励同学们在之后的这一百天里努力努力再努力，拼搏向上，竭力冲刺。

自去年开始，嘉城号召学生减负，高三年级假期内也不许提前回来上课，所以距离高考刚好一百天的这一日，学生都在家里。

反正大会的目的是在激励，到底是不是百天都不重要，校长就把誓师大会挪到了开学之后的 3 月 17 日，也是一中建校的纪念日。

每年的誓师大会，都要有一名学生代表，站在台上发言。

每年的学生代表要综合年级成绩和品德优秀来选，往常为了抢这个名额几个班主任暗潮汹涌，你争我夺。

今年还没选，校长和教务处就直接定了下来——高三（7）班的许樱。

对于这个结果，除了梁晨，其他几个班主任虽然心有不甘，但介于许樱年级第一排名和无懈可击的满分品德考核成绩，只能闭嘴。

梁晨从办公室出来，往班里走的步伐都轻盈起来。

第二节课刚下课，这几天操场上放着誓师大会布置的椅子，取消了课间操，这三十分钟的大课间班里很多学生都出去玩了，教室里只剩下十来个人，或是补觉，或是在埋头继续做题。

许樱一直都是第二类。

梁晨刚进门，就看见小班长眉头皱了皱，咬着笔杆对着一道题在绞尽脑汁，颇觉欣慰。

一定是老天爷体恤她第一年带高三，才派来了小班长这样哪哪儿都完美的学生来。

只是可惜，小班长放弃了之前保送机会非要自己考，倒是便宜了六班的岑与。

梁晨叹了一口气，只见许樱眉头舒展，提笔在草稿纸上列了几个算式，填了正确答案。

她一抬头，刚好撞上梁晨惋惜的目光。

后者立马笑起来，对她招招手："许樱，你来一下。"

走廊里人来人往，许樱听到梁晨的通知，面上没有一丝高兴的神色。

梁晨倒没想太多，只当她是怕需要时间准备耽误学习，便说："校长的意思是要你临场发挥随便说些高三的感受，还有分享学习的心得方法，这些都是你自己的东西，想到哪儿说到哪儿，越通俗易懂越好，也算是给一些还迷茫的同学指引方向。什么激励人心啊，什么鼓励大家学习啊的漂亮话，都有教导主任说呢！"

梁晨说着心虚地左右张望着，看没有刘主任的身影才放心下来。

许樱心里沉甸甸的，像塞了块吸满水又放在冰柜里冻成一坨的海绵，心是热的，一点点融化开海绵里的冰，滴滴答答地淌着水，海绵又膨胀开，扯着整颗心往下坠。

她有些呼吸不畅。

梁晨说完，许樱沉默了一会儿，才开口：“梁老师，我可以拒绝吗？”

梁晨一时以为自己听错了：“做学生代表发言这可是整个高三学生都梦寐以求的事情啊，你会跟着这一年的高三一起被一中的历史铭记，多骄傲啊！你、你是怎么想的？”

“我……”许樱几次张口都又闭上，最后才说，“我怕说不好，丢七班的脸。”

“嗐，凭我家小班长的美丽，就杵在那儿什么话也不说，底下都会有人鼓掌的。”

梁晨双手握拳，给她加油鼓劲儿：“你可是学校直接定下来的人选，放眼全校再没有人比你更合适，更难带动学生们的学习积极性了，你要是不上就又要便宜六班的岑与了！”

因为许樱不想要保送的名额，梁晨着实苦恼了很久。

这是她带的第一届高三，要是班里能出个清北的学生，对她的教学生涯而言是个绝好的开门红。

虽说许樱的成绩十拿九稳自己也能考上，但毕竟还有那“一稳”的不确定因素，谁也说不准。

许樱明白，也不想再让梁晨多费心。

她最终松口：“那我试试吧！”

梁晨拍拍她的肩膀：“你一定行的，好了，去学习吧！去做全年级的好榜样吧！”

话音刚落，楼梯口拥进来一群人。

校服或是松松垮垮围在胯上，或者甩在肩膀上，拿着球的人球在左右手来回换着，手里什么也没有的，走三五步跳起来一下做一个投篮姿势，是大课间刚从篮球场上归来的“爱球人士”。

“刚才燃哥那记进球真是漂亮，这是神仙才能打出来的球吧！”

“燃哥一出现，操场上各个年级的女生都围了过来，那尖叫声差点儿把我给送走。”

“你人已经够废了，聋不聋的区别不大。”

“蒋京你过来，看我不把你的脑壳撬开！”

李不言说着要动手，蒋京看见梁晨像看到救命稻草：“梁老师救命！李不言要对我下毒手！”

其他班的学生们看到梁晨都急忙散开各回各班，预备铃在这时响起，梁晨板着脸训道：“都高三了怎么还像小学生！快进教室，马上上课了。”

她年轻，平时又和班里打成一片，板着脸也没什么威严，学生虽然调皮捣蛋还是听她的话。

李不言和蒋京立正站好，高声喊：“遵命！”

梁晨：“快从我眼前消失！”

两个人一前一后飞也似的窜进了教室，许樱看着两个人的背影，有些疑惑，沈燃应该是跟他们一起去的，怎么只回来了这两个相声演员，不见沈燃的人影？

思绪刚一闪，她有些愣住。

我现在自己都顾不过来，怎么还会想到他？

不过不得不说，刚才莫名分心想沈燃的事情，让许樱短暂地从刚才的困境中抽身而出，但也只是短暂而已。

这一节课是物理课，物理老师杨还山是高三年级物理组的组长，一中的金字招牌，刚过三十就开始谢顶，到了如今年过四十脑顶秃得锃亮。

杨还山为人严厉古板，上他的课迟到一分钟都不行，他还极度不喜欢那些风头过盛，每天乌泱泱扯一群人凑在一起的学生，刚来不久的沈燃已经自动被他划为这类学生行列。

沈燃在上课铃响了十三分钟后才出现，杨还山锐利的眼上下打量着他，没好气地问：“干什么去了？”

沈燃不慌不忙地答道：“上厕所。”

“一个大课间那么长时间在外面疯玩，到上课点了跑去上厕所，我看这课你也没心思上了，去走廊站着去！”

班里陷入一片死寂，沈燃抬起眼皮，看了一眼杨还山，并没有动。

许樱盯着门口，生怕他摔门就走，或者和杨还山发生什么冲突。

杨还山瞪着眼睛：“我说话你没听见？外面站着去！

“你这种学生，留在一中就是拖累年级的成绩，带坏学生们的学习风气，真不知道校长为什么要留你！要是因为你，让本该能考上大学的学生落榜，你能担得起这个责任？”

杨还山的话落在许樱耳朵里，和记忆里的那个人如出一辙，骂人的时候恨不得把全世界发生的坏事根源都加诸她身上。

许樱感同身受，在沈燃脸色沉下来前“噌”地站起来，提高声音喊了声“杨老师”，拦住他说出更刺耳的话。

杨还山皱着眉，额上深深的抬头纹挤在一起。

许樱迎上他的审视目光，继续说：“杨老师，沈燃刚来不久，对学校的时间规定还不熟悉。沈燃底子不好，现在的每节课对他而言都很重要，杨老师就原谅他这一次，他下次一定不会再犯。”

老陈讲理，沈燃的事情和他解释清楚他会信，但是杨还山固执，自己认定的事情很难改变，许樱就只能让沈燃先低头认错。

她说着，望向沈燃，目光殷殷：“是吧，沈燃？”

沈燃定定地看着她，眸底波光闪了闪，轻溢出了声“嗯”。

可杨还山完全不吃这套，他指向门口：“他那个样子根本不觉得自己做错，你要是觉得不服就跟他一起出去站着，别在这儿耽误其他同学听课！”

许樱剪得圆润的指甲抵在书桌上，只沉默了一秒就拿着书走出了座位。

郑知许惊得眼神呆滞，后桌的蒋京和李不言张大嘴。

杨还山都没料到除了学习什么也不在意的许樱，居然真的放弃这一节课。

沈燃人高马大立在门口，许樱要擦着他肩头才能走出去。

下一秒，沈燃跟上许樱。

走廊里空荡荡的，许樱背对着沈燃站在窗边，将书和卷子放在上面。

她在校服外惯例套了件黑色的外套，一头长发束成高马尾，随着她俯下身写字的动作，黑发顺着纤瘦的肩膀滑下去。

他能听见从窗外渗进来的风声，她偶尔的翻书声，和那一声声自己的心跳声，坚定的，有力的，有温度的。

“你为什么要帮我说话？”

他难得的语气不带什么情绪，可她习惯了他之前的套路。

做完一道电磁场的题，许樱头也没抬地说：“粉丝维护偶像是正常的，视若无睹的是假粉。”

沈燃“啧”了一声，手伸进大衣口袋，走到她面前。

他说：“伸手。”

许樱伸出手，不明所以地看着他。

他的另一只手攥成拳，从口袋里拿出来，悬在半空中，倏地松开，一枚红红亮亮的小东西落在了许樱的掌心上。

那是个樱桃形状的小胸针，红的樱桃绿的叶子，上面缀着一小颗一小颗的钻石，小巧又精致。

“我这个人爱憎分明，这个送你，算是今天你帮我说话的赠礼。”

其实这是他偷听到的她对自己的“保护”的谢礼，可还没送出去，就遇到了这一次的“仗义发言”。

沈燃想，下一个谢礼，也要准备上了。

小胸针刚被他握在手中，每一处都还沾着他掌心的温度。

她的指尖有些僵硬，顿了一下，将手又递到他面前：“这很贵，我不能收。”

沈燃随口说：“昨天晚上回家路过夜市看旁边小摊子上卖的，

批发处理一块五一个。”

许樱的手收了回来，将胸针握住：“那谢谢你。

“对了，你的手机摄像头……修得怎么样了？”

沈燃苦大仇深地叹了口气：“修手机的师傅说修不好了，最近家里破产又没有闲钱再买新手机，只能先这么用着了，就是可惜，晚上进直播间的时候只能听到声音看不到人了。”

许樱语重心长地说：“只要有心学习，不管直播间看不看得到人都不重要。”

沈燃绷住笑意，竖起大拇指肯定她的言论：“至理名言，学到了。”

2.

下午，一个标题名为“昔日优质偶像今日课堂罚站，是人设的崩塌还是道德的沦丧”的帖子在一中论坛上飘红。

里面贴了多张沈燃在物理课站在走廊时的照片，每张照片都配上楼主自己的解读。

手插在口袋，是不耐烦。

嘴巴动，是对老师心怀不满。

走到门口，是欲和老师发生冲突。

在该楼主的翻译下，沈燃的形象和校外不良少年画上等号。

最后楼主总结——

“课堂闹事，连累品学兼优的好学生一起罚站，但我知道我是粉丝心目中的完美男神。(嘻嘻)”

这几年随着微博和超话的兴起，学校的论坛逐渐没有人玩，放眼一中的论坛，首页只有几个打广告卖书的帖子，回复者更是寥寥。

而这个帖子却在短短一个小时内，吸引了上万人拥入，论坛一度因为浏览量过大而崩溃。

1L：“我看到了什么，论坛居然活了！”

2L：“燃哥都已经退出节目回来上学了，别有用心的人居然还不放过，怪只怪大帅哥太出色，歇歇吧别耽误大帅哥好好学习走上巅峰哈！”

3L：“这是学校，成天在这儿追星也是好笑。沈燃来上学就是走个过场，到时候你家哥哥拍拍屁股走了，你考不上学蹲在家里抠脚无人在意。”

4L：“真正在一中的小凤凰为了不让燃哥丢脸比以前更拼命地学习，长眼睛的都看得见，某些人就是选择性忽略，我们小凤凰专注自家学习就好了。”

5L：“从微博过来的，燃哥真的回去上学了……那以后我不为燃哥节目排名担忧，要为他高考成绩担忧了。”

6L：“帖子里有没有燃哥班里的同学，他每科的成绩怎么样？本人去年高考，英语满分，笔记还在，可寄。”

帖子盖了几百层楼，画风逐渐演变成沈燃粉丝和一中学生隔着网线交流学习经验。

“这帖子到底是谁发的啊，看图瞎编故事吗，真是恶毒！”最后一节自习课上，郑知许书桌上摞了厚厚一堆书，自己埋在书下面点着蒋京的手机把帖子翻了个遍，恨得牙痒痒。

蒋京在后面踹着她的椅子：“你小点声，别把刘主任招来，我这学期已经被他没收五部手机了，而且燃哥还在睡着呢！”

听到最后一句，郑知许强迫自己冷静下来，深吸口气，低头继续刷帖子。

许樱拿在手里的笔转了一下，从指尖弹开飞到地上。

她弯腰去捡，余光往侧后方看，沈燃果然伏在桌子上又睡了过去。

他有时候看着很疲惫，她不经意回头就看到他在睡着，睡醒起来又精神奕奕，做他的绝世大魔头。

许樱看在眼里，莫名地觉得很熟悉。

从前顾放在队里做队员时，每逢假期回来，为了身体机能一直保持住，每天做大量的运动，甚至比在队里的时候还多。

每天晚上九点，顾放回来，累得像狗一样，一句话也顾不上和她说沾枕头就睡着，等醒了之后又一张嘴叭叭不停地说他的单口相声。

只是顾放是职业运动员才有那么大的运动量，沈燃又是做了什么事情要消耗这么大的体力？

他仿佛除了学习，什么事情都干……

“哎哎，樱桃，你被拍到和燃哥同框了哎。不得不说，这张照得真不错。”

许樱的思绪被郑知许扯过去，郑知许放大那张照片给她看。

许樱只看了一眼就转过头继续做题，没有发表什么看法。

纸上画得方方正正的电路图四角的线在眼中似是有了生命，一点一点地蔓延，将整张图扯得乱七八糟，越看越看不清。

可方才只瞟一眼的那张照片，每一个细节却都被她记得完好。

照片的角度显然是从走廊楼梯口那儿过来的，沈燃站在镜头前面，许樱站在后面。

许樱长得娇小，前几张照片里她被沈燃挡得严严实实的，让人误以为只有他一个人。

最后一张，是沈燃走到后门口，去接蒋京趁杨还山不注意递出来给他看的课本，之后折回去走向许樱时拍到的。

他向她走去，她不知他在做什么本能地侧头看过去。

照片就定格在这一刻，周遭的光晦暗不明，因为是偷拍，两个人的表情亦是不清楚。

可夜幕前的落日的光，寂静的白墙，玫瑰一样的少男少女，很难不让人感慨一句青春真好。

许樱放下笔，偏头扫了一眼郑知许的手机屏幕。

帖子又开始研究起这唯一一张双人照。

211L：“这张审美太高级了，拍得跟画报一样，楼主别干狗仔了去当个堂堂正正的摄影师吧！”

212L：“本人燃哥同班同学，照片里的女生是我班学霸班长，人美心好，也是小凤凰一枚，为了给燃哥求情被罚一起站着。班长除了学习没有任何世俗的欲望，大家不要误会也不要打扰她。”

212 楼本楼郑知许敲完这段话，又仔细地端详着那张照片，小声嘟囔着：“啧，不过说实话，这张照片拍得真不错。”

许樱的心莫名颤了一下。

就在此时，教室门口晃进来个过于高大魁梧的身影。

蒋京纳闷：“他怎么来了？”

黄鑫走到讲台上，眼神压低，牙关紧咬一声不吭。

李不言和蒋京交换了个眼神，坐在外面的李不言猫着腰跑到窗边：“燃哥，燃哥，有人来闹事了！”

沈燃并没有睡熟，几下被叫醒，脸色还带着倦色和不悦。

李不言怕燃哥对自己下手，急忙引他看向罪魁祸首：“燃哥你看！”

台上的黄鑫也看到沈燃，脸色陡然变了，他走下讲台，快步走到许樱的座位旁边。

郑知许像一只护崽的老母鸡一样地伸出手挡住许樱，瞪着眼睛质问他：“你干吗？！”

“上次在篮球场的事情，对不起，这是赔你的手机钱和医药费。”黄鑫把一沓现金放到郑知许桌面上，又拿出一张对折叠着的纸放到许樱这边。

“还有这位同学，我对你态度恶劣，这是我写的检讨书。”

虽然他是来道歉的，却是一脸的不甘不愿，像是被逼着过来的。

事实上，他也确实是被逼的。

三天前，黄鑫之前在球场上因为沈燃这个外来的人丢了面子，琢磨着该怎么样把场子找回来。

他当夜就给在一中当高层的舅舅打电话。

舅舅说沈燃也算是个公众人物，能给学校带来关注度，再者他在学校并没有惹是生非，学校不会无缘无故让他离开的，反而还骂了黄鑫一通让他以后老实点儿。

黄鑫告状不成反被警告，就更咽不下这口气了。

黄鑫身边有个狗头军师，叫谷一鸣，建议道："不如我们去发帖爆料他？看图说故事，反正别人也不知道他在学校到底什么样子？"

黄鑫琢磨了下，这个办法好像可以，就把自己的手机给了谷一鸣，让他最近负责去捕捉沈燃的图。

谷一鸣在高三教学楼转悠了两天，都没有机会拍到沈燃。沈燃要么不出来，一出来身边就围一群人，实在不好下手。

大课间，谷一鸣目送着沈燃跟一大堆人往教室里走，眼看着又是一次失败，绝望地跑去卫生间洗把脸冷静一下，没想到一抬头，就在大镜子里看到身边多了个人。

那个他苦苦等待的人，就站在他的面前，眼神慑人得要命，他喉结滚动，紧张得直吞口水。

黄鑫的手机还放在一边，他却没胆子再拿了。

"我记得你，那天在黄鑫身边前后左右叫的就是你吧？"

谷一鸣不由得颤抖了一下。

沈燃刚打完球回来，浑身蒸腾着热汗，配上刚剪不久的寸头，看着比黄鑫还不好惹。

他往前走一步，谷一鸣腿软差点儿就栽下去，谁知道沈燃只是在洗手台前站定，打开水龙头，洗着自己的双手，也不说话。

水流不大，潺潺地往下落，气氛一片祥和，可谷一鸣大气都不敢出。

慢刀最是磨人，他觉得自己要被磨死了。

“那个，沈……”

沈燃说：“放在一周前，你们要是能让我有合理的理由离开一中，我会请你们吃饭，可现在不行了。”

沈燃拧上水龙头，甩了几下手，水珠溅到镜面上，大大小小，每一滴遮着不一样的光。

他想了想，又说：“其实你们做什么都伤害不了我，所以我都无所谓，但是，我们班同学不能受委屈。”

“你们班同学……”

“让黄鑫下午来道歉的时候带好给许樱的道歉信。”沈燃扔下这一句话转身走了出去，门口空荡荡的，连片风都没留。

谷一鸣根本不知道沈燃在说什么，满脑子的莫名其妙，可对黄鑫的畏惧压过一切，他暂时把沈燃的话放到一边，继续去努力。

功夫不负有心人，沈燃回去没多久，就被赶出来罚站，谷一鸣连忙拍了几张照片，疾跑着回去立刻编辑了那条帖子，发在了一中的论坛。

毕竟他们的目的，是让沈燃在一中范围内不被追捧就好。

他这边刚一发出去，黄鑫那边就接到了一个陌生男人的电话。

男人声音很年轻，说话也很温和：“这位小同学，听话，今天去高三（7）班把该还的钱还了，该道的歉道了，不然别怪我不客气了。”

黄鑫听得直冷笑，骂了句“有病”直接挂了电话，转头跟谷一鸣在外面小树林休息的时候还在骂骂咧咧：“刚刚居然有个人来找我去还钱道歉，真是搞笑。”

谷一鸣心里“咯噔”一声，想起上午大课间沈燃莫名其妙说的那句话。

这不是对上了吗？

黄鑫的手机振动了一下，有人发了一条长长的短信过来。

他只看了两行就急得蹦起来。

发件人是刚才的那个陌生号码，他列出了黄鑫自入学一中以来做过的各种破烂事，逃学打架、欺负同学、课堂捣乱、破坏学校公共财产等等……事无巨细，有些他自己都不记得了。

“我准备把这个文档再细化配图，发到令尊手机上，是这个号码没错吧？”

黄鑫看着那一行眼熟的数字，正是黄父的私人号码，吓得他把手机都扔了出去。谷一鸣瞄了几眼屏幕，脸都僵住了。

黄鑫父亲严厉，他从小在父亲的威势下长大，有他爹在他只能老老实实的。

前两年，黄父总在国外做生意无暇管他，黄母又溺爱孩子，千叮咛万嘱咐让在一中的表弟照顾一下黄鑫，黄父也一直以为黄鑫在一中虽然学习不好，但好歹不惹是生非。

这个文档要是发出去，黄鑫非得被扒一层皮。

这份自小到大钻进骨头融进血液里的恐惧让黄鑫什么也顾不上：“走，走，去道歉。”

“鑫哥等一下，沈燃让我告诉你，道歉的时候要准备一封给许樱的道歉信。”

黄鑫：“……许樱是谁？”

“就那天那个出来做证，长得特漂亮，像个洋娃娃一样的女生。鑫哥，沈燃这人，好像有点儿东西，咱们还是先低个头，之后再找机会收拾他。”

黄鑫骂了一声，一巴掌拍他后脑勺：“找什么机会，你是想看着我死是吧！”

谷一鸣摸摸脑袋，跟上连跑带颠赶去写道歉信的黄鑫。

高三（7）班的教室里，气氛因为黄鑫诡异的道歉举动凝滞。

许樱垂眼扫了一眼桌面上的信，没说话。

黄鑫站在她旁边，眼睛忍不住往她身上瞄。

那次在操场他就知道她长得漂亮，现下离得近看得清楚，更觉得这女生实在是好看……

他的眼神过于明目张胆，许樱皱眉，有些不适。

“许樱同学专注学习，没时间看你写的东西。”一道清冽的嗓音，带着沉睡后的慵懒，在许樱头顶传来。

沈燃很轻易地让黄鑫退开一步，占据她桌边的位置。

日头下移，少年立在那里，半边身子在阴影下。

许樱就在那个黑漆漆的身影下面，被笼罩着，也被保护着。

沈燃两指夹着那张薄薄的信纸，递还给黄鑫，提议说：“这样吧，你读给她听。”

“你——”黄鑫脸黑成锅底，因为愤怒声音紧绷得变调，“沈燃，别以为我真的怕了你了！”

沈燃另一只手搭在桌边，看许樱桌上放着一个大拇指大小的人偶摆件，拿到手里左右摆弄着，随口说：“你当然怕。

“要是不愿意就回去吧，反正机会只有这一次，错过就没了。”

这是威胁吧？

这是威胁没错吧？

黄鑫沙包大的拳头捏着，很想就这么抡上去。

可他打不过沈燃，而且来之前谷一鸣说了，反正都是丢人，丢到底和丢一半没区别，最起码能保全他不被他爹打死。

黄鑫僵硬地点头：“行，我读。”

蒋京掐了自己大腿一把，自言自语道：“这真是黄鑫吗？咋像被人魂穿了呢？”

“许樱同学……”

沈燃打断他：“大点儿声，你中午没吃饭？”

黄鑫的脸色从深黑到铁青，咬着牙重新开口，声音被迫嘹亮了很多。

“许樱同学，你好，自从操场之后，我回去深刻意识到了我的错误，我不应该对你动手，也不应该对你吼，你那么漂亮，那么柔弱……”黄鑫对着自己潦草的字卡了一下壳，辨认了下继续道，“吼坏了可怎么办……”

教室里回荡着黄鑫激情澎湃的道歉，沈燃低头靠得更近，问许樱：“这个小人，怎么长得有点儿像我？”

还没等她回答，郑知许抢先举手答：“是超话里的姐妹免费做的燃哥定制周边，我好不容易抽奖抽到的，刚才樱桃对着它发呆，我家里还有一个，这个就送给樱桃啦！”

沈燃很不解：“你一回头我本人就在你身后，你对着它发呆做什么。”

许樱感觉耳朵有点热，口不择言地解释说：“总回头会被老师批评的。”

沈燃若有所思地点点头：“也是。”

那边黄鑫念完，铁青的脸涨得通红，一个人演了一个调色盘，他深吸口气，近乎落荒而逃。

放学前，那个帖子的照片和内容都被楼主删掉，只留一句话。

楼主：“沈燃同学是个德智体美劳全面发展的好少年，我瞎编我愧疚，我造谣我有罪。”

一场大戏轰轰烈烈地开演，却没能让同学们反感沈燃。

两天时间内，校内粉联合起来，计划着好好学习，天天向上。

校外粉积极联合，搜集各种学习工具书学习笔记，打包往一中收发室寄。

黄鑫之后老实了一段时间，再碰到沈燃都绕路走。

其实沈燃也不知道宋帘到底用了什么办法，只是黄鑫再怎么样到底也才十六七岁，是还没飞出过象牙塔里的鸟，靠着家里耀武扬威，也很容易被没见过的成人的行事法则给唬到。

晚上八点，沈燃再次删掉自称自己是市队教练人发来的短信，并把该骗子拉黑，准备进直播间学习。

这两天，班里的几个小凤凰都主动报名了许樱的直播间，跟着她一起做题一起进步，热情如火，争先恐后。

直播间学习班的人数一下激增到二十人，大家很自觉，直播的时候默默做题，从来不打扰许樱。

对此，沈燃很满意，也很骄傲。

他输了几次直播间码都没能进去，这时微信收到一条好友申请。

申请里写着：郑知许。

郑知许有作为粉丝的觉悟，一直喊着“离燃哥的作品近一点，离他的私人生活远一点”。

所以蒋京把沈燃微信号给她时，她也一直没加，今天是意外。

这个点，可能跟直播间进不去有关，沈燃点了通过。

果然对面的郑知许招呼都没打直接就说了情况。

阿许：“樱桃今晚没直播，应该是学习太累了回去就睡了，以前她也偶尔会睡过头的。”

阿许：“蒋京和李不言不知道死去哪儿了没回我消息，我就直接加了燃哥好友跟你汇报一下。”

阿许：“燃哥你忙你的！我这就退下了。”

说完，郑知许附赠了一个抱拳退下的熊猫头表情包。

外面起了风，吹在透明的玻璃上，发出轻微的“呜呜”声。

日子在往前滑，真正的春日却仿佛还没来。

人在某一时某一刻，总会因为不经意间的一点宿命感，而奔赴向前。

沈燃静默了片刻，捞了件大衣套上，拿着手机出了门。

3.

窗明几净的泰式餐厅，坐落于市中心明天大厦十七层。

许樱以前很喜欢来这里，因为她喜欢吃泰式的酸辣味，也因为这里能看到绝美的落日。

只是人长大，喜好也跟着变，过于酸辣的东西会让她胃里翻滚，夕阳落日每日都一样，没什么好看的。

现在她喜欢上了看云。

云的形状每天都在变，像是每天看着，等到变成一个最好看的形状，难熬的生活就到了尽头。

“小樱啊，尝尝这个，中和了烤鸭和酸辣汤两种风味，是餐厅出的新菜式。”

坐在对面的女人亲手舀了一碗汤，推到许樱手边，笑得很关切：“最近学习很累吧，我看你人都瘦了一圈，学习虽然重要，但更重要的是要保养好自己的身体。”

许樱笑了笑，舀了一勺汤送到自己口中，表情看不到任何的抵触：“谢谢妈妈。”

许婧看着眼前的女儿,她的眉眼长得像自己,一笑起来很招人眼。可五官其他的部分都随了顾言山，那个年轻时靠着一副英俊秀气的皮囊就让许多女孩倾心的人，让她看着看着就忍不住絮叨自己的苦。

“女孩子嘛，学得再好也不如嫁个好人，以后不用吃苦受罪，不用像妈妈我一样，当初是被你爸的长相蒙蔽了心，嫁给你爸之后就没过过一天的好日子。过去那么多年起早贪黑地忙，吃了上顿没下顿，有了顾放和你之后还得养你们。后来日子终于好过了，你爸就在外面花天酒地，根本不着家，顾放还好，到底是他们顾家唯一的儿子，可咱们母女他是一天都没好好对待过，要不是我坚持把你送到老太太那儿，你可能都活不到现在……”

许樱知道，许婧这话已经跟周边不知道多少人演练过，到她面前才说得这么流畅自然，一点儿也不觉得哪里有问题。

她是差点儿活不到现在，可是罪魁祸首，明明是眼前的人。

许樱埋头，将碗里的汤往嘴里扒，一副饿得急了的样子。

许婧说得累了，看许樱碗里的汤已经见底，又夹了两块咖喱虾：“最近你爸找你了吗？”

许樱摇头：“没有，爸爸怕打扰我学习吧！”

“呵，真是找的好借口，连自己女儿都不管不顾也配叫人：良心都喂狗吃了。”许婧想到什么又问，“顾放呢，你最近见过他没有，我昨天去他队里没碰到他人。”

许樱又摇头，说：“已经很久没见过他了，他最近要比赛很忙吧！”

得知许樱也和自己一样没有见过顾放，许婧心里稍微安心点儿，话又转回来：“你哥是个男孩子，虽然之前因为手伤了不能继续做运动员，但留在市队做教练也算有很体面的事业。妈妈现在最放心不下你了，你要是在妈身边还好，妈以后能帮你掌掌眼找个好人家，万一留不到我身边，还能指望你那个不着四六的爸帮你吗？”

这顿饭吃到最后，许樱的舌尖已经麻木，分辨不出送进嘴里的是酸的辣的，还是甜的咸的。

中间，许婧接了个电话，不知道对面说了什么，但她的神情一下柔和起来。

许樱吃得很饱，又仿佛什么也没吃，整个人空落落的。

吃完，许婧又叮嘱了几句，手机再一次很急切地响起，她接了电话说有急事要处理，伸手拦了辆出租车把许樱送上去，自己开车离开。

天边只剩下黑夜前的最后一丝光明，许樱坐在后座，将车窗按下。

车滑向前方，有凉风涌入，她的脸都被吹红了还不觉得疼。

司机打了个冷战，操着一口外地的口音问：“小姑娘，你窗开那么大不冷啊？”

他问完后座的人没有回应，等他又说了一遍许樱才回头，她很迅速地扫码付钱，转身就下了车。

“哎，姑娘还没到呢——”

许樱充耳不闻，一直往前跑。

她眼前一片模糊，天是模糊的，地是模糊的，所有的一切都像是虚化过，只能通过颜色区分，有黄色光斑的刚亮起来的是路灯，灰色的菱形是铺着石砖的地面，褐色的歪歪曲曲的是树。

她撑着一棵树干，弯下腰一阵干呕。

明明吃了那么多会让她不适的东西，她却一点儿也吐不出来，只是生理性地做出这个动作。

她是个病人，可许婧从来没把这个当病，只当是她的矫情。

每次和许婧见面，许婧都会毫无顾忌地说着自己的话，每一次，都几乎把许樱刚刚藏好的难受一下就挑出来。

许樱胸口一阵窒息，几乎连站直的力气也没有，眼泪流了满脸也一点儿知觉也没有。

顾放不在嘉城，她就这么躺下去，不知道会不会有人来救她。

如果就这么躺下去，会不会就好了。

她是不是应该在两年前，就躺下去……

口袋里手机在振动，像是冥冥之中抛给她的一根稻草。

她撑着要去拿，可手抬起来，她脑子空空的，又想不起来下一步要做什么。

手机振动停下，她呆愣愣地看着手机，眼泪大滴大滴地掉下来。

“奶奶……”她想听一听奶奶的声音，想像小时候委屈的时候都能躲进奶奶怀里。

她翻着通讯录，眼睛却花得怎么也找不着奶奶的名字。

她不能躺下去，奶奶还在家里等着她……

远处空旷的路上，沈燃将电话挂断。

他眉心皱了皱，不死心地又打了一遍从郑知许那儿要来的许樱的号码，依旧是无人接听。

他去过许樱的小区，小区门口的老婆婆每天都坐在门口，她说许樱没有回来。

许樱没有像郑知许说的那样，在家中补觉。

而除了学校，许樱喜欢去哪儿，喜欢做什么，连跟她关系那么好的郑知许也并不清楚。

沈燃从老旧的小区出来，漫无目的地在令问街上游走，一边走一边打电话，一颗心越来越沉。

城市的建设日新月异，到处是高耸入云的建筑，车水马龙的街，可眼下这个地方却像是被一个时代所抛弃，柏油路边是低矮的平房，靠近路口依次开着几个小店。

一辆公交车停下，下来几个初中生模样的学生，背着书包结伴走进一家小卖部，出来时手里拿着不知道加了多少色素，被染得五颜六色的奶茶，嬉笑着走远。

这里破败不堪，却莫名会将人的焦躁和不安抚平。

沈燃拿起手机又一次拨通了电话，这一次，被接通了。

“喂。”她的声音有些虚弱，有些沙哑，隔着电话能听见她浓重的鼻音，像是哭过。

沈燃悬了一路的心，一下落了地，他不安的思绪，有了可回收之地。

“我是沈燃。

“你在哪儿？”

对方很明显地沉默了一瞬，因为浓重的鼻音顿了两秒钟，随后她才开口：“应该是我家小区后面，具体在哪儿我也认不出来。”

“等着。”

小区后面是一片杂乱种下的树，小路弯弯曲曲的，很适合捉迷藏。

每一棵树长得都差不多，许樱也分不清自己是在哪一棵树下面。

她仰着头看着头顶的树杈，手里还攥着刚被挂断的电话，一张脸茫然又无辜，像陷入一场大梦里。

顾放在她住过来时千叮咛万嘱咐，不要接陌生号码的电话。

她也几次三番地提醒自己，为避免麻烦要离沈燃这个人远一点儿。

如果不是在梦中，她怎么会依次打破这两条行为准则？

可如果是梦……

许樱睁着空洞的大眼睛，眼底映入沈燃那张过分招眼的脸。

他的手心很凉，是沾染了夜色的味道，贴在她额上，她听见他轻声喃喃："发烧了吗，脸红成这样……很难受是吗？"

这声音，这触感，还有眼前人的清晰轮廓，都那么真实，是梦里不可能会有的真实。

沈燃上下打量着她。

她脸颊通红，连眼角都红了一片，可唇却一点儿血色都没有，鼻尖通红，显然刚哭过，憔悴得令人心惊。

她不说话，他蹲下来，双手握着她的肩膀，低声问："许樱，许樱，你觉得哪里不舒服？"

许樱就只看着他，一声不吭。

沈燃嘴角抿平，将大衣脱下来给她套上，转身将她背起来。

"撑一会儿，我带你去医院。"

他脚步飞快，仿佛背上什么人也没有。

她试着张了张嘴，并不像刚刚病突发时那样说不出来话。

焦虑症的发作，总是很突然地来，如果能度过那个至暗的几分钟，就会慢慢缓过来。

沈燃的到来唤醒了她，可她不想让沈燃知道她有病。

她接受不了别人刻意同情的眼光，她更怕会听到和许婧当年一样的话："不过就是矫情而已。"

她的嗓音哑得不行："沈燃。"

沈燃经过小区的那几棵桃树，闻言应了一声。

"放我下来，我想去前面的便利店买点儿东西。"

沈燃不同意："先去医院再说。"

"不用去医院，我这个情况只要去便利店就能好。"

"那你在这儿等着，想买什么我帮你买。"

许樱又沉默了一会儿，才小声说："你不方便买。"

沈燃回过味儿来，有些尴尬。

沈燃穿出小区，走到柏油路对面的便利店前将她慢慢放下来，摸了摸鼻子道："那你去吧，我在这儿等你。"

许樱脚下虚浮，但好在缓过劲儿来了，虽然身体很疲惫乏力，可慢慢走路还是没问题的。

她进了便利店，过了一会儿再出来，背后的书包比进去时鼓了一些。

沈燃站在路灯下等许樱，头顶是暖黄色的光，手中是手机屏幕浅白的光。

他在两团光的中央。

听到声音，他揣起手机，回过头：“买好了？”

许樱点点头，缓步走到他身边。

她仰着头看他，眸底又重新有了光，她问：“沈燃，你怎么会来？”

“我有一道题不会，因此茶不思饭不想，晚上觉都睡不着，本来想在直播间问你，你又不直播了，我就要了你的电话给你打，你又不接，我就过来找你了。”

沈燃说得很像那么回事，末了一点头：“成绩不好总要努力，就算有千难万险也要解开这道题。”

沈燃的思路，不是常人可以理解的。

许樱理解不了，倒对他这份求知的执念刮目相看。

她睁着一双仍有些涣散的眼看他：“题呢？我看看。”

沈燃脸不红心不跳，将手机的备忘录打开，里面记着一道题，最新的编辑时间是三分钟前，很明显刚刚她进去买卫生巾的这一会儿他还在解题。

是一道英语的选择题，并没有多难，考察的是过去式的语法。

沈燃的基础差到这个地步，教一教他也算是回报今夜他的帮忙。

许樱身上还穿着沈燃的大衣，对她而言大得有些过分，她需要挽着袖子才能伸出手。

她从背包的小口袋里拿出一支笔和一个笔记本，把书包放在地上垫着，自己坐在上面，抠着自己手心保持最后的清醒，话也说得慢腾腾的。

“这道题考的是过去式，你要记一下过去式变形方法。过去式的变形分两种，一种是规则动词，一种是不规则动词。规则动词就是原形 +ed，不规则动词变化比较常见的有六种……”

她一边说着一边在纸上写着，沈燃低着头，很认真地在听，时不时地点头应和着，是个很好的学生模样。

最后，许樱将过去式的变形都讲完，让沈燃自己去选正确答案。

沈燃蹲在她旁边，目光在四个选项里来回游走，最后修长如玉的手指点着最后一个选项：“选 D！”

许樱当下比自己得年级第一时还要有成就感，连方才那阵隐痛和随之而来的病发都仿佛被搓成纸团直接弹走。

她笑得很开心，眼睛都弯起来。

凉风扫过月亮，寂静的路旁只有两个人。

他们穿过这条路，分开往两个方向走。

许樱上楼，将买的卫生巾原封不动地放进柜子里。

柜子里还有大大小小的几盒药，她吃药反应很大，开始的几天昏昏沉沉，头痛欲裂。她好不容易停了药，如果不是实在撑不下去她都不会再吃。

那种浮浮沉沉，整个人在水面上漂的感觉，她不想再经历。

马上高考了，只要度过这两个多月的时间，一切就都解脱了。

许樱手指僵硬，呼吸了几次，将柜门关上，没去碰它们。

许樱有些庆幸，自己接了那一个陌生号码打来的电话。

突如其来的沈燃好像在今夜，无意中拉了她一把。

避免她丢掉好不容易捡起来的希望，继续往下坠，坠入未知的黑暗深渊。

/第五章 你是何时静静靠近我/

1.

许樱请了三天假在家休息。

顾放在嘉城的时候，会想办法拦着许婧不让她来找许樱。

这次顾放带队去比赛，许樱怕许婧和上次一样再来学校门口等她，也想趁势把誓师大会躲过去。

她很怕站在众人视线中间，很多人的眼神聚焦，她总会觉得那里面有一些人的眼神带着恶意。

这是病态的想法，可她控制不住去想。

临近高考，她不想再出什么岔子，就像得病那一年的中考，她差一点儿就没能去考试。

因着之前有过类似的情况，梁晨并没有多问什么，只是嘱咐她好好休息，身体是学习的本钱，等恢复了再回去上课。

发病的后续影响还在，当强迫自己也看不进书时，许樱就打电话回祁山镇，和奶奶说说话。

奶奶年纪大了，有时候说着说着话就睡着了，她就静静听那边均匀的呼吸声，和“汪汪”的狗叫声。

誓师大会刚好就在她请假期间，上台发言的学生代表也只能换人。

对于更换的人选，学校内部领导层几经商议也没能定下来。

按理来说，许樱不能来，名额应该顺延。

但是上学期期末考试年级第二名宋嘉平是走音乐路的学生，年前出国参加比赛至今没回来，第三名罗琪品行道德比不上他学习成绩的万分之一，隔三岔五地闹事。

再往后，就是成绩不算拔尖，其他方面都平平的学生，在这个关键时刻不能起到一个特别好的带头作用，和许樱实在是差得太远。

这一届是一中给予厚望的一届，学校也不想这么将就。

开会中间休息，成副校长眉头紧锁，在窗口吹风冷静一下。

“实在不行让梁老师去看看许樱，看能不能明天坚持下出席，不舒服就写个稿子照着念好了。”

忽然下面一阵喧闹声，定睛一看，操场上围着一群学生，左手臂处围着一圈火红火红的布，像古代出征打仗为了辨别己方和敌方绑的一样。

“……他们在干什么？”

刘主任颇为头痛地说：“别提了，还不是七班新转来的那个沈燃的粉丝。这几天每天大课间在操场集合，说是要弄什么学习联盟，不过就是三分钟热度而已，要想学习早就学了，还用等到现在。”

成副校长一拍脑门：“我怎么忘了还有个沈燃在学校！”

自从上次有人在贴吧引发一场动乱之后，沈燃的小凤凰们意识到要好好学习，才能给沈燃争光。

小凤凰们的行动力都是满星级的，迅速组成学习小组，学习好的带着学习一般好的，学习一般好的带学习成绩差的，一带一，有计划、有组织地进行学习，争取达到全面提升。

校内的学习计划进行得如火如荼时，校外的粉丝们获悉后也不甘落后。

“凤凰学习计划”就此全面启动。

沈燃没在一中参加过正式的考试，成绩未知，但在“起带头作用”这一项，在一中是所向披靡，很适合带动备考学生。

成副校长力排众议定下人选，可梁晨觉得以沈燃那种尖锐的性格不见得会做这个事，她试着先去找沈燃，出乎意料的是，他略想了想就答应了。

“沈燃即将在誓师大会上代表高三学子发言”的消息很快传遍一中，小凤凰们欢呼雀跃，奔走相告。

微信群“今天小凤凰学习了吗”消息瞬间刷到 99+。

小凤凰 - 郑知许：“燃哥太争气了，让我们把‘燃哥厉害’打在公屏上！”

小凤凰 - 蒋京：“燃哥厉害！”

小凤凰 - 胡灵菱：“燃哥厉害！”

“嗡嗡嗡！”新的一天的早晨，许樱是被一连串的新消息提醒给振醒的。

刚过中午，卧室那扇圆顶的窗被遮光窗帘一挡，屋子里透不进光，却能透进那若有似无的温暖。

许樱睁开眼，双眸有些呆滞地盯了一会儿天花板，反手抓起还在振动的手机，看了一眼上面的时间。

都中午十二点了，这两天她每天失眠，好在一天比一天睡得沉，不会惊醒，这是转好的表现。

昨晚她快天亮才睡着，一觉睡到中午，睡得四肢酸软。

她稍微活动了一下手脚，趿拉着拖鞋去卫生间，用冷水洗了一把脸，对着镜子里有些模糊的自己笑了一下。

“许樱，你表现得很好，你又坚持过了一次。”

许樱这两天加起来只吃了一碗粥和两三个小笼包，现在突然觉得好饿，她迅速地洗漱，抓起阳台上晒着的黑色大衣外套出了门。

暖暖的阳光笼在全身，她舒服地眯了眯眼。

每次她被迫困在屋子里，都格外渴望遇见外面的太阳，风和人的说话声。

“小樱出门啊！”

“是啊，去吃午饭。”

“小馆的烧卖刚刚出锅，现在去能吃到热乎的。”

“我这就去。”

许樱加快脚步，买到了最后一份烧卖。

小馆的烧卖做得小巧，精瘦肉的馅儿调得不咸不淡，沾上一点儿米醋，刚好一口一个。许樱坐下不停歇地吃了半盘才放下筷子，喝一口瓜皮排骨汤缓缓，再一个一个慢慢地吃。

最后，这一盘烧卖都进了她的肚子。

许樱的食量不大，这一下有些撑，她沿着小路散步消食，口袋里的手机还在振动。

她这才拿出手机点开消息。

在她昏昏沉沉的这两天，一中的小凤凰们建了个学习打卡群，群管理是郑知许。

身为“沈燃忠实隐藏粉”的许樱，自然也被拉进了群里。

许樱被满屏幕的“沈燃厉害”给震撼到了，她好奇地翻了一下群聊天记录，看到他们说沈燃要代替她做学生代表发言，他们还在讨论着在誓师大会当日给沈燃一个惊喜。

许樱退出群聊，看到郑知许给她发的十三条新消息。

除了早中晚慰问她的身体，就是在和她说沈燃的这件事。

郑知许怕许樱失去这个好机会心里不舒服，过来开解她。

阿许：“在我心里你和沈燃是同等级优秀的人，整个一中也就只有燃哥能够替补你去发言。”

阿许：“作为粉丝，有偶像站在你的身后做你的替补，想想是不是超级无敌爽？”

许樱认同地点头，自言自语道：“是挺爽的。”

她还隐隐担心自己过于优秀学校找不到人换硬让她去，现在确定由沈燃替代她，也算是变相地帮了她。

最近，沈燃不知不觉帮了她很多件事了。

小凤凰 - 郑知许：“@ 全员”

小凤凰 - 郑知许：“惊喜方案已出，时间很紧迫，能参加的请在半小时内回复‘1’进行报名，尽早安排，避免到时候出差错！”

小樱桃：“1。”

小凤凰 - 郑知许：“樱桃？”

小凤凰 - 郑知许：“你恢复好了吗？”

许樱想，就当这是对沈燃的报答吧！

小樱桃：“今天再休息一下，明天应该能去上课了。”

小凤凰 - 郑知许：“那太好了！明天我们一起给燃哥加油！”

郑知许把许樱的备注更改成：小凤凰 - 许樱。

许樱看着这个备注，越看越觉得顺眼，就像天生相配一样，她这个假粉装着装着就有点儿入戏了。

小凤凰 - 许樱：“好。”

3 月 17 日，一中高三年级举办百日誓师大会。

许樱跟着郑知许从公交车上刚下来，就被校门口堵着的拿着相机单反往里拍的人吓到了。

“不是一中学生不能入内的哦！”郑知许扬着下巴志得意满，拉着许樱挤过人群进了学校。

许樱回头望，问：“这些都是沈燃的粉丝吗？”

“显然不是。”郑知许语速很快，“小凤凰内部的共识，燃哥在学校的这段日子不能打扰到他学习，今天确实有很多校外的小凤凰想来看燃哥，但为了燃哥着想都放弃了，准备看录像。那些人……”

郑知许指了指外面还在兢兢业业扛着长枪短炮试图捕捉沈燃身

影的人：“我看应该是想拍第一手照片拿去卖的黄牛。”

许樱感叹道：“真是每一行有每一行的学问，受教了。”

操场上椅子整齐地摆好，一行行，一列列，不管从哪个角度来看都是一条笔直的线。主席台上挂着大红色的横幅，写着：乘风破浪，扬帆远航——暨高三年级百日誓师大会。

每一年的摆设都和去年的一样，每一年大家的热望也和前一年无甚差别。

学生们将所有的梦想都寄托于马上要来的高考，想摆脱掉繁重的学业，去心仪的大学享受轻松自由。家长们渴望孩子出人头地，成凤成龙。

学校和老师们期待着更好的升学率，自己教出来的学生成名成星。

操场两边，高三各个班级的旗帜迎着风在飘扬。

梁晨喜欢粉红色，七班的旗子是很扎眼的芭比粉，上面写着一个大大的“梁”字，许樱一眼就能看到。

“我爸妈都想让我好好上学，以后进个什么研究院，安安静静地过日子。可我根本就不想过那种安逸的生活，所以他们越鼓励我就越不想学习。”郑知许给自己的不学习找了个听着很合理的理由。

许樱问她：“那你自己想做什么？”

郑知许伸了个懒腰，说：“我啊，想开一家火锅店，从早吃到晚。”

“樱桃，我从来没听你说过你的梦想哎？”郑知许没等她回答，就自己先说了，“之前你拒绝保送的时候，大家都说你的成绩一骑绝尘，肯定是想自己考上，做嘉城的状元。我也是这么想的，我家樱桃确实有这样的实力。”

“其实并不是。”许樱眯起眼笑了笑。

许是她笑得太刻意，让郑知许这样粗神经的人第一次发现，她家樱桃的笑是挂在脸上的，而不像是由心而生的。

“首都离嘉城太近了，我想去远的地方。”

“啊？离家近不好吗？”郑知许诧异，喇叭里的集合音乐嘹亮地勾走她所有的注意力，誓师大会即将开始，郑知许猫着腰窜了出去，抓紧最后的时间再检查一遍给沈燃的惊喜。

许樱摇摇头，没人听得见她的轻声回答："不好，一点儿也不好。"

除了考出去，她没想过自己未来要做什么。

她好像没什么梦想。

誓师大会由一中的校长颜清安发表寄语并宣布开始，紧接着就是学生代表发言。

每年的主持人都从高三年级的任课老师中挑选，梁晨的外形出挑声音也好听，这一届的主持人就由她担任。

梁晨的笑容里藏着一丝很容易捕捉到的骄傲："下面有请来自高三（7）班的沈燃同学上台，分享他在一中的学习历程。"

操场内是高三学子，操场外是准备好的高一高二的学弟学妹们，校门外还有闻讯而来的"拍摄人员"，随着沈燃的登场，掌声和欢呼声轰然从四面八方而起，节拍整齐，声音一致，拧成一股飓风，差点儿要掀倒主席台。

从前他的一切事迹要么是从郑知许他们嘴里听说的，要么就是从视频里见过的，这是许樱第一次，这么直接地迎接沈燃的影响力。

因为身在其中，融入其中，不自觉地情绪就被周围的同学们带着走，整颗心充盈而又澎湃，连血液都在热闹地滚动着。

沈燃过的，是和她熬着时间等着解脱的生活完全不同的另外一种人生。

她惧怕眼光，而他站在所有人的视线中央。

这一天像是嘉城三月的分割线，从这一天起，一个真正的春天来了。

沈燃硬仗着自己的身形优势将普普通通、衣料臃肿的校服撑得极其合身，剃了的寸头稍稍长出短短的小茬，没之前那么凌厉，干干净净的，像这个年纪最会让人难以忘怀的纯粹少年。

沈燃沿着台阶一步一步地走上去，接过梁晨递来的话筒，站在主席台的最中央，同学们的声音跟着停下。

“大家好，我是高三（7）班的沈燃。”

站到台下的梁晨不自觉地挺胸抬头。

下一秒就听沈燃说：“其实一开始我并没有打算作为学生代表来演讲。”

台下一阵小的骚动，梁晨默默地看向台上，用眼神勾出一个大大的“？”。

沈燃顿了一下，继续说：“在场的人应该都知道，我并没有上过几天的高中，就去参加节目。这次我回来继续读书，听到的最多的一句话就是‘他又不是真的需要上大学，就是走个过场图个好名声’。确实，连我自己都是这么认为的。学习对我而言，并不是什么必须做的事情，即使我考试垫底，也能有其他的、人人羡慕的出路。”

这算得上离经叛道的发言，让主席台后坐着的学校高层面面相觑，脸色都很不好，成副校长心虚地低头不敢看旁边的颜清安。

“可是有一个人改变了我的想法，在她之前我没见过这么刻苦认真的人。我第一次在公交车上看见她，她翻着复习资料，速度很快地过着上面的内容，很明显那些知识点早就已经记在她脑子里成百上千遍了。综艺节目里导师总会问参赛选手‘你的梦想是什么’，时间长了大家都觉得这个问题又俗又空洞。可我觉得，人要是没有梦想，那就是具尸体。我不知道这位同学的梦想是什么，但我想值得她这么用尽全力去奔赴的，一定很珍贵。”

他说着望进人海里。

“不管是以什么契机，有什么目标，既然来了一中，就要学习。帅气不长久，知识才长久。”

沈燃在哄笑中眨了眨眼，声音格外正经。他说：“许樱同学，今晚学习直播间里见吧！”

沈燃浅浅一笑，从台上往下走。

人群里，小凤凰们举起提前做好的灯牌，由南到北，依次出现，组成一句话。

“燃哥放心飞，凤凰永相随，我们大学见！”

郑知许很兴奋地抱住许樱的胳膊，使劲儿地摇晃：“樱桃你出息了！最后一个应援牌给你举吧，效果一定拔群！”

郑知许不由分说地将应援的牌子塞给她，那边的应援字已经进展到倒数第二个“学”，时间很紧迫，许樱已经丧失了思考的能力，她只是顺着自己的内心举起了那个牌子，高声随着他们一起喊：“沈燃加油！”

沈燃的耳朵一动，将那迅速湮灭于人声的一句加油捕捉到了耳朵里。

那个应援牌很特别，缀在整句话的最后面，上面画着一颗大大的心，是用红色的小灯串围成的，灯一闪一灭，像心脏一上一下地在跳动。

他穿过人群走了过去，将应援牌接到手里，低声说：“我们大学见。”

2.

沈燃的演讲发言经由黄牛的倒手，很快传出一中校园，传到网络世界。

之后几天，一中的收发室收到十来份署名“校外小凤凰激情助力”的包裹，里面都是精心整理排版的历年复习资料，和真题详解，非常之用心。

而沈燃口中的“许樱同学的学习直播间”也被他直接带火，很多校内校外的小凤凰都寻了过来，直播间一度被挤得卡掉，最后还是沈燃说了一句希望不是学习的朋友不要过多打扰，他们才乖乖退出。

结束了直播，许樱设了闹钟，把手机放下，借着那一盏小小的床头灯睁着眼看着天花板。

横是横，竖是竖，没有以前发病之后的旋转倒立，也没有混成一团。

医生曾经嘱咐她，发病时按时吃药，避免情绪过于激动，趋向平和，慢慢养着慢慢恢复。

以前的每一次她都是这样的，决心戒了药之后恢复期更漫长更痛苦，她也熬过来了。

可她这次的发病迅猛，结束得也很快，过程中情绪有巨大的波澜。

恰恰就是这个波澜，快速将她拯救了出来。

在这个深夜，她第一次在思考，除了逃离这座城市，走得远远的，她的梦想是什么，她未来想做的，到底是什么？

几乎同一时间，嘉城机场，市射击队结束比赛归来。

这次的比赛输得很惨，尤其是男子个人单项，几乎没有一个能拿得出手的选手。

虽说只是个兄弟队之间的友谊赛，但是这个结果沉沉地压在队里每个人的身上，队员耷拉着肩膀低着头匆匆地走，跟在后面的顾放沉着一张脸。

周逸从后面追上来，拍了下他的肩膀，小声说："这个结果不是在你的预料之内了嘛，干吗还气成这样，把那群小孩子训得跟孙子似的，苏到源那么大的个子平时一顿能吃三碗饭，被你吓得愁眉苦脸，现在只能吃一碗了，要是饿得营养不达标，队里还得多花钱补，那多亏。"

周逸故意开玩笑，顾放的脸色渐渐松缓下来，一行人在行李托运处准备取行李。

深夜的机场总是显得很空旷又过分寂静，旅途的劳顿翻涌，队里几个年纪小的昏昏欲睡，不断地打着哈欠。

顾放站在一边，视线扫过那一张张稚嫩的面孔，突然笑起来，笑得周逸一阵汗毛倒立。

“你这么笑太吓人了，魔鬼的笑也不过如此了吧？”周逸摸着胳膊抖了抖，揣在怀里的手机响起特别关注的微博推送声音提醒。

周逸百无聊赖地点开，随后“哎”了一声：“沈燃真的在一中啊，之前就有传言他真的去一中上学了，结果好多人不信，包括我。这下图都有了，不得不信了。”

一听“沈燃”两个字，顾放的耳朵一下支棱起来，直接抢过周逸的手机。周逸关注了沈燃的超话，一进去最瞩目的就是沈燃在一中做演讲的照片。

周逸转头看他，问：“之前忘了问你了，你上次找沈燃的后续咋样？”

顾放手指上划了几轮，把手机还给周逸，气定神闲地开口：“后续就是，等他高考完以后他会成为我们市队的一员。”

周逸惊喜：“居然真的搞定了？顾指导不愧是我们市队最后的排面。”

顾放丝毫不心虚，摆摆手，示意他淡定：“又不是什么大事。”

行李箱到了，顾放伸手将箱子拎下来，脑子里已经在盘算着，什么时间，从哪条路线下手去堵人了。

只要这段时间争取到沈燃，他高考完成为市队一员顺理成章，提前吹牛也是牛。

顾放信心满满，掩不住嘴角的笑给自家妹妹报喜。

顾放：“你厉害的哥哥即将拥有一枚天才选手，我可爱的妹妹最近即将拥有哥哥的探望和拥抱。”

消息发出还是红感叹号，他的可爱妹妹并没有把他加回来。

这个深夜，顾放再次感觉到了世界的苍凉和无情。

顾放心里有事，一想到沈燃这个好苗子马上就要到他手，激动得他一宿没睡踏实。

凌晨四点多，他就醒了，去卫生间洗了个澡，出来梳洗打扮，打开之前过生日时周逸送过来的半年都没拆封的一套男士护肤品。

未来结婚的重视程度，也不过如此了。

周逸美其名曰：“去年微博搞了一个最受喜爱的运动员投票，咱们队里成绩这么差，你都能凭借这张脸得到路人的认可，获得射击项目的第一名，可得好好保养保养。”

气得顾放想生吞了他。

顾放按照说明书上的步骤一步一步涂好，手指僵硬地拍了拍，找出发蜡抓了抓头发，对着镜子左看看右看看，最后肯定地一点头：“确实更帅了一丝。”

顾放和许樱的长相跟他们的姓一样，一个随了爸一个随了妈，许樱清秀可爱，顾放是端正英气，再生一双勾人的桃花眼，最简单的证件照尤其凸显他的优势。

他就穿着一件短的夹克，随随便便往校门口一站，就引得进校门的小女生频频回头看他。

更有胆子大的上前去友好地询问：“同学，你是哪个班的呀？”

“我不是一中的。”

“怪不得之前都没见过你，那你是来找人的吗？”

顾放很有礼貌：“我找沈燃，可我进不去校门，能麻烦同学帮我叫他出来吗？就说对他很重要的一个朋友来找他。”

顾放说着，从口袋里摸出一颗费列罗的巧克力递过去，附赠一个微笑。

小姑娘脸都红了，接过巧克力磕磕巴巴地说：“我、我不知道他来没来，我帮你去他班里看看。”

顾放点了点头，心道，现在的学生还真是乐于助人，不错。

顾放在这儿散播巧克力散播爱，很快得到了沈燃还没来的消息，他把最后一颗巧克力塞进自己嘴里，余光瞄到胡同小路上一道熟悉的身影。

今天许樱上公交车之后没见到郑知许，就自己先来了，多了的早餐提在手里，等着一会儿放到郑知许课桌上。

一中门口种着几棵高大的香樟树，在学校其他树刚抽芽时它已经是一树油绿，叶子层层叠叠，早晨的阳光从缝隙间漏下来。

许樱经过时，就有筛好的光映在她的脸颊上，肤质像刚打发的奶油。

从树后横着伸出一只手，正正好地戳到那一块“奶油”上，许樱吓了一大跳往后退了几步，差点儿就喊出声。

下一秒，树后探出个作乱的脑袋，为自己恶作剧的得逞翘着嘴角。

许樱揉了揉被摧残的脸颊，横了他一眼：“你幼不幼稚啊！”

顾放十分不要脸地说：“人家还是热血少年呢，幼稚也是应该的。”

许樱一脸无语，顾放挑着眉说：“怎么样，是不是觉得胃部翻滚，连剩下的早饭都吃不下了？刚好，我还没吃呢！”

顾放顺手夺了她给郑知许带的酱香饼和豆浆，许樱伸手去抢，可身高悬殊太大根本就没抢过。

顾放一只手按在她的头顶，另一只手把饼往自己嘴里塞，抢食动作十分熟练，一边吃一边含混不清地说：“为了见你，我可是特意梳妆打扮了一番，给足了你排面，你居然连口吃的都不给我，真是好狠的心！”

有大树遮挡，奔向校园的学生们往这边看过来的并不多，就算看也只是匆匆一眼，两个人扭在一起，角度又比较偏，如果不是特别熟悉的人很难在这匆匆一眼间认出她来。

沈燃平时进校门，很少会东张西望，今天不知怎么他错眼看了一眼树叶，就这一眼的瞬间他认出了许樱。

沈燃的视线没有过多停留，像一秒滑过车挡风玻璃的雨滴，雨刷器一扫，连痕迹也没剩下。

可他的脚步却越来越快，跟在后面的蒋京追得辛苦，到教室后累得气喘吁吁地瘫在座位上：“燃哥这运动天赋真是点满了，这么暴走都脸不红气不喘的。”

也亏得沈燃的带领，蒋京高中三年第一次到学校这么早。

燃哥这是想以身做榜样，让他积极上学好好学习啊，蒋京悟了。

沈燃穿着一身黑，背着书包从教室门口往座位走，经过许樱的座位时他停下脚步。

她的桌子收拾得干干净净，书分门别类整整齐齐地摞着放到左手边，右手边放着一个白色的笔袋，书和笔袋之间，摆着一个拇指长的摆件，是以他的形象定制的周边玩偶。

沈燃出神地盯了一会儿玩偶，不知道在想些什么。

蒋京这才发现沈燃貌似有些气儿不顺，站起来刚想过去，沈燃有了动作，伸手摘下书包，“啪”地摔到自己座位上，转身走出了教室。

蒋京“唰”地坐回原座位，吓出了一身冷汗。教室里的其他同学不知道发生了什么，好奇地看着门口。

过了十分钟，同学们陆陆续续来上早自习，许樱刚踏进教室门，铃声就响了。许樱跑到座位上，心里把害她差点儿迟到的罪魁祸首翻来倒去骂了好几个来回。

“阿嚏！

“阿嚏！”

校门口，顾放打了几个喷嚏，他揉了揉发酸的鼻子，“啧”了一声：“一定是小樱在骂我，我们心有灵犀，果然是挚爱的哥哥和妹妹。”

顾放弯下腰，捶了捶自己的小腿，他已经干站在这儿快一个小时了。

“沈燃，你欠我的拿什么还！”

顾放直起腰，有那么一瞬间，以为自己出现幻觉了。

顾放是见过沈燃的，在周逸发给他的视频里，在他看过沈燃在一中的照片里。

顾放是个非常有雄竞意识的人，用周逸的话来说，就是在顾放的视线范围之内，他不允许有比他还耀眼的男人存在。

沈燃虽然帅，但那是粉丝加了滤镜之后的，不能跟他这个纯生图大帅哥比，再加上顾放特意打扮了一下，他自认今天横扫一中这批乳臭未干的小子还是没有问题的。

可见到沈燃本人的第一秒，顾放下意识地有些想避开。

光看脸，他不承认比沈燃逊色，可沈燃身上有种很难说的气质，一眼看过去，就很难移开眼。

他一个帅得天崩地裂的帅哥都觉得如此，更别说别人了。

再加上沈燃目测比他高那么一点点。

输了，不过他只承认他只输了那么一点点。

顾放劝服自己，他此行的目的是为了成绩，是为了队里，而不是为了孔雀开屏。

两人对视的三秒内，顾放已经恢复教练该有的成熟稳重，他上前一步，与停在那儿的沈燃打招呼。

“沈燃是吧？”

沈燃眯起眼，有些意外：“你认识我？”

和许樱在一块，那么亲密的人，居然认识自己？是许樱和他说起过？还是他本来就认识自己？

几种可能在脑中片段化地闪过，沈燃的眼神越发凉。

顾放莫名感受到这种敌意，想到几次三番拒绝自己的沈燃，要是不多找点儿话头，他可能转身就走。

虽然顾放也并不知道为什么沈燃突然就这么出现了。

他把这个归结为，自己的诚心感动了上苍，信仰，开出了圣洁的花。

顾放的嘴角调出个友善的笑，说：“你是一中的学生，真巧，我以前也是一中的，俗话说得好，‘生是一中人，死是一中魂’，我们都有同样的魂了，你说认不认识？”

沈燃也笑，只不过那笑太浅太淡，比不笑还要凉薄三分：“现在的老男人都这么能扯吗？”

许樱对谁都留有余地，就算是公认与她最好的郑知许，也并不真正了解她多少。

她的笑多是不那么灿烂的，她的话多是深思熟虑之后说的。

她像是裹了一个沉重的蚌壳，他试探着敲着门，一下一下，才慢慢让她松开蚌壳。

可这个舌灿莲花的老男人，那么轻易就让许樱卸下所有，自然地相处。

这么有心计，到时候准骗得许樱一无所有。

如果老男人真的另有所图，他会想办法让这个人滚远点儿。

“我确实比你大那么一些，确实是有一些代沟。不过我妹妹跟你一届，同届的同学，那毕业后可是比亲人还亲。我作为她的亲哥哥，那也算是你的亲人，作为亲人，我是不会害你的。”

沈燃：“妹妹？”

顾放又上前一步，手搭在沈燃的肩膀上，沉声说：“我听说你成绩不算特别好，这不是巧了！我妹妹是年级第一，只要我说一声，以后让她多带带你。高考多一分，就多一份考上好大学的希望嘛！不用谢我，我只是看你有眼缘，长得像我未来的好弟弟，举手之劳罢了。”

年级第一。

沈燃的声音有些古怪：“你妹妹，是许樱？”

顾放连连点头：“是啊！小樱在高三（7）班，你刚来可能不熟悉，稍微打听一下应该就知道。对了，你是几班的？”

“我也是七班的。”

沈燃前一秒眉眼还像是寒冬腊月里湖里结的冰，他三两句话后便是春风化开的柔和水：“许樱是个很优秀的同学。”

“这孩子从小就不用怎么操心，就靠自己去学，特别让人省心，特别懂事，有一次我训练的时候受伤了，需要每隔两个小时换一次冰敷袋，那时候她才这么高。”

顾放比画了一下自己的腰身，继续说：“家里没有别人，我又累得不行，撑不住换冰敷袋就睡了，一觉醒来之后伤肿消下去了，我才知道小樱熬了一晚上没睡给我换的，第二天上学睡着了被老师骂了一顿……”

提起许樱来，顾放滔滔不绝，像去参加家长会时掩不住骄傲的家长。

沈燃就站在旁边听,时不时地点一下头,很认真地在听每一个字。

“那两位同学，是哪个班的？”

有两个巡视班级的值周同学到校门口堵迟到的人，顾放意犹未尽地及时刹住车，抓紧时间掏出手机，点开自己的二维码：“咱们这么投缘，加个微信，以后常联系。”

沈燃从善如流，“叮”地扫上：“怎么备注？”

顾放轻咳一声：“我们做好事不留名。”

沈燃点头，将手机放回口袋里。

值周同学认识沈燃，态度转好，合上记名本提醒说：“早自习已经上了二十分钟了。”

“家里有些事，我哥来找我，这就回去了。”沈燃下巴点着旁边的顾放。

顾放很配合地点头。

“哥，我先回去了。”

沈燃打过招呼往回走,来的时候心里那团火已经散得一干二净,沿路拱出的小草，路过的操场，每一样都那么顺眼。

今天真是个好日子，他想。

“今天是个好日子，心想的事儿都能成……”顾放哼着歌，拦了辆车离开。

攻略沈燃第一步，顺利得超出他的想象。

3.

百日誓师大会最后的效果，可以说是所有人始料未及的。

就连郑知许和蒋京这类，平时垫底，靠学习这条路无望的学渣群体，都站起来去逐梦题海圈了，学习不好不坏，在中间晃悠的那批同学瞬间有了危机感。

刘主任走在高三教学楼，平时黏在走廊里，招猫逗狗的捣蛋鬼都不见了踪影。

七班门口，更是一片安静祥和。

刘主任从后门玻璃窗看进去，颇为欣慰，在心里第六十八次感慨，成副校长选沈燃作为学生代表去演讲，真是高瞻远瞩。

高三的第一次模拟考试就在月末。

高三下学期的三次模拟考试极为重要，几乎能作为高考最终成绩的参照。

战场的号角已经吹响，每一个参与其中的人都拿起自己的刀枪去厮杀拼搏，拼一个盛大前程。

“啊啊啊，让我死了算了！”郑知许痛苦地抓着自己的头发，跟面前的几何方程没有相爱，只有相杀。

她瞄着旁边一页一页翻着英文单词本的许樱。

许樱那双明媚的小鹿眼上下动着，将一行行郑知许完全分不清谁是谁的单词，快速地吸收记住。

郑知许双手捧着脸，陶醉地看着许樱将高一下学期的必考单词翻完。

“人和人的差别，是真大啊！我要是有樱桃你万分之一的聪明，我爸晚上做梦都能笑醒。”

可她爸却从来没有以此为荣过。

许樱翻页的手停了一瞬，笑了笑，并没说什么。

突然，许樱头顶的那一小片光被遮住了两三秒。

她抬头，巴掌大的纸飞机从她眼前降落到桌子上，机翼上依旧写着那三个字：To 许樱。

郑知许惊奇地看向纸飞机的来源，又迅速转头看向许樱，嘴巴逐渐张大，像发现了什么不得了的事情。

许樱没有避讳郑知许，大大方方地打开了沈燃的字条。

“下节课是英语课，我的知识薄弱区，你坐过来。”

郑知许试探性地说：“樱桃，你和燃哥……关系还不错哈？”

许樱将下节课要用的书和笔记本整理好，将单词本收到课桌里：“他和我哥关系不错，我哥让我在学习上多帮帮他。”

“你哥？我第一次听说你还有个哥哥啊？”

“他很烦的。”许樱言简意赅地评价顾放。

就在昨晚，顾放死乞白赖地发了八条好友申请，她一心软，就放他重回了自己的好友列表里。

顾放上来就花式表白自家妹妹的可爱美丽、温柔大方。

许樱把手机放到一旁，对着直播间学习，等到直播结束，对方累计发了 99+ 的新消息。

跳过大片大片的表情，和一段一段 60 秒的长语音，许樱直接看他最新发的一条。

顾放：“你也知道哥的难处，你哥我虽然脸好，但队里要是再出不来成绩，哥靠脸也快混不下去了。你就随手帮个忙，成也好败也好，哥都不会怪你。”

许樱点开了他上一条语音，这才知道顾放和沈燃被射击圈的交际花周逸牵线，加了好友。

顾放射击队成绩一路向下游走，他准备跟沈燃交好关系，等沈燃一毕业，两人组个组合进演艺界发展。

顾放：“组合名字我都想好了，就叫‘真心兄弟’。”

许樱：“这个名字，出道即糊预定了。”

自从许樱生病，顾放就避讳和她提及射击队的事情，但这几年队内的情况如何，就算他不说，许樱也能从一些体育新闻那里看得到。

要是顾放确定想离开这个圈子，对他而言也不见得是坏事。

当初顾放进嘉城市队做教练，也是因为他恩师的拜托。

许樱：“你想让我怎么帮你？”

顾放：“也不需要你多费什么心，就没事把你的笔记借给他看看，他要是不会的你顺手教两道题。反正一切以你的学习为重，不用花太多时间。就让他知道，我心里是有他的就行，至于其他的，就由我这边运作。”

许樱想，那和现在也并没有什么差别，也不想再听顾放叨叨叨，就直接答应了。

顾放又额外地叮嘱了她一句：“沈燃目前还不知道我的想法，我们就当普通朋友先相处着，你这边记得保密。”

“好。”

她以为一切如旧就好，可事实仿佛和她预想的，有那么些偏差。

准确地说，是一沾上沈燃，所有事永远都会偏离正常轨道。

偏差的点就出现在今天中午。

吃完午饭，许樱和郑知许到操场上散步，郑知许走着走着就手痒，去跟几个男生打篮球了。

许樱已经习惯，从上衣口袋里翻出一张写满化学元素的纸，一边绕着操场快走一边背。

“氢氦锂铍硼，碳氮氧氟氖……”

“哎，鑫哥，这不是上次那个可爱的美女嘛！”

塑胶跑道挨着足球场，场上高二两个班级在踢球。

黄鑫抹了一把汗，顺着谷一鸣的叫嚷声看过去，果然看到了许樱的身影。

别人穿校服都是土得掉渣，班里那群女生想尽办法逃避值周生的检查不穿，或者改成各种各样修身款，这姑娘就那么直接穿了一套，肥肥大大的一点儿也不土，好看得跟仙女一样。

黄鑫多看了几眼，想起上一次的痛苦经历一个激灵：“有什么好看的，快看球。”

“可确实是好看。”谷一鸣哪壶不开提哪壶，“不过也是，再好看的姑娘有心理阴影也不能再看，做噩梦咋办。”

话刚说完，他后脑勺就挨了一巴掌，黄鑫骂骂咧咧：“什么心理阴影？你当我怕她啊？”

黄鑫一脚将队友传来的球踢飞，转身大步往塑胶跑道上跑。

他步子大，没跑几步就追上了许樱，从她身后绕了出来，脸上是自以为是帅气的笑容：“小学姐，在这儿遇到你了，真是巧。”

许樱背东西有些强迫症，一旦被打断，就想重新来。

许樱卡在最后两行，抬眼看了他一眼，绕过他，重新开始背：“氢氦锂铍硼，碳……”

黄鑫不依不饶，又跑快两步到许樱前面，倒退着走：“学姐怎么不搭理人呢？”

许樱捂住耳朵，继续背：“钪钛钒铬锰，铁……”

“小学姐，放学我请你去吃冰，城南新开的那家，现在还没对外开放，不过老板是我哥们儿，我可以随便去。

“一慕蛋糕我有黑钻卡，可以直接拿到国外的定制款，我一会儿叫人送过来。”

黄鑫觍着脸地讨好，许樱却不为所动。

黄鑫有些恼羞成怒，又有一点点莫名的委屈，最后化为了咬牙切齿的一句：“上次我可是为了你才甘愿吃哑巴亏，不然就沈燃那样的人，我一拳就能打得他找不着北。”

他这一声声音很大，如魔音一样钻过指缝往许樱的耳朵里灌。

许樱停下脚步，秀气的眉尖蹙了蹙，声音很轻，说：“你打不过他。”

黄鑫的脸黑了下来，那点儿“死也不能丢面子”的男人尊严作祟。

他颇有些恶毒地说：“你们这些人啊，以为跟沈燃一时走得近，就能近水楼台了，醒醒吧，你跟他可不是一个世界的人，做什么白日美梦呢！”

许樱的眼睛一眨不眨，左胸口那颗东西像被什么击中，直直地从高空坠落。

人的恶意来得这么突然，即使她什么也没做，别人得不到自己想要的，她就要被人针对。

那股失重感迅速席卷全身，她用力地咬着下唇。

“和你有关系吗？

“我没有做什么白日梦。”

许樱说完想走，黄鑫变本加厉地继续：“你看看你自己，除了校服就一身衣服来回穿，书呆子一个，我肯来找你是看你脸还勉强能看，可怜你罢了，你还以为全世界都围着你？别做那点儿可怜的梦了，我看着都想吐。”

话刚说完，许樱被一个大力地往后拽了一下。

她本来就站得不甚稳当，被这么一带，人差点儿甩出去。

只是那只手太过有力，往前一扣，她整个人就撞进他的后背上。

他的背很宽，黑色的T恤上微微泛着运动过后的汗味，热热的，并不难闻。

黄鑫被突然冲出来的人惊到，还没来得及躲闪，腹部就被大力击中，他扛不住力道被踹翻在地。

“鑫哥！”

在足球场看好戏的谷一鸣一边招呼人一边往这边跑，撸胳膊挽袖子对着行凶者的背影骂骂咧咧：“敢对鑫哥动手，看来你是不想在一中混了！”

行凶者一转头，谷一鸣的拳头倏然停在半空，紧张地咽了口口水：“沈、沈燃……”

沈燃长相本就偏凌厉，因怒气灼烧，那一双眼锋利到慑人，偏偏他还在笑，笑得很淡然。

越是笑，越是看得人胆战心惊。

“我在一中混不下去了？”

谷一鸣把脑袋摇成拨浪鼓：“那不可能，那不可能，我胡说的，我嘴贱。”

“嘴贱的不是你，是你这位同学。”沈燃转回头，看着黄鑫。

后者从跌到地上开始就没有动作，只是捂着腹部，低头一言不发。

“离许樱远一点儿。”

沈燃说完，察觉到身后的人呼吸顿了一下，然后离开他的后背。

他又笑了一下，语气轻松地说："她可是我们年级的第一名，是老师心目中的明日之星，学渣们的希望。你这么蠢，把她传染得也变蠢可不行。"

黄鑫咬紧牙关，下颚绷得紧紧。

沈燃的话像无数个大耳光抽他脸上，把他抽醒，关于沈燃的痛苦记忆也跟着复苏。

沈燃拉着许樱，往操场大门走，谷一鸣等人急急忙忙地让开路。

走了几步，沈燃停下来，蹲到许樱面前，拍拍自己的肩膀，说："上来。"

许樱摇摇头："我自己能走。"

"一步一蹭，以你的速度，走到教学楼大概要半小时。许樱同学，高三的每一分钟都很珍贵，你耽误我的半小时，可能会影响我的一生。"

许樱深吸口气："你可以先走。"

"那不行。"沈燃笑得很肆意，"对粉丝见死不救，传出去我会被人黑的。许樱，你在怕什么？"

许樱一愣。

沈燃背对着她，脸上的笑缓缓地收起来，他的声音也变缓："你身体不舒服，又被校霸言语侮辱和刁难，我作为你的同学，帮你出头，背你回教室，这很正常。你要是觉得不好意思，那之后多在学习上对你的同学进行帮助就好了。

"这么正常的事情，你不需要胡思乱想什么，精打细算什么。

"许樱，你不累吗？"

沈燃，居然能知道，她在想一些东西。

这是许樱始料未及的，而且他的声音与平时比很轻很慢，像是在施展某种魔法。

她紧绷的神经也被逐渐舒缓，最后莫名其妙地真的被他背着回了教室。

操场上挥汗如雨的同学们好奇地看过来，沈燃沉声说：“不想面对，就把脸藏在我的后背。”

许樱依言埋下脸，她看不见别人不怀好意打量的目光，看不见她避之唯恐不及的沈燃，也看不见那个总是想藏进人海里的她自己。

从有记忆开始，许樱就知道自己与其他人不一样。

她需要小心翼翼地琢磨着父母的喜好，才能获得他们偶尔施与的一点儿亲情。

她要很努力很努力地让自己的性格平平，离那些被光环笼罩的人远一些，才不会在班级里被排挤、被针对。

在其他人眼里的“正常的事情”，在她眼里都是“不正常”，小到说一句话，都要在心里描绘斟酌，反复推敲，才说出口。

她不知道自己做错了什么？

她明明什么也没做，可为什么要活得这么小心翼翼？

可在别人看起来，她和常人无异。

除了顾放和奶奶，是第一次有外面的人，发现了她的秘密。

也是第一次有人问她，许樱，你不累吗？

累啊，她很累，她筋疲力尽，脆弱无比。

她不敢站在众人眼前去演讲，她怕极了从那些人的目光中看见他们的不怀好意，那样她会失控，她会软弱，会成为别人议论的笑柄。

可此刻，她躲在他身后，那些她介意的，她都看不到了。

许樱觉得很平静，很安心。

接受沈燃的好意，这是很正常的事情，不需要她再去胡思乱想，百般考量。

进教室的时候，沈燃蹲在地上，将她小心地放在椅子上。

她盯着他，开口：“以后你学习上有什么问题，都可以来问我。班主任允许换座位，你要是哪一科觉得听不懂，我可以在上那节课时坐在你旁边。”

“许樱同学，这就要来报答我了？”

许樱点头，又摇头：“帮助同学，这是很正常的事情。”

沈燃歪着头，愉悦地笑了：“好啊！”

下午的第二节课，高三（7）班最后一排的窗，照旧打开。

沈燃伸出手，将窗拉上，只给自己留了一道缝隙。

风和光一起灌进来，被吹动的光影间，许樱握着笔，在他的英语书边写着现在完成时的用法。

她写英文很漂亮，字母尾巴拖得很长，落笔的沙沙声很轻，又很近。

不知何时，她一步一步地靠近了他。

就在他偷偷向她靠近了许久之后。

/第六章 今夜的种种可能/

1.

四月的第一天，高三年级第一次模拟考试成绩出炉。

教导处将前十名的成绩单打印出来并放大，粘贴在一楼大厅最中心的位置。

而班级内的名次则用普通A4纸打印出来，贴在教室的黑板上，让每一个进来的人能够一眼看到自己的成绩。

刘主任用这种方法，鼓励学霸，激励学渣。

为了让这个效果拔群，他提早一小时到了学校，亲手贴完了成绩单。

可总有些小机灵鬼，信心满满地觉得能逃脱开这个对内心的致命一击。

高三教学楼下，蒋京将手里的最后一点儿烤肠塞到嘴里，含含糊糊地和沈燃传授着做学渣的经验：“老刘往门口贴，咱们从后面进不就得了，完美。”

他说完，从右口袋里又翻出一根塑料袋裹住的烤肠续上继续吃。

李不言无语地翻了个白眼：“你忘了上次，老刘在前门和后门各贴了一张吗？”

蒋京一点头：“那就翻窗户吧，勇敢京京，不怕困难。”

沈燃走得飞快，一只脚已经踏进了校门。

蒋京二人快步追上去，继续“传道授业”：“燃哥这身体素质翻个窗简直是小菜一碟，一会儿我和李不言掩护你先进去。”

沈燃没说话，只是径直走向大厅的告示板前。

板前围了一圈人，看到沈燃来，不自觉地就让出了一个位置。

有女生脸涨得通红，轻声说：“沈燃同学，你站这儿来吧，看得清楚。”

“不用了，我这么高个子杵在前面，别人没法看了。”

沈燃拒绝好意，眼睛只盯着第一个名字：许樱。

刘主任学过几年毛笔字，每到这时候就喜欢露一手。

沈燃见过太多真正的大家的书法，自己也被沈复压着从小学习，刘主任这字放在往常他看都不会看。

可此刻，他看着那两个字，竟觉得没什么比这字更好看的了。

沈燃拿出手机拍了一张照片，发给了许樱。

沈燃：“恭喜。”

小樱桃：“那你呢？”

沈燃：“还没看，光顾着看你的了。”

对面沉默了一分钟，才回复。

小樱桃：“看我的有什么用，看我的分数也不会涨到你那里去。”

刚发完，这条又被迅速撤回，许樱又发了一条。

小樱桃：“考多考少都是你努力的结果，继续加油哦！”

沈燃弯弯唇，收起手机，拾级而上。

后面，蒋京问李不言：“前两天考试的时候，我跟燃哥一个考场，他可是考到一半就啥也不会开始睡觉的。他怎么看别人成绩好这么开心？还专门拍了照留念？”

李不言轻蔑地一笑：“你眼里只有自己的成绩，而燃哥看的是小凤凰。许樱得第一，燃哥居然骄傲开心到忘记自己，这是什么境界？这是什么高度？多跟燃哥学着点儿吧！”

蒋京恍然大悟：“所以燃哥今天提前过来，就是惦记着许樱的名次。”

李不言露出“你个小垃圾居然才想通”的表情。

蒋京羞愧地低头，说：“是我格局小了。”

另一边，许樱对着黑下去的手机屏幕叹了一口气。

旁边的郑知许放下手抓饼，感动地抱了一下许樱：“我想起分班之后我第一次月考成绩出来，你也是这个表情。”

许樱不解：“什么表情？”

郑知许坐回去，表情认真又严肃：“学霸对学渣的怜悯与同情。”

许樱摸了摸脸，心道，有这么明显吗？

“啊，你把刚才燃哥给你发的图转发给我。”

“做什么？”

“我要留下我家樱桃的所有荣誉。”郑知许点开自己的手机相册，里面专门有一个相册，相册名字叫“养樱桃日记”。

里面除了和许樱的自拍，就是许樱每次考第一名的成绩单。

郑知许一脸幸福：“等以后你成了巨成功的人，我就可以到处和人吹，说我家许樱是我看着长大的。”

郑知许每次都是倒数的成绩，却总为她得第一而兴高采烈。

许樱心里泛着热，不自觉地就跟着郑知许一起笑开，将沈燃那张照片转发给她。

231 路公交车驶向前方，车加速起来手机网络不好，郑知许加载原图加载了好一会儿，进度却卡在百分之五十。

她百无聊赖地盯着图片，盯了一会儿发现有点儿不对，眼睛凑近屏幕：“这不是宋嘉平吗？！”

听到这个很久没出现的名字，许樱有些意外：“你说谁？”

图片加载完，郑知许将其放大，排在许樱下面的是第二名，沈燃的照片只拍了她一个完整的名字，可怜的第二名只模糊拍到了上面的起笔痕迹，不仔细看看不太出来。

许樱刚才微微有些波动的心，再一次平静如死水。她说：“确实是宋嘉平。”

“他回来了，还参加了个考试。这么大的事怎么一点儿风声都没听过。”

郑知许的手“啪啪啪”打字去打听消息，嘴上在和许樱说话：“宋嘉平也是个传奇了，文化课成绩好，音乐大奖频频拿，本来稳稳地保送首都音乐学院，他自己却放弃了。你们学霸是不是都这样啊，送上门来的觉得没挑战，非得自己考才满足。”

说着说着，她发觉身边的许樱过于安静，不自觉地闭上嘴，关切地看过去。许樱已经合上眼，歪着靠在椅背上，像是浅浅地睡了过去。

郑知许坐得离许樱远一些，身体贴上车身，放轻打字的力道。

那边“一中尽在我手中”的群消息闪个不停。

“考试前一晚宋嘉平的比赛才刚结束，得了金奖，这事我那天在群里说了一句，瞬间就被有关沈燃的消息刷过去了。”

说话的是六班的祝小雨，一中的包打听，江湖传言只要一中的事不管大事小事，除了当事人，她必定是第一个知道的。

可祝小雨也经常传些假消息，之前沈燃来一中的消息，祝小雨就没有及时跟进，导致郑知许对她的信任度直线下降，屏蔽了群聊，这才错过了宋嘉平回来的事情。

阿许：“宋嘉平是在哪个考场考试的？”

祝小雨：“是单独在老刘办公室考的，他这么久都没有上课还能稳占第二名，不愧是沈燃之前一中最受欢迎的男神。”

宋嘉平是在新生入学晚会上一曲成名的。

彼时大家都是刚从初中毕业的半大孩子，除了沉迷游戏，就是专注学习，浑身上下透着质朴。

而宋嘉平，天生自带着一种和大众格格不入的贵气，礼堂的舞台上，灯光璨璨，衬得他宛如中世纪的王子。

他合上眼，将小提琴抵在手腕处，缓缓地拉动琴弦。

第二日，一中已经随着滚滚时代车轮落寞的论坛复活了。

有关于宋嘉平的帖子飘得到处都是，而且越传越夸张，什么“宋嘉平母亲是贵族后裔”“宋嘉平是亿万富豪”“宋嘉平智商200是门萨俱乐部在逃学员”……

后来还是宋嘉平自己出来澄清，帖子上大多数说的都不是真的，这么大大方方地回应更加拉好感，学校里不知道多少女生将一颗心寄在了他身上，包括校花路怡。

可宋嘉平对谁都是谦和有礼，从不有正常同学友情之外的感情。

公交车轧过一个不大不小的坑，车身颠簸，将郑知许从回忆里拉了出来。

她第一时间往左边看，许樱仍歪着头，没有丝毫醒来的意思，她想，樱桃一定是为了考试复习累的。

许樱在熬夜学习的时候，她在熬夜打游戏，郑知许羞愧地低下头。

祝小雨私聊郑知许，甩出了一张有些糊的照片。

祝小雨：“昨晚上有人发了这个给我，图上的这个是沈燃没错吧？”

阿许：“是燃哥，对面的是……”

阿许：“燃哥看着怎么这么生气。”

照片是在校门口拍的，沈燃侧着站着，对面是一个一身白的青年。

祝小雨：“我查过，是市射击队的总教练，叫顾放，以前还拿过全国冠军。”

沈燃以射击出名，和顾放有交集的话好像也说得通，就是不知道两人为什么气氛这么剑拔弩张。

祝小雨又迅速地甩过来另一张图，图里的角度很刁钻，这个叫顾放的人手亲昵地揉着许樱的脑袋，而前面拍到了一点儿沈燃的身影。

祝小雨：“图二的时间拍在图一前，据提供线索的不愿意透露名字的仙女说，顾放一大早就在校门口等着。该仙女看顾放太帅了上前搭讪，顾放给她一块费列罗轻易将她俘获，让她去打听沈燃班级，仙女立刻就去了。之后她才发现顾放这是广撒网，给每个上前的人都发了费列罗，遂拍照片投稿曝光这一行为，希望广大少女不要只顾着看帅哥的脸，还要看他们的心。”

阿许：“……真是伟大。”

高中的语文作文练习课上，经常有这样一道题，叫分析图片写文章。

许樱的作文大多时候会跑题，这个她自己知道。

郑知许的作文很少有不跑题的时候，但她不觉得是自己的问题，学渣的自信，难懂又坚定。

公交车走了又停，停了又走，又过了两站到了一中站。

许樱睁开眼，背起书包，下了公交车发现郑知许没跟上来。

她仰头望去，郑知许还坐在原位，隔着窗，正抿着唇，眼神复杂地看着她。

许樱：“再不走要迟到了。”

郑知许深吸一口气，顺着人流末尾往下走，吐出那口气。

她和许樱并排走，装作不经意地开口：“你和顾放，还联系的是吧？”

“是啊！”许樱奇怪，“你还知道顾放？”

“哈哈哈……”郑知许干笑两声，摸摸鼻子继续说，“一中没有我不知道的事情哈！”

许樱点点头，那天顾放来一中，风骚得像只公孔雀，郑知许消息这么灵通知道也不奇怪。这样想着，许樱也就没再问。

旁边的郑知许表情一下严肃下去。

现在的局势已经很明朗了，那个叫顾放的老男人不知道用了什么手段让许樱对他亲近，而燃哥看穿了老男人的诡计，为了小凤凰去和老男人战斗讨说法。

可即使这样，许樱还是没有和顾放断了来往的打算。

老男人，还挺有一套的。

郑知许单手插口袋，走出六亲不认的步伐。

保护樱桃联盟，从这一刻正式成立。

2.

宋嘉平回来的消息传得很快，可他人却迟迟没回七班。

大课间，蒋京左手勾着球运到右手，几步跳到沈燃那边：“燃哥去玩一会儿！”

沈燃正握着笔，状似很认真地在写字，闻言头都没抬，说：“不去，忙着呢！”

蒋京眼睛贴过去，看见沈燃正一笔一画抄着试卷上的错题。

是刚结束的英语课，硕大的“58”用红笔勾出，明晃晃落在“沈燃”两个字旁边。

这是沈燃第一次参加高中月考，他的成绩在蒋京看来，已经很可以了。

全班四十八个人，沈燃排四十，后面还有八个人呢！

就连他和李不言都被甩到后面，他和李不言在学校学了这么久，还不如没上过几天高中的沈燃。

不得不说，燃哥还是很有天赋的。

老师都没让抄错题，他就自己抄了，燃哥，还是很努力的。

努力又有天赋的燃哥，是会有好报的。

蒋京开解道：“别抄了，燃哥，反正这回错的题，下回又不会再出！”

沈燃抬头看了蒋京一眼，眼中一点儿抄题的痛苦也没有，反而有些享受。

蒋京还要再说什么，后背被人轻轻地敲了一下，力道很小。

蒋京回头，许樱手里拿着卷起的试卷，眼神很澄澈地看着他："是我让沈燃抄的。"

蒋京："啊……啊？"

"沈燃抄的这几道题都是我之前给他出过的，连姓名地址什么都没有怎么换，他还是没有记住，所以我让他抄一遍，加深一下印象。"

许樱说着展开手里皱巴巴的试卷，这是蒋京刚才团成团扔到教室角落里的，上面硕大的"43"刺激得蒋京差点儿晕过去，就听许樱说："你错的很多道题，也是我在直播间讲过的，要留下来一起抄吗？"

蒋京带着篮球连滚带爬，连撞好几个课桌，飞奔着往门外跑："燃哥你加油努力，我就不耽误你了！"

许樱将蒋京的试卷摊平，对折，一抬眼，正对上沈燃含着笑意的眼。

他的长相让人过目不忘，连浅浅淡淡的笑都比别人看着嘴角弧度更深一些。

模拟考试刚出成绩的第一个大课间，同学们大多都不在教室，有追去办公室找老师问题的，有总算考完去外面玩发泄的，屋内只有零星的几个人，显得有些空旷。

许樱听见自己的声音，脆生生的，很清晰："你在笑什么？"

签字笔在指尖转了一圈，停下，沈燃往后面椅背上靠去："笑班长威风，两三句话就把蒋京给吓退了。"

"他不是被我吓的，是被学习吓的，以前郑知许也这样，一听学习跑得比谁都快。"

许樱低头去检查沈燃抄写的内容，班里没有单人的座位，沈燃就一个人占两个人的位置。其他科目发下来的试卷散乱地堆在旁边。

许樱靠过来，上午的光刚好落在她的肩膀上，斜斜地映在语文作文纸上，横平竖直的格子便歪歪扭扭起来。

她一缕鬓角的碎发从耳后滑下来，也跟着碎动的光摇摆。

沈燃的身体往下矮了一截，头贴在书桌上，侧过一些脸看她：“你靠这么近，头发掉下来挡到我的视线了。”

落在格子纸上的睫毛影子飞速地动了一下，许樱往后站了站，却没看他，眼睛仍盯着他抄写的内容，嘴上应着：“这样可以了吧？”

沈燃勾了勾唇：“可以。”

许樱看得很认真，沈燃干脆整个人伏在桌子上，对着她道：“你是一个字母一个字母在检查吗？”

许樱一愣。

其实刚才她根本就没看进去什么，只觉得一个一个扭曲的字母在天上乱飞，分辨不出谁是谁。

许樱眼睑下垂，将笔记本再扫一遍，递到他面前，语气没有温度：“第一道题的第三个单词写错了，虽然不是考的内容，但这样的错误不应该犯。”

沈燃坐直身体，一副受教的模样，点头说：“谨遵班长教诲。”

“那继续抄吧，认真一点儿。”

沈燃继续点头：“班长放心。”

沈燃又伏案继续写，许樱暗自松了口气，将那缕落下的碎发撩到耳后。

她的一颗心像是干瘪的气球，被一口一口吹进氢气，慢慢地鼓胀起来，慢慢地变得轻盈，摇摇晃晃地飞向天外天。

那里有她从没见过的烈烈的太阳，从没见过的被云絮缠绕的蓝天，飘飘然，一切都那么不切实际，又那么新鲜灿烂。

许樱理不清这复杂的思绪，摇摇头转回身，眼底撞进刚进门的一道身影。

沈燃虽然看着像是在认真抄写东西，但实际上他的余光一直落在许樱身上。

角度问题，他能很清晰地看到许樱垂在身侧的手，手指僵硬地蜷曲。

虽然见得不多，但沈燃敏感地察觉到这是许樱心理波动很大时的表现。

沈燃抬起眼来，看着站在门口的那个人。

他穿着一中的校服，拉链拉到锁骨旁，领子往两侧平整地压好，露出里面洁白的衬衫领子。他面上带着和煦的笑，突然笑意加深，往这边走过来。

沈燃眯起了眼。

那人在许樱面前站定，手上递过来一瓶牛奶："这次考试输给你了，愿赌服输。"

他笑的时候脸颊左侧有个清浅的梨窝："不知道在毕业之前，我能不能赢你一次。"

沈燃看到许樱僵硬的手指紧握成拳，随后听见她说："你很久没在学校上课，在外面还忙着比赛，考年级第二名已经很厉害了，这次不能算，牛奶我不能要。"

宋嘉平笑意不改，准确地走到许樱的座位上，将那瓶牛奶放到她的桌边。

他双手背到后面，沿着课桌间的过道往门外退，很熟稔地说："我先去找梁老师，等会儿见了。"

他笑着和教室里零星剩下的几个人点头打招呼，可能是并不认识沈燃，抑或是许樱挡住了沈燃他不方便打招呼，宋嘉平没有对沈燃这个新来的同学有所表示。

等到他身影消失不见，教室里的人才有动静，三两个人凑在一起小声八卦。

"宋嘉平真是越来越帅了，这么帅学习又这么好音乐成就又高，老天爷真是不公平！"

"他不是被保送了吗，按理来说不用再回学校了啊！"

“好像他放弃了，没看他都没去找班主任，直接来见班长了嘛……”

“啊，你说……”

“嘘！”

许樱像是什么也没听到，拿起自己的水杯往教室外走，碰也没碰那瓶牛奶。

沈燃右手食指无节奏地轻敲了两下桌子，无声地，一个字一个字地念着那个名字：宋、嘉、平。

过了一会儿，许樱从外面回来，后门开着，她一脚踏进门，一道绿色就从半空中划过，从她眼前经过，精准地投进靠墙放着的垃圾桶里。

是光明牌的牛奶瓶，许樱又往自己座位上看，桌子上已经没了宋嘉平放的那瓶牛奶，而站在旁边的人嘴角带一点儿白色的奶渍，很显然就是偷喝奶的始作俑者。

被许樱看到，沈燃也毫无被抓包的羞愧和紧张，笑着走向她：“每天一瓶奶，健康中国人。我刚想起来今天还没喝，先借你的，一会儿我还你两瓶。”

沈燃一贯地有理有据，许樱不知道说些什么，只能发出一声“哦”。

沈燃擦过她的肩膀走出教室，许樱鼓了鼓脸松了一口气坐回座位上。

桌子上虽然少了牛奶，但多了个笔记本，她今天才在沈燃桌子上看到的。

笔记本封皮上写：请班长检查。

沈燃将试卷上的题抄写完毕，他的字有着和他人不一样的精致漂亮，写英文时格外好看。

就是可惜，这么好看的字做不对几道题。

她翻了一页，在抄写的题的最下面，看见了两行不属于题的英文句子。

——To me，you will be unique in the world.

——To you，I shall be uinque in all the world.

这两句翻译倒是很简单。

“对我而言，你是世上唯一。”

“对你而言，我是独一无二。”

不知道他写这个做什么。

“这是《小王子》里的两句话。”

眼前的光被人挡去大半，许樱抬起眼，沈燃手里拎着两瓶牛奶，放到桌子上。

“没看过。”沈燃回答得很坦诚。

“那你抄这个做什么？”

沈燃认真思索了一会儿，然后开口：“为了显得我有文化。”

许樱微笑：“您开心就好。”

大课间快结束，门外陆陆续续有了动静。

沈燃拧开一瓶牛奶，递到她眼前：“还你的，尝尝看，是我很喜欢喝的牛奶。”

玻璃瓶身透明，没有贴牌子，只在右下角刻了几行英文字母介绍产品。

“刚才那个牛奶和这个比，味道太勉强了。我喝也就算了，你身体这么虚，还是要喝更好的。”

他语带关心，反正牛奶也不会很贵，许樱也没什么心理负担，接过来喝了一口。

牛奶味道醇厚，在唇齿间一抿便溢了满口甜香，许樱眼睛不由自主地就弯了起来，赞叹道：“确实很好喝！”

后门有人进来，也有人站在那儿不动。

蒋京将球扔到最后一排桌椅后的空地上，浑身汗津津地搂着旁边的郑知许：“走，上厕所去！”

郑知许的手臂还没好，嫌弃地用肩膀将他抖开：“滚远点儿！”

蒋京像突然想起来什么：“哦，我又忘了你是个女的了。”

郑知许的手还没好，腿倒是很灵敏。赶在郑知许一脚踹过来之前，蒋京迅速地往外闪，差点儿和人撞上。

“你他……”蒋京习惯性的骂声还没出口就吞了下去，换上一声意外的语气，“宋嘉平？”

宋嘉平不知道什么时候站在了他后面，听见声音微笑着和他点头，之后擦过他的肩膀往教室里走，经过垃圾桶时脚步微顿了一下，随后若无其事地继续向前。

宋嘉平的座位仍然保留着，在靠窗第三排的位置。

因为宋嘉平的到来，教室里瞬间喧嚣起来。

女生们将宋嘉平围住，叽叽喳喳地问候着。

宋嘉平始终面带微笑，不疾不徐地回应着每个人的好意。

许樱低着头，对此没有任何的反应，不参与这热烈的欢迎中。

连郑知许回到教室之后，也没多大的反应，径直坐到了许樱的旁边。

坐下前，她压低声音道：“燃哥，作为资深小凤凰，我心里只忠于你。”

她说着手肘杵了杵许樱：“对吧，樱桃？”

许樱一怔。

沈燃腰弯了弯，声音很轻，问：“是吗？”

前有豺狼后有猪队友，许樱只有从善如流一条路，点头点头再点头。

“确实，沈燃才是一中第一帅。”话说出口虽然羞耻，但并不违心。

沈燃笑了起来，眼底有流光。

3.

傍晚的天，一层粉色一层紫，层层晕染开，点缀着悬在西边天上的，要落不落的太阳。

放学铃刚响，沈燃就收到一条消息，来自他命中注定的‘亲人”——许樱她哥。

Fang：“最近学习很累吧？小樱都和我说了你很认真，废寝忘食地学习。不过不能一味地埋头苦读，要劳逸结合，才能更好地吸收知识，我请你去放松放松。”

Fang：“不用有心理负担，谁让我们那么投缘。”

沈燃：“那我叫许樱一起出去。”

Fang：“她应该还在做题，我们先去吧！等她做完我再来接她。”

沈燃看了一眼许樱，她确实还在埋头做题，他就一个人先走了。

他步子大，没一会儿就到了门口，其他人还没来得及出来。

学校门口停着一辆黑色的路虎，像是刚洗过，前挡风玻璃都一尘不染。

驾驶室的窗户摇下来，顾放探出头来，亲切地对着沈燃招手：“这里，这里！”

沈燃听过很多次有关于许樱的“情况”，许樱常年除了校服，春夏秋冬四季各只有一套衣服，许樱用很老式的手机，许樱除了学习，不参与其他的活动……

在其他人的眼里，许樱就是清贫却上进的典型。

可看她哥这辆最新款的车，不是寻常人家能消费得起的。

沈燃系上安全带，问顾放：“哥，你要带我去哪儿？”

这一声随意却亲昵的“哥”可算是叫进了顾放的心里。

顾放那个美，觉得自己让许樱去给沈燃补课这步棋走得实在是太妙了，恨不得放开方向盘，给自己敲个锣鼓个掌。

他掩住得意忘形，将车掉了个头，回道：“去个小樱小时候总念叨的地方，包你放松。”

车赶在大批学生要挤过来前开出小路，尾气扫开一地的灰尘。

几乎是同一时间，含着棒棒糖等许樱做完最后一道物理题的郑知许收到一条消息。

祝小雨：“阿许！上次你让我盯着的那个人，又来找沈燃了！

刚才沈燃上了他的车！”

阿许：“能知道他们去哪儿了吗？”

祝小雨：“放心，我的人已经打车跟上去了，等一会儿就会有消息！”

郑知许知道这个时候跑题不太好，但还是在等待的空当没忍住问了一句。

阿许：“你这么专业，以后想做狗仔吗？”

祝小雨：“什么狗仔，那是明星观察师，我爸我妈都是做这行的呢！”

祝小雨：“放心，我没有和我家里提过沈燃在学校的事情！”

阿许：“算你有良心！”

许樱皱紧的眉头松开，提笔在电路图上改了一条线，豁然开朗。

原来她之前一直深陷误区，上了出题人的当。

将剩下的几道题迅速解决，许樱将拓展的习题集合上，抽身出题海，去看旁边的郑知许：“给你留的单词背好了吗？”

郑知许咬着右手食指的指甲，一副坐立难安的模样。

听到许樱的问题，学渣本性上头，看起来更慌了，她眼睛滴溜溜地转：“那个，其实吧，我觉得呢……”

桌面上的手机“嗡嗡”地振动了两下，郑知许一下跳起来，连书包都顾不上收拾。

“樱桃，我有急事要先走，你到家给我发条消息告诉我。”

郑知许跑得很急，将椅子带倒，许樱伸手把椅子扶起来，将自己和郑知许的书包收拾好。

她的心跳得很快，不安的感觉将她击中，这并不是个好现象她应该做的是不要多管闲事，先回家。

郑知许人脉通达，肯定是和其他人一起走，不会出什么事的，郑知许也不是第一次这样了。

许樱目光垂下，静默了半分钟，抓起两个书包，快步跑出了教室。

刚跑下楼梯，郑知许就又跑了回来，看见她眼睛一亮，像是找到了什么救星："樱桃！

"这事不好和外人说，我想……"

还没等说完，许樱就点头："我跟你去。"

郑知许松了口气，将自己的书包拽过来甩到肩膀上，拉着她的手："那事不宜迟，我们快走吧！"

两人手拉着手，跑出教学楼，跑进这一天最后一刻的夕阳里。

等车的中途，许樱喘着问郑知许出了什么事。

郑知许一张脸皱成一团，欲言又止，止了又言，才吐出一句："燃哥出事了，事到如今，只有我们能帮得了他。"

在车开进青桔路时，沈燃就知道此行的目的地在哪儿了。

青桔路 33 号，坐落着嘉城一座游乐场，面积虽不大，也不甚有名气，却是五脏俱全，又难得离市中心不远，是学生党和附近小孩子的天堂。

为了安全，游乐园白天对全年龄开放，过了下午六点则只对十六周岁以上人开放。

晚场人少安静，价格还比白天便宜，确实像许樱她哥说的，这里很适合放松，也很像小时候的许樱会念叨的地方。

毕竟小女孩，没有谁会不喜欢游乐场。

沈燃下车的时候随口问了一句："光知道你是许樱的哥哥，还不知道你叫许什么。"

顾放卡了一卡，今天可是他等来的一个好机会，用来测试沈燃的。

要是沈燃知道自己就是市队教练顾放，目的不纯，很可能还没进去就直接跑了。

可要是真的胡扯编个名字，等之后沈燃发现上当了，甩手不干了也很难搞。顾放找到车位拔了车钥匙，很深沉地说："单名一个'放'字。"

"许、放。"沈燃咀嚼这两个字，礼貌地说，"很好听的名字。"

他可没说自己姓什么，都是沈燃自己补充的。

顾放心里这么想着，干笑着和沈燃商业互吹：“哈哈，哈哈，你的名字也很好听。”

两人下了车，顾放去窗口扫码买票。

沈燃转过头，四下扫了一圈，又转回去。

在半路上，他就发现了，好像有人在跟着他们。

思绪刚一闪，沈燃口袋里的手机振动，是宋帘发来了消息。

宋帘好好一个司机，现在被迫做成了双面间谍，小宋司机心里苦。

跑腿健将：“家里知道了你的考试成绩，沈总大发雷霆，说要抓你回去。话说，你之前在遥省上学也是中考状元啊，怎么会退步成这样？”

沈燃：“这就是你今天跟着我的原因？”

跑腿健将：“我没有！我听你的动都没动，在你楼下窝着呢！”

沈燃沉默了。

那跟着他的人就不是宋帘，而是另有他人了。

会是谁呢？

他脑中迅速过滤了一下，最近跟他有仇的也就是高二的黄鑫，之前跟他有仇的就太多了，他也记不住。

小宋司机也不是单纯的司机，他瞬间就明白了其中的意思。

跑腿健将：“有人偷偷跟着你？”

跑腿健将：“你在哪里？位置发给我，我立刻赶过去！”

沈燃倒不觉得自己会遇到什么危险，不过为了安全起见，还是发了位置给宋帘，叮嘱他别闹出去，更不能让家里知道。

消息刚发出去，顾放就拿着票折了回来，将其中一张递给沈燃：“走吧！”

沈燃转回头，望了一眼停车场的方向。

那边一辆车刚刚要停下，突然车灯心虚地闪了两下，车头转了个方向往外面开。

沈燃接过票，若无其事地跟顾放走向了游乐场的大门。

车内，戴着鸭舌帽的男生松了一口气：“吓死我了，还好我机灵，不然就被发现了。”

男生拿出手机将位置发给祝小雨。

祝小雨：“小心掩护，注意目标，马上有人往那边赶过去。”

鸭舌帽男生心里的火一下蹿了起来，没想到就是来实习，居然就这么燃起来了。他戴上黑色口罩，将夹克的扣子系到最上面，钻出了车跟了上去。

“滋滋滋！”

头顶上圆圆的小灯串循声亮起，游乐园的每一个角落都有了光。

高处的过山车和跳楼机等项目已经关停，大型游玩设施中只剩下摩天轮和旋转木马在缓缓地移动。

“以前小樱最喜欢这个旋转木马了，尤其喜欢那只白色后面带翅膀的马。”

旋转木马像是个大型的音乐盒，随着跳动的音乐一圈圈地转，底部彩色的灯也一闪一闪的，像是爱丽丝幻境中的一场美梦。

一圈停下来，有的女生恋恋不舍，撒娇让男朋友再陪她坐一次，男生笑着坐了回去。

女生追求浪漫，男生来游乐场，大多都是来制造浪漫。

沈燃心念一动：“来都来了，我们也去坐一圈吧！”

顾放今天找沈燃出来当然不是真的为了玩，就是聊一聊小樱，套一套近乎，再“自然”地带沈燃走去射击场。

沈燃久不练射击，他现在的实绩情况到底怎么样顾放要亲眼见到，才能从长计议。

顾放没想到沈燃居然会对旋转木马感兴趣。

顾放看了一下表，还来得及，遂一点头：“行啊，一起玩吧！”

两个男生坐在一起玩旋转木马，要多别扭有多别扭，前面有人频频回头，当怪物一样看着他们两个。

沈燃一脸坦荡，顾放却人生第一次这么窘迫，将衣领立起来，脸狠命往下面缩。

一圈结束，沈燃意犹未尽，又来了一次。

顾放从来没丢过这种人，干脆直接将衣服脱下来，挡在了脸上。

远处的冰激凌售卖机边，鸭舌帽男生指着前面的旋转木马：“就在那儿了。”

郑知许眯着眼看过去，旋转木马在转，再加上距离有些远她看不太清楚人。

郑知许问：“他俩一进来就一直坐旋转木马？”

鸭舌帽男生：“对。”

郑知许迷惑了：“这老男人葫芦里到底卖的什么药？”

许樱也看向那边，刚才在路上郑知许说沈燃之前和一个老男人杠上，放学直接被老男人塞上车带走，怕对方万一找了很多人，沈燃怕是要吃大亏。

“那就我们两个……虽然说你很能打，但是，也并不抵什么用吧！”

“放心，我已经叫了兄弟，在我们后面就到。不过燃哥平时教导我们，要做个讲理的人，事情又跟燃哥有关，我可不想落人口舌。”

郑知许蹭了蹭手，握上许樱的，眼神真切：“所以我才回去找你。”

当时许樱不明白，等到旋转木马再停下来，那个所谓的“老男人”将蒙在脑袋上的衣服一把扯下来，她懂了。

“顾放？”

“好帅！”

两个人齐刷刷开口，许樱转过脸，眼神清亮地看着郑知许。

郑知许低咳两声，视线从那个老男人身上收回来，颇有些心虚意味：“我说燃哥，说燃哥呢，今天燃哥也帅出我的认知范畴了。”

顾放和沈燃一前一后地出来，往东边走。

郑知许拉着许樱，拿着包挡脸，亦步亦趋跟过去。

“一会儿他们两个开始谈判的时候，你就出去劝几句。调解不了，我就可以顺理成章地上了，这叫先礼后兵。”

许樱点点头，又开始不明白了：“他俩能有什么矛盾？”

前些天顾放不还千叮咛万嘱咐让她去做教学大使教沈燃，以后两个人双双出道？怎么今天又开始游乐场约架了？

男人心，海底针。

郑知许很想回一句：因为你。

可看许樱一脸单纯无辜，也不想说这些复杂的感情纠葛问题玷污樱桃一心向学的心灵。

两拨人一前一后，走在游乐场中。

外面，一辆卡宴刚刚停在停车场。

副驾驶上坐着的男青年打了个哈欠，问："我这刚结个案子，好不容易休个假还让你拽过来了，到底什么事？"

宋帘一脸苦大仇深，深沉道："有人要犯罪。"

男青年立刻警觉："谁啊？"

宋帘："不知道。"

4.

"以前小樱很喜欢娃娃，就缠着让我给她赢回来。"

旋转木马往东，一路是游乐场的饮食一条街，卖的是棉花糖、甜甜圈，和各式各样的冰激凌。

两个大男生一路没停留，钻出兔子造型的拱门前，顾放很自然地把话题转过去："对，就是在这儿了。"

空旷的假草坪上，支着几个兔子形状的帐篷，帐篷边有一个立牌，上面写着：十六岁以下禁止，旁边画了个暗黑的骷髅头。

不同于其他游乐园的射击游戏是射气球，这个场子更趋向于比赛的射击场，远处整齐放着规格不等的圆形靶子，近处的装备柜里，手枪步枪都有，品类很全。

旁边的透明柜子里，奖品从大到小依次排列，最大的玩偶是个一人高的毛绒兔子和大熊玩偶。

"不过我那时候都是射气球，小孩子也能玩，现在升级了。"

沈燃手心发痒，都没用顾放再在话里放钩子引诱，自己就走了过去。

顾放搓搓手心，右手插进口袋，是他看队员练习的习惯性动作。

沈燃之前哪个种类都练过，不过气手枪练得最好。

他让工作人员递过来一把手枪，拿在手里颠了颠，重量和比赛的气手枪相差不多。

沈燃抬手，瞄了一下远处的靶子，他勾了勾嘴角，像是和久别重逢的老友致意，放下枪，说："哥，我们来比一场吧！"

真男人怎么能拒绝被挑战，也没有什么比跟前全国冠军比一场更能看出水平的。

顾放垂下手，大步流星地走过去："好啊！"

远处，许樱浑身的血液凝在一起，僵直立在当场。

她脑中纷杂缭乱，耳边充斥着女声怨毒的训斥声。

"要不是你非要叫你哥回来，他也不会出意外伤到手腕，好好的一个冠军拱手就要送给对方！

"你哥的伤严重，再打比赛手会废掉，你拿什么赔他一个世界冠军？

"也不知道你究竟有什么要紧的事？

"我怎么就生了你这么个赔钱的东西！"

……

"樱桃，樱桃！"

许樱眼前，是郑知许摆动的手。

许樱凝滞的眼神渐渐有了焦点。

郑知许问："你怎么了？跟你说话你也不回。"

"你说什么了？"

郑知许下巴对着那边两个人扬了扬："我说那两个人该不会是学什么黑帮片拿枪决斗吧！"

许樱重新看过去，沈燃再次举起枪，整个身体瞬间像是一把拉满的弓，手臂抬起的姿势却是相反的松弛。

他闭上左眼，右眼瞄准远方，没有犹豫叩动扳机。

“啪——”一枪，直中靶心。

“我的天！”郑知许一声惊呼压在喉咙里，幸好那个老男人在激动地拍手鼓掌，将她的声音盖了过去。

许樱的心跳一滞，随即更快速地跳动起来。

在发生那件事之前，只要顾放队里放假回来休息，她都会陪着他一起训练。

举枪、瞄准，这两个动作她看过没有一万次，也有几千次，早已经看习惯了。

那次事件后，她不愿意再去记有关顾放和射击的事情，身体也选择性地规避痛苦，将那些过往一键模糊掉。

她也知道这些年，顾放一直忍着，很少在她面前提起。

顾放出现在射击场，像是一下挑动起压住尘封记忆的塑料皮，那些痛苦得到了宣泄口要挤出来，而沈燃叩动扳机的一瞬间，一块大石头将挑起来的塑料皮又压得合上。

“不一样……”

明明是一样的动作，可沈燃做出来的，却和顾放的完全不一样。

沈燃线条凌厉的侧脸，融进夜色，比远远吊在树枝上摇摆的灯串还要招摇。

像小时候盖章的卡通印泥，随着时间走过印记变浅变淡，又被盖上新的图案的印泥，把之前的印记覆盖住。

许樱的脑子里，模糊的过去和清晰的现实快速切换着，乱得她有些头晕。

莫名其妙地，她想起来那句小凤凰用来形容沈燃的金句——

“燃燃如风，是我少年。”

她也好像真的，体会到了这句话的含义。

那厢顾放挑好了枪，转了转右手的手腕，许樱像突然醒过来，一下跳了出去。

她蹲的时间长腿已经麻了，跑了几步就跑不动，就站在原地，提起自己所有的力气大声喊了一句：“哥！把枪放下！”

沈燃循声转回头，就那么看到了许樱。

她依旧穿着那件黑色的呢子大衣，一张脸涨得通红，眼神亮得逼人，他没见过她这么失态过，却格外地动人，胜过春风。

顾放拿到枪本来豪情满怀，一看到许樱连忙将枪往身后藏，像做错了事的孩子。

许樱弯下腰，揉了揉小腿，很坚定地走过去。

“你的手不能用枪的。”

之前两个人都有意回避的话题，这是许樱第一次提起。

顾放错愕，眼眶突然有些湿润：“不频繁练习的话没事的，周逸平时……他平时看我很严格，手一直恢复得都很好。”

“你……”顾放只说一个字就停下，看许樱一眼，吞吞吐吐，小心翼翼，一点儿没有平时的牙尖嘴利。

许樱明白，也摇摇头：“我没事。”

这兄妹俩，说话和猜谜一样，沈燃不解，也没有问，只是若有所思地在指尖转着那把枪。

“滋滋！”

高处悬着的灯串一闪一闪，随后彻底灭了下去。

今夜没有月亮，天际只有点点的几颗星子。

灯骤然暗下去，有人被意外吓到尖叫出声，像水滴扔进油锅里，游乐场瞬间沸腾。

顾放慌忙打开手机自带的手电筒，照亮去看许樱，随后整个人愣住。

他的妹妹许樱蹲在地上，紧闭着眼，他刚认不久的弟弟单膝跪在地上，上半身支起来，双手捂住许樱的耳朵。

这个假弟弟，比他这个真哥哥还靠谱。

有人慌里慌张地撞过顾放的肩膀，着急地往前挤，又不像是害怕，看着鬼鬼祟祟的。

顾放来不及多想，拔腿追了上去。

没想到有人居然比他更快，他刚迈出步，一道纤细的身影就撞了下他肩头，跳到他前面。

“不好意思。”小姑娘回了头，一张俏生生的脸映入眼底。

可她还记得正事，摇了摇头跑进了人群深处。

“樱桃哥哥，下次见了。”

顾放愣在原地，一阵恍惚。

游乐园深处，有亮光从地表面拔地而起，升至半空，炸开成灿烂的春日玫瑰。

所有的尖叫都化成惊呼，这是游乐园的春日惊喜。

沈燃松开手，轻拍了一下许樱的头，沉声说：“你看。”

许樱紧闭的眼睁开，眼底被璀璨的烟花填满。

“真好看啊！”她踮着脚跳起来，弯眼笑开。他被她的笑感染，点点头也附和着笑了起来。

许樱转过脸，直直撞上他的笑脸，愣了稍许，迅速转过头继续看烟花。

午夜的玫瑰烟花停下，灯串复又亮起，游乐场里放起了浪漫的歌曲。

“手放彼此的口袋，年轻像烟火般正在盛开。不用任何的答案，一切都交给宇宙来安排。

“你说，你喜欢夜景的灿烂。现在，让我带你一起探索未知的海。”

有人在牵手，有人在接吻。

有人在遇见，有人在心动。

《Tonigt We’ll Be Fine》，今夜有无数种可能。

5.

游乐场行程的后半场，顾放帮宋帘车上的青年警察程野逮了个趁着游乐场骚乱浑水摸鱼偷人钱包的贼。

程野和宋帘是从小玩到大的发小，这次本来以为宋帘就是找个借口骗他出去结账，没想到还真有正事。

程野带小贼回去审，顺藤摸瓜揪出个近日频频在各大游乐场行窃的团伙。

程野本来想带帮他抓贼的两个年轻人一起回去，做个笔录，女生婉拒，男生接到个电话，说有事也走了。程野也没强求，带着贼开车回了局里。

这个奇妙的夜里发生的一切，都像是游乐场放的那首歌一样，没有准确答案，有种种可能。

夜已至浓，许樱一点儿睡意也没有。

她翻身坐起来，拧开台灯，找了一套物理试卷做，做了十几道选择题之后，手机屏幕亮了一瞬。

Fang："沈燃把你安全送到家了吧？"

许樱停了笔，将那一页折了一下，拿起手机回复。

小樱桃："嗯，我已经躺在床上了。"

Fang："沈燃那小子还真不错。"

小樱桃："你队里的事情，处理好了吗？"

顾放显然是没想到许樱会问队里的事情，一时间不知道该怎么张嘴。

过了一会儿，他才发了条语音，在许樱听起来语气很正常，可是她不知道这是顾放废了好几条语音之后才发出来的。

"没什么事，队里有个去省队实习的名额，针对名额的归属队内有分歧，就吵起来了。"

顾放说着冷笑了一声："就现在这成绩，谁去省队谁上去丢人，一群菜鸡还在这儿互啄呢，真是王八办走读，憋不住笑了。"

顾放越说越火大，过了一会儿看许樱那边没有回复，他说："困了吧，快点儿睡，晚安！”

许樱的手盖在台灯的灯管处，光只漏了几缕下来，发光的手机屏幕在暗夜里格外亮。

顾放的微信头像，是一只圆滚滚的橘猫，四爪朝天，白白的肚皮，粉嫩嫩的肉垫。

小时候，许樱捡到一只小橘猫，可许婧不让她养，顾放就将小猫带走，在队外的便利店找老板照顾小猫，每个月的休息日许樱去队里的时候顾放就偷偷带她去看。

后来许婧还是发现了，说养猫耽误顾放训练，趁着顾放不在将猫抱走扔掉。

那是许樱印象里，顾放第一次和许婧争吵。

尚在变声期的少年，沙哑着嗓音喊着：“你是为了我，还是为了你自己？”

之后，“砰”的一声推开门，顾放拉着许樱的手，沿着那条小路一边走一边找。

他们没有找到那只猫，那只猫就像许樱记忆里的很多快乐一样，被当成可有可无的东西，最后被无情地扔掉。

这些年，她的心生了病。

重度焦虑症，每一件事在她的眼里，只会有痛苦的结果，她每日每夜都在担惊受怕中度过。

她的心结，是不被重视，得不到父母爱的童年。

也是因她的缘故，顾放丢了冠军受了伤。

她把自己封闭起来，顾放就将一切替她安排好，替她挡住许婧，替她找了这个安静的小区，造了一座没有风雨光临的城堡，让她安心地住下。

她学习的目标，是考出去。

考得远远的，离开这座城，离开这一切让她痛苦的人和事。

她看到顾放和沈燃比枪就知道他是怎么打算的，顾放怎么可能真的进什么演艺界。

他是顾放啊！

那个捧起过全国冠军奖杯的顾放啊！

他有他的梦想，从前做运动员的时候有，如今做教练也有。

他奔波于城市之间，要照顾她和奶奶，分身乏术。

许婧见缝插针地见面，别人轻飘飘的三言两语，宋嘉平的那瓶牛奶，这些都让许樱喘不过气来。

从记忆里，她就听了太多这样的话，不能耽误顾放，不能打扰顾放，他是全家的希望，她不要做拖累……

她习惯了什么事情都想所有的结果，她总是想得太多想得太偏，她最怕做语文的阅读理解，作文次次都跑题。

她脆弱得像是玻璃纸做的，只靠着那点儿离开的信念支撑。

她怕自己已经耽误了顾放一次，不想再毁他第二次。

她不敢告诉顾放这些生活里的难过，每次见顾放她都开心又活泼，顾放渐渐放心下来，可她却活得更累了。

她怕自己一个人撑不下去，又觉得撑不下去也没什么大不了的，也让顾放少了累赘。

她每天胡乱地想，胡乱地猜，矛盾地在向前和躺下之间徘徊。

直到沈燃那天和她说："你身体不舒服，又被校霸言语侮辱和刁难，我作为你的同学，帮你出头，背你回教室，这很正常。

"这么正常的事情，你不需要胡思乱想什么，精打细算什么。

"许樱，你不累吗？"

她扛在自己身上的枷锁陡然卸下来。

同学之间，互相帮助是正常的事。

那她和顾放之间，是不是也不用这么小心翼翼？

哥哥照顾妹妹，妹妹寻求哥哥的安慰，是不是也是正常的事？

手机屏幕暗下去，许樱伏在桌案上，食指的指尖点着掉在桌面上的眼泪，胡乱地画着什么。

过了一会儿，微信有新的消息弹出，屏幕又亮了起来。

许樱的手指划过去，泪痕在屏幕上抹开，对话框中的字像是加了阴影效果。

沈燃：“托你的福，今晚玩得很开心。作为报答，明天带牛奶给你。”

附上一张图片，修长的手拿着一瓶牛奶，是他之前带给她的。

微信就这点不好，要是瞬间点开了对方的消息，上方就会显示“对方正在输入中”。

沈燃：“这么晚了还没睡？”

许樱抽出一张纸，擦了擦脸，捧起手机。

小樱桃：“沈燃。”

沈燃：“嗯？”

小樱桃：“谢谢你。”

小樱桃：“晚安。”

沈燃一条语音发过来，只有一秒。

沈燃：“晚安。”

他的声音透着能抚平人心的寂静力量，许樱抬眼，被台灯打在墙上的自己的影子，仿佛也变得柔和。

她捏紧了手机，轻轻笑了起来。

书桌抽屉的最深处，放着一个笔记本，页码泛黄，她上了高中就没再打开过。

她没有看前面的，直接翻到了最后一页。

娟秀规整的字，将她的心事一笔一笔地写上去。

2021 年 4 月 7 日

我不知道沈燃是从哪里来的？

为什么他能次次都准确无误地拯救我，抚平我的伤？

我不知道这是不是就是郑知许口中的“偶像的力量”。

可他站在那里，身上有无限的光芒，渡给我万分之一的能量，我就像是能穿过时间和空间，去和过去满身伤痕、痛苦不已的那个自己握手和解。

怪不得那么多人喜欢他。

有很多时刻，我都特别想，特别想站到他身边。

可又怕被他的光灼伤，像是曾经，我远远地站在宋嘉平身边一样。

我害怕。

这一晚的最后，顾放收到一条消息。

小樱桃：“哥，等毕业之后，我们一起，再养一只小橘猫吧！”

他盯着看了许久，忍不住眼眶发潮。

又被今夜新加他的那个小姑娘发来的搞笑视频逗笑。

明天，是可以期待的一天。

/第七章 你是何时偷偷拯救我/

1.

高考进入倒计时一百天之后，课间走廊里的人更少了，刘主任在一层楼走过，每个教室里都是一片欣欣向荣学习的景象。

他人刚一闪，李不言寄扬起声音招呼："老刘走了，按惯例他这一走就是一辈子，来来来，放心大胆地搞起来。"

蒋京带了桌游过来，郑知许闻风而动将椅子掉了个位置转回去。

李不言对着窗边喊："燃哥来玩两把！"

沈燃正在"刻苦"背单词，是许樱早自习来之后给他留的今日任务。

闻言，他眼皮都没抬，淡淡扔出两个字："没空。"

李不言失望地垂头丧气，这时宋嘉平刚进教室，将书包放下，闻言走了过来："我很久没玩桌游了，带我一个吧！"

蒋京和郑知许交换眼神，郑知许正想鬼扯个借口拒绝，那边前一秒还说没空的沈燃开口："我又有空了，来玩吧！"

沈燃拖着自己的椅子过来，过道狭窄，位置刚好卡在许樱和走过来的宋嘉平中间。

许樱转头，对上沈燃的眼，目光询问。

沈燃坐下，一挑眉："已经背完了。"

许樱目露怀疑："真的吗？我不信。"

"一会儿玩完让你考。"

"错了可是要受罚的。"许樱进一步加码。

沈燃无所畏惧，嘴角勾了勾，透着一股傲气："我说的什么时候做不到了？"

许樱这才点点头，转过头。

宋嘉平若有所思，也搬了一把椅子坐下，四个人围着蒋京和李不言的桌子，中间多了个许樱。

郑知许凑过去："樱桃，你没看书啊，那一起玩啊！"

许樱摇摇头，郑知许以为她是好学生心态作祟，再接再厉地道："老刘是真男人从不走回头路，溜达一圈就直接上楼不会再回来的。再有一个多月就高考了，回想你的高中生涯，还没玩过一次桌游，是多么大的遗憾。"

这句话戳中了许樱的心理，只是嘴上还在犹豫："我不会玩。"

话刚说完，她的肩膀就被人轻拍了一下，沈燃低声说："转过来，你这么聪明，看我们玩一把就会了。"

许樱的指尖抠了一下指腹，转过了身。

蒋京将卡牌和铃铛拿出来，将 56 张卡牌分发下去："别的桌游耗时太长，《德国心脏病》用时短规则又简单，完美贴合大课间的时间。"

发完牌，蒋京抽出一张四个樱桃的牌。

郑知许跟上，牌面是三个草莓一个柠檬。

沈燃拿着自己的一把牌，偏向许樱。

“台面上凑齐五个相同的水果，就可以拍铃了。”他扔出一张牌，随后迅速地拍到铃铛上，“铛”的一声。

沈燃侧头，问：“看懂了吧？”

沈燃出的是一个樱桃和三个香蕉，和蒋京那张刚好凑五个。

那几个人刚还在听他说话，完全没反应过来

李不言用看穿一切的语气说：“班长你是配合燃哥钓鱼的吧，你钓鱼他执法，将我们一网打尽。”

游戏场上只有对手没有偶像，郑知许和蒋京顿时身体往李不言身边靠，以期达到三个臭皮匠赛过诸葛亮的效果。

沈燃毫不在意，不慌不忙地将桌面上的牌都收回手里，身体往许樱那边倾：“这把我赢了就把他们出的牌都收回来，然后我再出一张重新开始。”

许樱有些头昏脑涨，也没太听清沈燃说什么，只顾着点头。

宋嘉平突然有些气闷，随便抽出一张牌扔下去。

臭皮匠组异常小心翼翼，出不同水果的牌企图安稳地将自己那轮混过去。

过了两轮，桌面上的牌五颜六色，几个人的目光聚焦到沈燃身上，按他的路数一定会把某一种水果凑到五个一样的。

沈燃敛着眉，停顿三秒，抽出一张牌。

那四双眼睛盯在牌上，只有靠近沈燃身边的许樱注意到，沈燃的眼尾上挑，藏着笑意。

下一秒，牌落地，五双手齐齐拍向铃铛，速度最快的是宋嘉平。

他的手在最下方，上面狠狠地压着三只手，下面铃铛突出的地方硌得他差点儿吐血。

而沈燃的手只伸了一半就收了回来，捏了一下许樱桌面上那个自己的手办，说：“宋嘉平同学，给我们每人一张牌吧！”

宋嘉平的眼往下一瞄，那种吐血的感觉又要上来了，他们被沈燃制造的假象给耍了。

输了就要认，宋嘉平将自己的牌抽出四张发给四个人。

沈燃的讲解声如影随形："如果按错了，第一个错的人要给每个玩家一张牌，就像宋嘉平同学这样。牌都输完就出局，最后谁剩下就是赢家，明白了吗？"

许樱点点头："我明白了。"

一个简单的桌游，因为沈燃的骚操作演绎成了顾放最爱的《甄嬛传》，这一局在二十分钟，以沈燃大获全胜，成为后宫争斗冠军而结束。

场子一片哀号，说沈燃是在降维打击。

郑知许拉着许樱的衣袖，小声说："樱桃，一会儿你要跟我们一伙，还能勉强和燃哥一战。和燃哥对上被血虐的痛，我希望你不会懂。"

许樱微笑，心道，我第一次见到他的时候就已经懂得很深了。

为了照顾许樱这个第一次玩的人，新的一局由她先开始。

许樱自认各类游戏都不擅长，也没什么负担，随手抽出一张，是三个香蕉。

沈燃故作深沉，修长的手指在牌上过了一遍。

那几个人紧张得神经都跟着提了起来，但沈燃心机深沉，他们一时摸不到这一次用的是哪一招。

等沈燃的牌落地，情形和上一局故意诈他们一样，他们没像之前那样急着拍，手悬在半空中等再确认牌面无误再拍。

"铛——"

四只停在半空中的手僵硬地耷拉着，四人的目光整齐划一地聚集到那个在剑拔弩张氛围内气定神闲拍下铃铛的人。

许樱被盯得很莫名其妙："三个香蕉，加两个樱桃，不是五个香蕉吗？"

沈燃恳切夸赞道："是五个，不愧是班长，数学真好。"

在学习上许樱还是很自信，她将牌收回来，随口说："那是当然。"

新一轮还是由许樱开始，这一次几个人更谨慎，一轮走到李不言的时候还没人拍铃。

郑知许心不在焉地扔出一张牌，坐得端端正正，眼睛余光却已经斜到外太空。

上一局四人战郑知许伤痕累累，未免这唯一好用的手也断了，她刚才那把并没太全神贯注，就那么一下无意间瞥到桌子下沈燃伸出手，戳了一下许樱。

之后，许樱迅速伸手，拍下按铃。

燃哥会给樱桃故意制造机会，然后让樱桃赢？

郑知许内心正在拉扯间，许樱出了牌，她一颗心瞬间提到嗓子眼，眼睛瞪大，恨不得从许樱和桌子间那狭窄的缝隙中盯出火花来。

沈燃的右手手指惯例在自己手中的牌上兴风作浪。宋嘉平很烦闷，上一局最后剩他和沈燃对决，他一招出错，将满手牌都输了出去。

这一轮牌很多，要是能拿下，就占了很好的先机。

就算不能，也要让许樱赢。

许樱……

宋嘉平抬头，看着离自己不过一桌之隔的人，思绪陡然被视线里闯入的一个小动作打断。

下一秒，许樱伸出手，“铛——”的一声拍上按铃。

沈燃探头，状似认真地数着桌面上的牌：“许樱在这个游戏上真是天赋异禀，我是赢不过。”

许樱笑开，很欢快地捡着铺了一桌面的牌。

目睹一切的宋嘉平维持了半天温和的表情，终于阴了下去。

有沈燃全程的保驾护航，最终许樱取得了这一局游戏的胜利。

高一上学期她没有朋友，分班之后她自己主观不想和别人一起玩，这算是她这近三年来第一次加入集体玩游戏，并且还赢了，她格外开心，白皙的面皮沾了喜色，晕出淡淡红晕，笑起来的苹果肌鼓鼓，格外明媚。

还有五分钟上课，郑知许拐着许樱上厕所，蒋京速度很快地将牌收起来。

李不言支着一张脸，眼神放空：“不知道为什么，虽然阿许将许樱拉到我们团伙里，许樱赢也算我们赢，但我还是有种自己输得凄凄惨惨的错觉。”

“你不应该有。”沈燃站起来，很和善地笑，“宋嘉平同学应该有。”

“他孤身一人为一队，一把没赢，确实是输得有些惨。”

宋嘉平将蒋京漏下的一张牌捡起来，也站起来，将椅子往后一拉，笑着说：“许樱玩游戏比小时候厉害多了。

“她长大了。”

沈燃笑了笑，道：“人长大了，总会成长，眼界和经历都开阔了很多。小时候的牛奶小时候喝很好，可并不适合长大再喝，口味变了，喜欢更好更合适的牌子。时间在向前走，人也是一样。”

沈燃轻松拖着椅子坐回去，宋嘉平的胸口像被什么锤了一记，走回座位，将带来的牛奶塞到书包最下面。

2.

下午，最后一节课下课前，许樱考了沈燃英语单词，全对。

许樱将划着大大红色对号的本子放在桌子上，说：“进步很大，今晚我会直播，你记得进来。”

沈燃今天一整天心情都很好，弯起的嘴角直到放学都没有放下过。

他本来想和许樱“顺个路”，可宋帘打了电话过来通风报信，叫他快跑。

看许樱先出了教室，他等了一会儿，在她的位置上坐下，和桌子上照着自己做的手办小人面面相觑。

他知道粉丝做手办，都会选偶像很经典的造型。

许樱桌上的这个，恰好是他出圈的视频造型，他的眼睛上系着绸带，手里举着枪，射向远方。

不管他在舞台上有什么样的表现，在游乐场的他都是很多人的初心。

这也是他的初心。

“如果这是你最想走的路，我知道你一定会迎难而上的。”

没有人回答他，但他眼前闪过他每一次抬头，看到的许樱，每一次都是一个姿势埋头做题，刻苦认真。

时间一天天地走过,刻在脑子里的身影一次一次重叠,慢慢加深，挥之不去。

他知道，许樱一定会点头。

就像他一直坚持做的一样。

他们是一样的人，他们都会得偿所愿。

沈燃笑了笑，拎起包坚定地走了出去。

宋帘的车停在一中门外，沈燃之前都是不坐的，今天却破天荒直接开门上了车。

宋帘吃了一惊：“你不跑吗？”

沈燃不耐烦地说：“道上的事情少打听。”

宋帘无语，倒也知道打工人要管好自己的道理，沈家这池水，他从来都没看明白过。宋帘驱车掉头，往嘉城城郊沈家别墅去。

路上，沈燃靠在椅背上，给顾放发了消息。

沈燃：“哥，我枪法怎么样？”

Fang：“动作太漂亮了，不愧是靠射气球出圈的男人。”

沈燃：“你什么时候从洛城回来？”

Fang：“嗯……嗯？”

Fang：“呵呵呵……小老弟你说啥呢，什么洛城，我在嘉城啊！”

沈燃逛到顾放的超话，截图发过去。

沈燃：“你亲自去洛城体校选苗子去了，你超话有粉丝报了你的行程。”

顾放：暴露了。

Fang：“老弟你听我说，事情不是你想的那么肮脏的。咱们买卖不行仁义在，仁义也不在了还有情分，咱们可是兄弟对不对，你等我找个没人的地方给你打电话，控制手！别删我！”

沈燃：“之后如果可以的话，我想去队里训练。”

三秒之后，顾放直接打过来，隔着电话都能听到他声音的激动与颤抖：“你说真的吗？咳咳，我是说，你之前没在青队和体校练过，就直接找我，我有点儿吃惊哈！”

“你不是之前给我发过短信，想要邀我加入市队吗？”

沈燃之前做了很多准备，试图跳开沈复去联系射击队，但是最后还是没成。

他对嘉城的射击队如数家珍，第一次见到顾放，就认出了对方是谁，继而想到那个被他当成垃圾短信删掉的来自顾放的邀约。

顾放难得地沉默，不过顾放就是顾放，“尴尬”这个词在他身上是不存在的。

他极快地转了个弯，声音很威严：“沈燃选手，你想什么时候来队里训练？”

沈燃说：“顾指导回来之后。”

“那我连夜坐飞机回去，明天见！”顾放像是怕他反悔一样，迅速把电话给挂了。

沈燃往后靠，仔细过滤了一下，应该没什么遗漏的了。

前面安心开车的小宋司机，从中央后视镜看了沈燃一眼，又一眼，终究没按捺住八卦的心：“那个，你要去市队训练，你家里知道吗？”

沈燃想起来晚上还有许樱的直播，定了个八点的闹钟提醒自己，随后应道：“知道。”

宋帘：“哦。”

沈燃：“半小时后就知道了。”

嘉城城郊燕云山对面，建了一排别墅区。因着方氤氲喜欢山水，沈复就把家从沈家老宅搬到了这儿。

车靠近大门时，自动扫描进去，一路畅通无阻。

沈燃下车的时候，宋帘默默地给他加了个油。

对沈燃，宋帘的情绪很复杂。

一开始，他不过是方氤氲授意在沈燃上学这半年来接送沈燃，为了防止沈燃走上歧途，方氤氲经常和他打听沈燃的动向。

后来，因为沈燃的操作，他再汇报沈燃动向时就省略了很多事，成为双面间谍。

沈燃想干什么，他跟着的这段时间也懂了个大概。

沈燃想得到什么就会全力以赴，从策反他，再到在学校搞事情，再到刚才车上的那一个电话……少年人的梦想真是可贵。

别墅里四季恒温，沈燃进门就解了大衣扣子，陈阿姨伸手接过，递上一双软底的拖鞋，说："小燃可有段时间没回来了。"

沈燃笑了笑，还没说话，就有一道阴阳怪气的男声飘了过来："回个家还得三请四请，知道的他是去上学，不知道的还以为去登基了。"

陈阿姨适时说："小最也回来了。"

客厅的沙发里懒洋洋地歪着个人，十六七岁的少年，皮肤白得像是磨了皮，顶着一头招摇的红发，抱着一桶哈根达斯，叛逆的气息从每个毛孔涌出来。

刚说完，脑袋上就挨了一记打，陈最"嗷"的一声弹起来。

方氤氲顺势将他的冰激凌桶抢过来，训道："怎么和你哥说话的？"

陈最梗着脖子，小声嘟囔着："他才不是我哥。"

方氤氲没听清："你说什么？"

陈最摇头如拨浪鼓："没说什么。"

"他说我不是他哥。"沈燃趿拉着拖鞋走过来，非常不客气地落井下石。

方氤氲手快，速度又揍了陈最一下。

陈最恶狠狠地瞪着沈燃，满脸写着：你给我等着！

“咔嚓！”

闪光灯晃得陈最眼睛眯了眯：“你干什么？”

沈燃存了照片，面无表情地说：“当红偶像私下这副狰狞嘴脸，发给狗仔我还能赚一笔。”

方氤氲推了陈最一把：“赶紧给你哥道歉。”

职业道德迫使他低头，陈最深深吸了一口气，僵硬着脸：“哥，我错了。”

沈燃：“孺子可教。”

这环境让陈最窒息，他偷抱了冰激凌桶，“哒哒哒”地踩着楼梯回房间了。

方氤氲无奈地对沈燃说：“陈最这小子有你一半省心，我就可以拉横幅游街庆祝了。”

陈最和方氤氲有六分像，是之前综艺的门面担当，和沈燃比肩，可见方氤氲年轻时有多绝色。

如今她不过四十出头，保养精心，皮肤依旧白嫩透亮，是从江南烟雨中出来的秀丽美人。

可她的性格和江南女子的温柔丝毫不挨边，在嫁给沈复之前就已经靠着自己的能力在电商直播刚兴起时打出一片天。

方氤氲公司年轻人很多，方氤氲接受新鲜事物的能力不是一般的强，公司越做越大，之后再有沈家注资加持，一跃成为嘉城排名前三的女富豪。

沈燃问：“方姨，我爸呢？”

“有个国外的项目，你爸在书房开会呢！一会儿就能出来了。”

方氤氲推着茶几上的水果盘给沈燃，都是他爱吃的：“你瘦了不少，要不在家住几天，我下厨给你做点儿好吃的补一补。”

沈燃笑了一下：“可能今天之后，我爸都不会让我出现在他视线范围之内了。”

“啊？你在外闯祸了吗？很严重吗？”方氤氲皱起眉头，有些愁，“小宋没跟我说啊！”

她说着瞪了沈燃一眼，表情和陈最刚才那一眼大差不差：“你怎么也不给我打个电话，我都没时间给你补救！”

沈燃父母在他上初中时离婚，他亲生母亲是个热爱自由的艺术家，离婚后就出国了，沈燃这几年也没见过她几次。

沈燃中考那一年，沈复和方氤氲认识结婚，方氤氲带着陈最住进了沈家。

那时，沈氏的股东把方氤氲称为投机倒把的女人，认定她和沈复的结合是别有用心。他们经常请沈燃“吃饭”，沈燃那时候听得最多的，就是方氤氲是个心机毒蝎女。

后来方氤氲的直播行业渗入人们的生活，市值暴增，沈氏股东说方氤氲是吸沈氏的血，告诫沈燃小心。

再之后，沈燃和沈复杠上，离开学校出去闯荡，沈氏上下都觉得是方氤氲在中间挑唆，想让自己的儿子陈最上位。

可没想到沈燃前脚走，陈最后脚就跟上了。

一时间谁也看不懂方氤氲到底是藏的什么心，反正盖章她不安分就对了。

方氤氲在沈家以及周围圈子里，就像一颗定时炸弹，不知道什么时候引爆。

到了今年年初，沈燃要回学校参加高考学商科继承沈氏的路，沈氏老人们的希望就又燃了起来，时不时地联系沈燃送温暖。

沈燃不厌其烦，之后一个电话也不接，慢慢地就没什么人再打。

这段时间本就紧张，他不想再多事，要是让那帮人知道他和方氤氲联系，又该找他了。

不过这些沈燃都没说什么，只“哦”了一声：“学习紧张，没怎么联系您。”

方氤氲很心疼，赶紧叫陈阿姨再炖个补汤。

两人正说话，楼上传来一声阴沉的低喝："你这头发什么东西，赶紧给我弄下去！"

接着是陈最的尖叫声："爸！爸，这是要拍的广告产品，签了合同的，等拍完我就染回去！"

一阵兵荒马乱，陈最清瘦的身影从楼梯上飞奔下来，身后跟着一个气势如虹的中年人。

陈最求救般扑过来，沈燃和方氤氲各自一闪，陈最一下扑到地上。

沈复眼风掠到客厅里的沈燃，脚步顿住，肃着脸道："跟我上来！"

沈燃少有地听话，提步跟了上去，父子两个消失在楼梯口。

陈最揉了揉受伤的胸口爬起来，坐到沙发上，下巴朝楼上扬了扬："沈燃犯什么事了？"

方氤氲摇了摇头，斜睨他一眼："怪不得你明知道老沈最不喜欢花里胡哨的头发，也敢胆大包天地顶着回来，你是听说你哥今天回来特意来看热闹的吧？"

陈最被戳破内心想法，有些不自在地摸摸脸："才不是，我是，是想你了。"

方氤氲冷笑一声："呵！"

"砰——啪——"

楼上的声音震耳欲聋，方氤氲几乎是冲着往楼上跑，可体力和没心没肺的儿子比差太多了。

陈最抢先一步，第一个到达"案发现场"。

书房内是沉默，死一般的沉默。

沈复手上夹着根烟，低着头在抽，只有跳动着的青筋宣告着刚才他的暴怒。

沈燃站在地上，脚边有花瓶碎片，他静静站着，左脸颊上有发红的手掌印。

方氤氲一眼看到，急得走进去："这是干什么？小燃又不是小孩子了，你怎么还动手？”

沈复重重地吐了一口烟圈，将烟头按灭，虎目盯着沈燃，冷笑一声：“你以为我不知道你是故意考成那个烂样子？！你那点儿小把戏还想骗我？

“你以为你高考考不好，就能去学你那什么射击去，你别做那个梦了。今年考不好，还有明年，还有后年，一辈子考不好你就在高三待一辈子吧！”

沈燃淡淡地望回去，丝毫不退，就跟高一那一年反叛的自己一模一样。

“行啊，我没意见。反正丢人的，也不是我一个，有您陪着我，我还挺乐意的。”

沈复随手拿起桌子上的镇纸就要扔出去，被方氤氲慌忙拦下：“有话好好说，要是真打坏了小燃我跟你没完！”

“我没什么好怕的，再怎么难熬的日子，我之前都熬过。可你的顾虑太多了，爸，你耗不过我的。

“只要我不死，我总能等到机会。”

他话说得平静，可神情却像是个无可救药的疯子。

沈复喘着粗气，气得肺要炸了，可也不得不承认，沈燃说得并没有错。

之前那次父子争斗他们都还有时间去耗，可现在高考就在眼前，只有沈燃顺利考上理想学校接他的班，沈氏高层才可能接受方氤氲的加入，和沈氏合作，让沈氏壮大。

高考不像其他事情一样能客观推动，只能沈燃自己去考。

他要是故意不想考好，就会和这次他的模拟考试成绩一样，烂得自己心梗。倘若沈燃失利复读，沈氏一定会炸锅。

沈氏今年在转型重要时期，不能横生枝节。可跟沈燃低头，他之前那两年的精心安排岂不是全毁了？

而且万一沈燃这小子是诳自己的，他就算好好考也考不了多少分，那自己要是答应了他，岂不是竹篮打水两头都空。

沈复头痛欲裂，放下镇纸，指着沈燃骂道：“滚滚滚！赶紧滚！高考之前别回来！”

沈燃也知道不可能让沈复立马低头，也没强求。

他转身就走，方氤氲追了上去，要留沈燃住下，最起码也吃个饭。

沈燃摇头：“不了，我怕老沈一气之下在我饭里下药。”

“你们父子俩有什么话不能好好说，非得每次都弄得剑拔弩张，看你这脸，你等等上完药再走。”

“不用了，方姨我走了。”

方氤氲将菜打包几样，又拿上几味刚买回来的糕点，好说歹说劝沈燃带上了。

沈复生气，陈最也不敢多待，戴上墨镜口罩硬蹭上了沈燃的车。

两个人在后座，中间隔了条银河。

陈最眼睛瞟一眼沈燃，再瞟一眼。

沈燃闭着眼，开口：“想知道我和老沈因为什么吵架？”

陈最兴致勃勃地问：“为什么？”

沈燃：“大人的事情小孩少打听。”

陈最冷哼一声：“你不说我也知道。”

沈燃不搭理陈最，陈最就自顾自往下说：“还不是你想玩射击老头不肯，闹来闹去就这点事，我说的没错吧？追梦少年，可歌可泣！值得我学习！”

沈燃睁开眼，冲着陈最和善一笑，笑得陈最直打哆嗦。

然后，冉冉升起的新生代偶像陈最就被人从车里踹了出去。

大郊区的哪有出租车打，陈最迈开两条长腿追着车跑：“喂！沈燃停下，带我一起走啊！”

后车门的车窗缓缓落下，沈燃转回头，继续笑：“我要去追梦了，没空。

“宋帘，开快点儿。”

马上晚上八点，沈燃点开手机准备进学习直播间。

车“嗖”地飞出去，陈最骂骂咧咧追了一段路，一下瘫坐在地上，气得拳头直捶地："我就不该回来！"

3.

宋帘的车停在令问街一个老旧的小区门口，小区有门禁，保安大爷尽职尽责，坚决不让陌生人进小区。

沈燃也没强求，他走到小区对面的那家小卖部，倚在路灯下，耳朵里的蓝牙耳机时不时传出许樱的声音，贴着他的耳边鼓动，像是在说独属于他们之间的悄悄话。

"这道题选C，考察的是函数变形，只要细心一点儿是比较容易拿分的……"

在家里经历了一番激烈斗争之后，他突然很想见见她。

可他不知道许樱住在哪一户，徒劳地找了半天也没找到，只能摇摇头放弃。

沈燃翻出手机，调高屏幕的亮度，依旧和往常一样挡住摄像头，进入直播间。

许樱仿佛刚洗完头不久，发梢已经吹干，发顶还有些湿，她直起身，将耳边散落下来的长发往耳后掖了掖，露出一张素净的巴掌小脸，被小台灯的灯光一打，下垂的睫毛根根分明，落成一个小小的扇形，一抬眼，瞳仁都泛着光。

郑知许瞬间发疯，在弹幕上疯狂输出。

阿许："我们樱桃这才是清纯天花板啊！"

阿许："天生门面，偷心美女，卢浮宫出走的雕塑！迪士尼在逃的公主！同意的弹幕扣个1！"

许樱知道自己长得好看，也听郑知许吹过太多次，但想到直播间里还有别人会看到，脸"噌"地就红了，伸手将郑知许禁言了。

许樱轻咳一声，正正经经地开口："说无关的事情会耽误其他同学学习。"

蒋京："阿许你也有今天！报应啊！"

许樱顺手也把蒋京禁言了。

有这两个例子在前，直播间瞬间就清静了。

许樱揉了揉发红的脸，重新拿起笔，刚要继续，屏幕上幽幽飘过一条弹幕。

沈燃：“1。”

许樱刚消下去的脸瞬间又红了，一颗心不受控制地胡乱跳着。

她想伸手把沈燃也禁言，但手像是失去了知觉一样完全不受她控制。

屏幕亮起的手机，收到郑知许不满的消息。

阿许：“樱桃你也太偏心了吧！！凭什么禁言我这么快，燃哥也说了你却不禁言他，呜呜呜！”

被大家的玩笑话弄得有些脸红，许樱手足无措地只想逃离直播间，幸好一通电话救了她。

“不好意思，我接个电话。”

嘴上说着不好意思，可她脚下跑得比兔子还快。

许樱捞起手机出了卧室的门。不一会儿她回来，从直播的镜头前飞快地走过，翻箱倒柜地收拾东西。

等到需要的东西都拿好，她鞋穿了一半，才想起来直播间的事情。

她深深呼吸几次，再次出现在直播间，她看见自己的脸惨白一片，唇轻轻颤动：“我有事要出去，今天直播就到这里结束，对不起大家。”说完直接拔掉网线，冲出了家门。

电话是从祁山镇打来的，许樱的奶奶晚上到院子里浇花摔了一跤，昏迷了过去。

照顾奶奶的褚阿姨联系了许婧和顾言山，电话都是无人接听，顾放的手机关机，她实在是没办法才打了许樱的电话。

她自己也是做母亲的，出了事最希望的就是有儿女在身边。

况且老人家摔跤看似平常，但很容易摔出毛病，万一顾奶奶真的有个三长两短，见到最心爱的孙女，也能安心。

许樱听出了褚阿姨的意思，一瞬间，天塌地陷。

她想起那些年，顾放在队里，爸妈将她扔给爷爷奶奶出去创业赚钱的日子。

祁山镇的夏天漫长又炽热，她从看不到尽头的噩梦中醒来，梦里都是爸妈把她扔下头也不回的场景。

小床边上的桌子上，放着一碗西瓜。

小碗的碗壁沁着水珠，西瓜的籽被挑得干净，一口下去，凉凉的西瓜汁在口腔里爆开，她眉间的忧愁也被驱散。

她跳下床，趿拉着拖鞋“哒哒哒”地跑出去，到院子里从后面抱住那个单薄瘦小的身影。

奶奶笑呵呵地拍着她的手臂，她坐在奶奶对面。爷爷在旁边慢悠悠地摘菜，她接过蒲扇替爷爷扇风。

葡萄架子上青色的果子垂挂着，被大太阳晒得晶莹剔透。

那样缓慢安宁的日子，是她人生中最珍贵的时光。

后来爷爷过世，她跪在灵堂前哭得心碎，那之后全世界守护着她祁山镇这个梦的，就只剩下奶奶。

现在奶奶也要离她远去了……

“许樱！许樱！”

嗡嗡作响的耳边传来急切的喊声，许樱缓慢地抬头，涣散的眼中视线慢慢回拢，出现一张着急的脸。

她听见自己的声音沉而浓腻：“沈燃……”

“你出什么事了？”

许樱只顾着愣愣望着他，不说话，也不哭，像是被人扼住喉咙的提线木偶。

“你——”

沈燃话音刚出，胸口被人一撞，他下意识地伸手接住她，他的心脏也像是被这一下撞得发疼。

“沈燃……”

再开口，她的声音带着哭腔哀求："我奶奶生病了，这么晚已经没有大巴车，我一个人打车回去很危险，我……顾放不知道怎么不接电话，他为什么不接电话……我难受，沈燃，我好难受，我包里有药，实在不行你再给我吃，我还要考试……为什么奶奶要生病……为什么所有我爱的人都要走……"

她胡乱说着，自己都不清楚自己在说什么。

许樱咬着牙，眼泪像断了线，那一阵排山倒海的痛苦袭来，她浑身已经没了力气。

她最讨厌这个病，不仅让她体会不到生活的一点乐趣，还会让她身体不听自己的使唤。

她厌恶软弱的自己，厌恶给人拖后腿的自己。

哽咽间，许樱察觉到后背被人拍着，动作轻柔，一下，又一下。

他的声音灌进耳朵里，在此时此刻听来，似来自天外的神祇之音。

"许樱，我陪你回家。"

4.

本来小宋司机的今日计划是，跟程野吃个饭，然后美滋滋回家看个综艺。

他万万没想到，美食跟综艺都跟他无关，这一晚他被沈燃强迫着——在大半夜开车从市中心出发，跑到隔壁市的一个小镇上，路程两百多公里。

刚上路，他就接到了程野的电话，鬼吼鬼叫："说好的吃饭，你人呢？"

宋帘不舍得买很贵的蓝牙耳机，之前拼夕夕上九块九包邮入了一对，全损音质让程野这声吼的一半音量都漏了出去。

座椅被人从后面踹了一脚，警告意味十足。

宋帘压低声音跟对面的程野解释说："我临时有个工作要忙，

等回去了再吃”

“有加班费吗？”

宋帘从中央后视镜间又看了沈燃一眼，用口型问：“有吗？”

沈燃微笑不语，宋帘打了个哆嗦沉痛地说：“没有。”

程野：“这么热爱扶贫看来你也不缺钱，记得回来把之前的伙食费给我补了。”

说完，程野“啪”的一声把电话挂了。

小宋司机唉声叹气，又碍于后面坐着的那位太不好惹，连叹气都只能小声。

他又看了一眼沈燃，那个他见过三次的小姑娘脑袋正靠在沈燃的肩膀上，像是睡着了。

沈燃的手搭在她后方的椅背上，没有碰到她，只在车颠簸时放下来托一下她的脑袋，等她靠稳了手再放回去。

宋帘在心里道，看不出来还挺绅士。

车马上要上高速，沈燃的袖子突然被拽了拽，他低下头。

许樱的眼睛睁着，没有一丝的睡意，她的唇一张一合地说着话，声音很小。

他靠过去，听她喃喃：“停车，我好想吐。”

“停车！”

小宋司机将车停下，沈燃先下车，绕到车另一边去扶许樱。

许樱拽着自己的包，手搭在沈燃的胳膊上，近乎是被他半抱着下了车。

她晕车，再加上病发，蹲在路边不住地干呕，却吐不出什么东西，脸涨得通红，浑身脱力地跌坐在地上。

沈燃让宋帘去找个药店买药，他自己跑进附近的超市买水。

许樱打开自己的包，眼睛发直地盯了许久，颤着手拆开药片往自己嘴里塞。

她喉咙浅，药片卡在嗓子眼，咽到一半她吐出来，那药片在舌尖化开了一点，苦得眼泪都出来了。

她不能吃。

吃药的副作用比现在更难受，奶奶命悬一线，她不能这个时候倒下去，她不能。

她要努力地撑下去，奶奶还在等她。

沈燃跑回来，看到她双臂抱着自己的膝盖，又是一脸的泪。

他蹲在她面前，轻轻地拍了拍她的肩膀。

“奶奶会没事的。”

沈燃知道这个时候的安慰很苍白，可他能做的只有这个。

她的下巴抵在膝盖上，嗓音很沙哑：“爷爷走之后，奶奶一个人带着我。我很想离开祁山镇那个小镇子，去看外面的世界，去和爸爸妈妈一起住。我盼啊盼啊，等啊等啊，等到真的有机会能走出去，和爸爸妈妈离得近了，我却更不开心了。

“外面一点也不好，一点也不好。

“可我长大了，我回不来祁山镇了，我只能逃到更远的地方去。”

她絮絮地说着话，没有前后的联系沈燃听不大懂，只是她话里的伤心和迷茫，像是走丢的羔羊，让人心疼。

“你可以回祁山镇的，我这不是陪你回来了吗？不仅这次，你什么时候想回祁山镇，我都陪你回来。”

许樱的目光闪烁：“可以吗？无论什么时候，都可以吗？”

“说话算数。”沈燃像哄小孩子一样，语气轻柔。

她靠近祁山镇，就真的像是年龄倒流变回小孩子，真的被他的举动哄住，止了哭声。

宋帘买了晕车药回来，沈燃倒了两片放到许樱的手心，她听话地就着水吃下去。

“还能行吗？不然在这儿休息一小时再走？”

许樱又喝了几口水，摇摇头：“不用，我可以走的。”

沈燃扶着她坐回了车里，车还没开，她的手机就再次响起来，是褚阿姨。

许樱几乎是被吓到一样脸色苍白，连手机都拿不住。

沈燃拿走手机，接听放到耳边："喂，我是许樱的同学，嗯，您说。"

片刻后，他紧绷的下颚松下来，眼底闪过欣喜，抓住许樱发颤的手："奶奶醒了。"

许樱不敢相信："真、真的吗？"

沈燃点开扬声器，褚阿姨惊喜地说："奶奶真是福大命大，这会儿嚷着饿了想喝粥呢，同学啊，你告诉小樱不用那么着急回来啊……"

许樱唇抖了抖，想笑，又怕太开心之后是难过。

她已经习惯难过了，不习惯幸运降临。

大悲大喜，过于剧烈的情绪波动让许樱这次惊恐发作得迅猛，知道奶奶醒后，她撑着的力气陡然一抽，这次是真的睡了过去。

后半夜，下了高速就进入奉阳市的地界，奉阳市是隔壁省的老工业城市，处处透着一股陈旧的年代感。

过了高铁站，路变得坑坑洼洼，车颠簸了一下，许樱放在一边的书包跟着滑了下去。

书包是开合扣的，掉在地上扣子被撞开，两板药片掉在地上。

沈燃顿了一下，看了许樱一眼，才伸手将药捡起来。

背面的锡箔纸上，写着药的名字，盐酸舍曲林，阿戈美拉汀。

药抠出了两片，是许樱之前吃的。

沈燃将药名输入到百度百科，有关于药的功效立时从网页上跳出来。

他的眼睛在摇晃中发胀，心被那一行一行带着虚影的字刺痛。

盐酸舍曲林片，用于治疗抑郁症的相关症状，包括伴随焦虑、有或无躁狂史的抑郁症。

阿戈美拉汀为抗抑郁药，临床上主要是治疗成人抑郁症。药理作用主要是：调整生物节律，改善睡眠质量。

这一刻，那些盘旋于他心底的，有关于许樱的谜团，渐渐地散去。

她总是笑得有所顾忌，她总是有意无意躲开别人的靠近，她总是惧怕些什么，总是在想些什么。

那个初见时她蹲在路边让他心潮悸动的笑，之后就消失了，再也没有出现过。

他期待着那个笑的再次降临，她应该那样笑，而不是眼底写满心事，越来越沉默。

她的努力和她的不开心，相互交织着。

努力激励着他，不开心吸引着他靠近。

他不自觉地走进她，一层一层地掀开包裹着她的外衣。最里面如他所想是一颗糖，可他没想到，这颗糖却是苦味的。

沈燃很快地扫了几个相关的论坛，关于抑郁症焦虑症分类有很多种，表现也各有不同，他不是医生判断不出许樱的病情，不过看她会情绪失控伴随着身体的软弱，应该是早就有了躯体化的症状。

发病的时候会头晕头痛，心悸手脚麻木。会胃部不适，记忆力减退，睡眠艰难，重则耳鸣出幻觉，四肢无力……浑身上下，几乎没有一个地方不被影响。

沈燃很难想象，许樱是怎么拖着这样的身体撑过繁重的学业直到现在。

与许樱相比,他承受的那些自以为的折磨,都显得那么不值一提。

许樱吃的这两种药是很常见的治疗药物，想要起效果需要长期服用，论坛上有八成的人吃了药都会有副作用，头晕犯困、恶心呕吐等等，在起效之前都需要适应一段时间。

“我包里有药，实在不行你再给我吃，我还要考试……”

不知道许樱是不想依赖药物，还是不想因为吃药的副作用而耽误学习……

不管是哪一条，没有药物而撑过一次一次的发病期，走到现在的许樱，坚韧的程度从来都不是他能想象得到的。

初见的那个笑，后来她的淡然警觉，背后都藏着同一个伤痕累累的灵魂。

心疼。

万千的情绪在四肢百骸游走散去之后，唯独剩下心疼的滋味，是酸涩的，苦闷的。

沈燃将所有心事一口吞下，将药原封不动地放回去。

夜色茫茫中，车窗外的景色融成一条看不清的线，跳跃着向前。

他庆幸，上天对这个小姑娘还没有糟糕到底。

他庆幸，今天过来了。

/第八章　小王子的玫瑰花/

1.

凌晨三点，宋帘的车顺着弯曲的地图到达祁山镇，许樱也从沉睡中醒来。

祁山镇是个依山而建的小镇，盛产稻米，许樱小时候对祁山镇的第一印象，就是在金黄的秋日里，一辆一辆大车拉着稻米奔入漫长的公路。

那时稻米是祁山镇的依靠，随着这些年经济的快速发展，年轻人纷纷走出小镇打拼，赚足身家之后回来接父母也离开。

后来，祁山镇的种植土地动迁，又有一些人拿着赔偿款离开，只有二十几户对这片土地眷恋很深的老人家，还守在这里，许樱的奶奶就是其中之一。

路灯孤零零地矗立在街边，车顺着寂静的小镇缓慢向前开。

许樱指着一户门前种着樱桃树的人家，说：“这里以前是个小卖部，小时候我得了蛀牙，奶奶不让我吃甜的，顾放就会趁着奶奶摘菜的时候，偷偷把我拐来这儿买巧克力吃。”

沈燃偏头看她，光太暗，他看不到她是不是红着眼，可听她语气很正常，应该是没哭。

他说：“我记得你不爱吃甜食。”

也不爱吃辣的和其他刺激性味道的，口味很温和。

许樱“嗯”了一声。

车走到祁山镇的尽头，她转回脸对宋帘说：“前面的胡同拐进去就是了，只有一户。”

宋帘应了一声“好”，打了转向灯，车驶进胡同中。

路灯扫下来的光下，视线里出现一幢白红色的二层小楼。车还没停稳，狗吠声就一连串地响起来。

宋帘怕狗，车都不敢下，窝在驾驶室里瑟瑟发抖。

沈燃先下车，一只一人来高的德牧一下蹿了过来，前爪扒着黑色的铁大门，“汪汪汪”地冲着他放肆地叫着。

“展堂，小声点儿哦！”清甜的女声开口。

德牧歪着脑袋，直立着的大耳朵抖了抖，似是认出来来人是谁，更激动地扒着门想要出去。

许樱睡了一觉体力恢复了一些，跟着慢慢地走下车，手顺着铁大门的雕花缝隙进去，拍了拍德牧的脑袋。

“想姐姐了是不是？”

德牧的喉咙间溢出一声委屈的呜咽。

“它叫‘展堂’？”

许樱点点头，说：“展堂是顾放抱回来，说给奶奶守大门的。他是《武林外传》的粉丝，最喜欢白展堂，奶奶也姓白，所以就起了这个名字。”

说话间，小楼的门前灯亮了起来，有人推开门，裹着搭在肩上的衣服一路小跑过来，“哎呀”一声：“小樱这么快就到了，我以为怎么也得明天才能回来。”

“褚阿姨，我奶奶怎么样了？”

褚阿姨微胖，一脸的敦厚，一笑起来眼睛一眯让人看着就安心。

“王医生已经来看过了，说没什么大碍。老太太不愿意去医院，你来了正好，劝劝她改明儿再去城里做个细致的检查。”

褚阿姨打开小铁门的门锁，展堂一下就跃了出去，扑到许樱怀里。

这强大的后坐力她差点儿一屁股坐下，旁边适时探出一只有力的手，扶了她一把。

许樱站好，小声说：“谢谢你。”

褚阿姨这才注意到沈燃：“你就是电话里小樱的同学吧？”

展堂也闻到陌生人的味道，警觉地附和着发出“呜呜”的声音。

沈燃点头：“褚阿姨好，我叫沈燃。”

许樱补充说：“是沈燃同学帮我找车送我回来的。”

“哎哟，可真是个热心肠的年轻人。一路跑回来饿了吧，快进来，快进来，阿姨给你们做点儿热乎的吃的。”

褚阿姨将大门也打开，来迎接客人。

沈燃折回去，敲了敲车窗：“下车。”

宋帘白着一张脸，坚定地摇了摇头：“今晚我就在这儿睡了。”

沈燃也没勉强，在车后座拿着外套和许樱的包进了大门。

小楼和城市中的别墅没什么区别，只是装修更简洁温馨生活化。为了方便老太太出去散步，她的卧室就在一楼左手边第一间。

老人家睡眠浅，听到展堂的叫声时就已经醒了。

许樱放轻步子，轻轻地转开门把，就对上一双温柔的眼。

“小樱啊，回来了。”

听到熟悉的声音，许樱的眼泪不设防一下掉了下来。

她低下头，和她一夜跑来的两百多公里比，眼前这几十米的距离仿佛近在咫尺，可她突然不敢面对奶奶。

她怕奶奶看出来她犯了病，而担心她。

沈燃在客厅放下包，特意用书将药卡住，免得掉出来。

他抬起头，就看见许樱站在门口，手扶住门把，静默成一幅画。

沈燃缓步走过去，她不知道在想什么，竟然毫无察觉。他站到她身后，她垂下手深吸一口气选择转身，差点儿撞到他的怀里。

沈燃抬手，在她头上拍了拍，似安抚。

“怎么不进去看奶奶？怕奶奶骂你大半夜不睡跑回来是吧？我陪你进去。”

沈燃的手按在她的肩膀上，将她转了个方向。

“从小到大，但凡老太太就没有不喜欢我的，有我在，奶奶不会骂你的。”沈燃自信极了。

明知道他是在胡说八道，可许樱真的被安抚住了。

她刚刚沉得仿佛一潭死水的心，重新泛起涟漪。

沈燃续上刚才许樱的动作，只是动作比她利落得多，只是一个眨眼的工夫，她就被他推进了门。

他的声音沉沉的，就压在她的头顶：“奶奶好，我是许樱的同学沈燃。我听许樱同学说您身体抱恙，特意把她送回来看您，顺便蹭一下褚阿姨做的饭。”

他态度乖巧，虽然看不到脸，想必此刻笑得也很乖巧，因为许樱从奶奶的脸上看到慈善温和的笑，眼角的皱纹都深了许多，是她喜欢谁的表现。

奶奶靠在靠枕上，沈燃的手松开，把许樱顺势往前一送，他摆摆手：“我去褚阿姨那儿找点儿吃的。”

他全程没多问什么，但像是什么都懂得，一句话一个动作，都让许樱心安。

她像是一本书，而他是书的注解。

门合上，沈燃功成身退。

许樱笑了笑，坐到床边，像从前无数次回来那样，抱了抱这个经历风雨坚强无匹的老太太。

“奶奶，你吓坏我了。”熟悉的味道席卷全身，她一身的疲惫都卸了下来。

奶奶拍了拍她的后背，乐呵呵地说：“奶奶福大命大着呢，奶奶还要看着小樱长大呢！”

不管多少岁，许樱在奶奶面前，都是永远长不大的孩子。

许樱吸了吸鼻子，重重地点着头。

奶奶脸色看着苍白，精神倒尚可，拉着她的手不住地问她在学校怎么样，有没有好好吃饭，睡得怎么样。

问的都是细碎的小事，直到许樱打了个哈欠，奶奶才想起来催她赶紧去睡觉。

许樱不舍得走，又怕影响奶奶休息，最后还是回了房间。

可能是见到奶奶安下了心，这一觉许樱睡得很深很沉，一个梦都没有做，醒来之后已经是第二天上午十一点多了。

她抬起手，蜷曲手指，还算有力气。这次病发作时很痛苦，但过了发病那一阵她心就得以安静下来，除了脑袋有些昏沉，身体轻度不适，并没有其他的影响。

而这点儿不适，她早就适应了。

许樱有些迟缓的脑子转了转，突然想起什么，一个骨碌爬起来，顶着惺忪的睡眼出去。

她好不容易哄奶奶今天去做个全面检查的，这一下要睡过去了。

奶奶的房间没人，也不在院子里浇花散步，许樱走到胡同口也没看见人，奇怪的是连沈燃和他的司机也不见了。

“沈燃走了吗？”许樱在胡同口站了一会儿，想起什么，走回二楼的房间，拿起自己的手机。

他如果去了附近的哪儿应该会告诉她，结果并没有沈燃的消息。

沈燃是一声招呼没打就回去了吗？

许樱发着呆，心底是说不出的失望和难过。

“小樱醒啦？”褚阿姨端着早饭，放到窗边的小书桌上，“那个姓沈的年轻人走的时候专门提醒我，你醒了帮你把早饭送进来，让你吃完再睡会儿。”

许樱“唰”地抬起眼，熄灭的火光像是一瞬间被点燃：“他去哪儿了？”

褚阿姨摆好碗筷，“咦”了一声：“他没告诉你哦，那可能是太忙了还没来得及说，他一大早就带老太太去市里医院了。哎哟昨晚上吃饭的时候他就一直在和人打电话定今天去医院的事情，这年轻人可真靠谱，我以为你知道呢！”

小电流滋滋滋地在响，“噼里啪啦”从皮下游走到心脏，在心里的花园深处，点亮一盏灯。

许樱握着手机，眼睛盯着对话框上方的名字。

沈燃。

这个人，真像是上天专门派来救她的。

可能是听到感应召唤，对话框在这一刻更新了新的消息。

沈燃：“醒了吧，我看到‘对方正在输入中了’。”

小樱桃：“你是住在微信里吗，这也能盯到。”

沈燃：“我一个叔叔刚好在你们这儿的医大六院，我带奶奶过来做个全面的检查，已经做完了，过半小时就可以拿到结果。”

许樱愣了愣。

小樱桃：“你怎么不叫我一起？”

沈燃：“本来是叫你的，但你睡得太香了，我喊你你还打了我两下。”

小樱桃：“真的吗？”

许樱发现自己居然一点儿印象也没有，只是她想起来，顾放以前总说她睡觉习惯很不好。

是有多不好啊？

许樱捂着脸，默默念叨着：“没事，没事，一辈子很快就会过去的。”

沈燃：“当然不是。”

沈燃：“奶奶说你睡得晚，怕你休息不好我们就没叫你。”

对面沈燃有五分钟没有回消息，许樱掰开一块红糖酥饼，机械地吃着等着消息。

又过了一会儿，一条语音发了过来。

沈燃：“我去取检查结果，学校那边我已经帮你请完假了。”

许樱咽下一口饼,酥脆的外皮,熬得黏稠的红糖在口腔深处化开，甜丝丝的，并不腻。

她不喜欢吃甜的，也觉得很好吃。

她按下语音键，说：“好。”

许樱也是真的饿了，在等待结果的过程中吃了两块红糖酥饼一碗玉米麦片粥，顺便回了郑知许的微信。

她猜沈燃应该是给她请了病假，郑知许满屏幕的抱抱亲亲表情包，让她注意身体。

蒋京他们问候之余，试探着问了一句：“那今晚学习直播应该取消了是吧？”

许樱无情地回了两个字。

小樱桃：“不能。”

蒋京发了一连串的猛男哭哭脸，许樱笑出了声。

“小樱性格开心了很多嘛！”褚阿姨切了盘水果上来，刚好碰到许樱捧着手机笑。

许樱脸上的笑意还没散，眉眼弯弯：“是吗？”

“以前虽然看着也可爱，可没这么笑过，哎呀，阿姨文化不高也说不上来，反正看着就让人高兴。”

这时，沈燃发了几张图片过来，是检查结果报告，她看不大懂，只看最下面的医生结论那一处，每一张都是未见病变的相关字样。

沈燃：“奶奶其他都很健康，就是摔倒之后有些轻微的脑震荡医生说精心照顾休养一段时间就会好。我先去拿药，一会儿就能回去。你昨天陪奶奶很晚，一会儿吃完了再睡会儿，醒来就能看到奶奶了。”

五十秒的语音，许樱听了七八遍，听得都快能背下来了才放下手机。

她去洗了个澡，从衣柜里挑了一件买来就没穿过的裙子，这是去年顾放送给她的生日礼物。

顾放喜欢玩少女搭配游戏，这个爱好从游戏蔓延到了现实生活，每个节日都会送一套衣服给她。

只不过她从前不想引人注意，只穿最不起眼的黑色和最普通的校服，将这些都压在了柜底。

今天天气很好，许樱推开窗，拿着垫子坐在圆弧形的小阳台上，伸手勾着从花纹缝隙探进来的桃树枝。

花骨朵已经鼓鼓，再有个两三天就能开了。

花花草草都对着阳光生长，她眯着眼，仿佛看到一个虚影从自己的躯体里迈出去，奔向太阳。

人生的列车总在某一刻转了轨道，那一刻人也像是有感应一样，把一些东西打包，顺着窗扔掉。

她闭着眼，任暖暖的太阳光洒进来，像是床厚实的棉被一样将她裹住，她并不像从前那样焦急着填满每一个空白时刻，时光就这样被静静地浪费着，无比心安。

不知过了多久，楼下传来展堂连串的叫声，跟着是开大门时冷铁相撞发出的声音，再然后是车停时轮胎与地面摩擦的声音。

许樱睁开眼，站起来。

她双手撑在阳台的扶手上，有阳光跳着钻进她怀里，给她一个大大的拥抱。

她热烈地朝着底下的人挥手："你们回来了！"

沈燃扶着奶奶，听到声音抬起头。

他看到，她穿着一条白色的毛线裙子，海军假领在胸前系了个大大的蝴蝶结，温柔又可爱。

蝴蝶结中央，别了一个小小的樱桃胸针。

风吹啊吹，胡同口的杨絮飘啊飘，在空中绘成一幅曼妙的油画。

而她就是从油画里走出来的少女。

他勾唇笑了笑。

天光大好。

2.

吃完晚饭，许樱应奶奶的吩咐，带着沈燃到附近转转。

出了胡同，反着来时的方向走，是一段长长的下坡路，原来的种植地填了一片湖，路连接的下面的那个村镇是远近闻名的度假村。祁山镇就坐落在山坡的顶，往下看，有车沿着一望无际的公路前行，最终淹没在山间尽头。

连太阳也跟着在那个方向坠下去，只剩一个边缘。

展堂很通人性，经过一日的友好相处，已经接受了沈燃这个外来人。

沈燃说："没有人会不喜欢我，狗也一样。"

对这个言论，许樱很是认同。

两人在前面走着，展堂就跟在后面。

"奶奶的事情，谢谢你啊沈燃。"

许樱对他说谢谢，沈燃不是第一次听到，可之前觉得疏离，这一次听着却很顺耳，他笑了笑表示听到。

许樱想了想，问他："奶奶今天有没有跟你说过什么？"

沈燃蹙眉，认真地回想了一遍："骂顾放算吗？"

许樱的眼睛顿时一亮，语气难掩激动："快说说，快说说。"

沈燃掐着嗓子，学得有模有样："那个浑小子，成天没个正形，一大把年纪了连个对象都没有，整天游手好闲，他要是有小樱一半的乖巧听话，我能活到一百零八岁。"

许樱"扑哧"笑了："哥哥要是听到估计会好几天都睡不着觉，好歹也是拿过全国射击冠军的人，在奶奶眼里就是个不听话的浑小子。"

沈燃接口："在我爸眼里，我也是这样的浑小子。"

许樱偏过头，脸上的笑意还有残余。

也是这一刻，她才看出来他这侧脸像是有些红肿，结合沈燃的话她心里已经有了猜测："你的脸……"

沈燃转头对上她的视线，很潇洒地一挑眉："很帅是不是？我也是这么觉得的。"

许樱："确实很帅。"

沈燃笑得更畅快了，他就没见过许樱这么口是心非又总从善如流的姑娘。

"我在去找你之前，回了一趟家，因为持之以恒地和老沈抗争，他说不过我又没有办法，就拍了我一下。"

沈燃说得轻松，这样的事情他像是已经习以为常。

许樱并没有挨过身体上的伤害，可精神上的她也已经习惯。

两个同样身上带着伤痕的人，总是能靠得更近。

她的语气不自觉地更加柔和："你持之以恒地抗争什么？"

"梦想。"

这两个总是被灌输进所有抽象概念的字从沈燃嘴里说出来，格外有分量，沉沉的压得许樱的耳朵都不由得泛热。

沈燃抬起右臂，手做成枪的姿势，瞄准远方。

"他想要我继承家业，想让我将他好不容易打下来的事业传承下去，就要斩断我从小到大的梦想。在他的眼里，我的梦想只是小孩子的玩笑话，幼稚得不堪一击。

"啪！"

他用声线模仿子弹出膛的音节，之后收回手，抵在唇边吹了吹"枪"。

"你想和顾放一样，做职业的运动员是吗？"

"不。"沈燃松开手，一半的脸映在最后的光下，眼角是张扬又笃定的笑，"我要做世界冠军。"

许樱愣住。

沈燃一直以来展现在众人面前的形象定位就是：回高三走个过

场，毕业直接进演艺界，就和现在市面上大多数的偶像一样。

虽然沈燃是靠着那一个射击视频火起来的，但她没想过沈燃的志向在射击，而且还有这么清晰且宏大的目标。

沈燃挑眉："怎么，觉得我太会白日做梦了是吗？"

许樱抿抿唇，将头一摇："我只是没想到射击是你真正喜欢的。"

他天生就适合活在众人的瞩目之下，潇洒恣意。

人人都以为那应该是繁花铺就的红毯，而他想去的却是无数汗水和心血铸就的奖台。

许樱像是今天才认识到一个真正的沈燃。

她仿佛已经看到在未来的某一天，他身披五星国旗，站在最高奖台上的画面。眼前的人，似是比之前还要明亮。

"我爸把我训练的所有路径全都斩断，逼我走回他想让我走的路，我最后走投无路来了一中。"

沈燃的语调很平静，那些对于他一个少年而言吞不下去的苦，在时间的酿就下也透出了一丝轻松。

他笑："我爸的名言：人都不可能做自己完全喜欢的工作。我的喜欢不重要，就算我会遗憾一辈子，也不重要。可那很重要，那是我生而为人的证据。每个人都有资格活在自由的阳光下，做自己喜欢的事，不在乎自己到底是不是世人所知的'成功人士'。

"这几年我都在想尽办法和他对抗，包括现在，只要我人还在，抗争就永远不会消失。这一巴掌换一个机会，我觉得……太值了。"

许樱不知道沈燃说的机会是什么，那重要，也不重要。

"我相信，你一定可以做到的。"她有些羡慕，"知道自己想做什么，坚定地走下去，真好啊沈燃。"

"你不知道自己想做什么吗？"

许樱沉默了片刻，摇了摇头。

她好好学习，抓住每一刻的时间，除了避免让自己胡思乱想诱发发病，就是想有足够好的成绩，离这座城市远远的。

这不是梦想，这是逃离痛苦的计划。

梦想是什么，她从来都不知道。

沈燃的手按了按她的头顶："那我分你一个我的梦想吧？"

许樱眨眨眼："什么？"

她以为像沈燃这样的人，会说什么前途远大，未来光明之类的，可她等了一会儿，却听他说："放轻松，快乐开心。"

她的梦想，不是上最好的大学，也不是让所有人都喜欢。

她只希望，可以每晚心里毫无痛苦，平静地睡去。不会再中途突然惊醒，一身的冷汗。等到大梦一晚第二天睁开眼时，对新的一天充满期待。

她从没想过，沈燃居然会懂她。

许樱圆圆的眼睛睁大，卷翘的睫毛向上，快要贴到眼窝处。

视线里，少年立在黄昏里，唇边的笑很平和，轻声说："我很庆幸自己来了一中，这不是走投无路，这是柳暗花明。"

因为我遇见你了。

燎原的火，吹红了许樱的面颊。

沈燃摊开手，掌心多了一个樱桃发夹，只有手指盖大小，尾巴段缀着两颗小小圆圆的珍珠。

"回来路上看街边的小妹妹卖的，奶奶说小妹妹可怜，我就照顾一下她生意。"

这发夹，和许樱胸前戴着的他之前送的胸针，看着很搭，像是一套的一样。

沈燃："其实这是给你的谢礼。"

"谢礼？谢什么？"明明该说谢谢该送谢礼的，一直都是她。

沈燃举着手机当作镜子，看着她戴上发夹，小小的一颗樱桃落在她的耳朵上方，精致可爱。

谢什么啊……

能谢的太多了。

谢谢你对我笑。

谢谢蓝天很好，白云也很好。

谢谢遇到你。

他笑，看着她好奇的眼，吊足了她的胃口。最后只挑了一条，听起来很认真，又不会过于扰乱她心绪的。

“谢谢你相信我能让梦想成真。”

晚上八点，许樱搬出之前顾放在家时买的台式机，将软件装好，一到时间，许樱老师的学习直播间准时开放。

弹幕上顿时一片哀号。

“生病也不休息吗呜呜呜呜……”

“哎，班长这是在哪儿啊，好像不是之前的房间。”

“应该是回家了吧，虽然不是之前的房间，但两间屋子布置得多像，一看就是班长的家。”

“我今天看宋嘉平午饭都没吃一直在看书。这就是学霸和学渣之间的差距吧！不是我说，在座的（包括我），都是垃圾。”

“你自己垃圾不要带我。”

“吵什么吵，就这么一点事，今天我们大家之所以欢聚在这里，是为了庆祝我们学渣的人生不能发烂！发臭！”

许樱刚调好角度位置，好让沈燃刚好坐在书桌另一端，既能看到自己学习，也不会被镜头扫到。

刚弄完，她就看到直播间打成一片。

她轻咳两声：“今天除了和大家一起做题，我还想分享一些平时学习的方法。这些方法可能只适合我，不适合你们，所以，仅供参考。”

其实许樱不单纯做题，只是因为走的时候着急匆忙，只卷了两本书和一本笔记本，回来一翻还都是刚做过的。

既然已经和蒋京吹了自己要带病上阵，总不能临时放鸽子了。

弹幕顿时更沸腾了，对于他们这些学习基础薄弱的学渣来说，做几道题能改变的东西不多，但如果真的能掌握到一些窍门，对高考成绩提升有很大的帮助。

许樱翻开笔记本，上面记了十六条刚才她暴风想起的“窍门”。

台式机没有专业的直播设备，收音没有之前的好，许樱只能提高嗓门，近乎扯着嗓子说话了。

“第一条，是针对英语选择题前几道的单词部分。”许樱说着，眼睛刻意睨了一眼沈燃的方向。

沈燃本来撑着手臂在看她，接收到许樱眼神的示意，立马像模像样正襟危坐，拿着笔等待着认真地记录。

许樱满意了，目光转回来继续。

“选择时先看确定选什么词性的，换到中文语境里，我想吃一个苹果。我是主语，吃是动词，苹果是名词，一个是量词，想呢，可以看成是副词，修饰动词的词，去掉‘想’这个字这句话也成立。每一句话不管多长都可以用这个公式去带入，看句子里缺什么，再去排除给的四个选项，带 ly 的一般是副词……”

许樱一个字一个字拆解，用带回来的习题去带入讲解。

她的声音很好听，咬字清楚，听起来很舒服，平时说话有些清甜，现在这么一本正经地讲内容意外地很能镇得住场子，不自觉地就被她带进去。

沈燃想，许樱倒是很适合做讲师，或者是做记者之类的。

不过她语文相对其他科目是弱项，要是做记者写稿子可能会有些吃力。

他要进市队再进省队，肯定不会出省，省内最有名的嘉南大学师范类专业并不突出，倒是新闻学和中文系很有名。许樱要是进新闻系，好好磨炼磨炼进步就会很大了，到时候……

许樱不知道她在这儿给沈燃开小灶，沈燃却在那儿高瞻远瞩为她和自己规划未来专业。

打断沈燃思维发散的，是顾放发来的新消息。

顾放：“你不是说今天要来训练，我已经回队里了，你人呢？”

沈燃看了一眼许樱，见她已经往下说错题集的事情，左手臂挪到桌子上做遮挡，右手将手机拿到桌子下，平时上课玩手机他都没有这么收敛过。

沈燃："你不是在洛城？"

顾放："昨晚坐飞机回来的。"

沈燃明白了，怪不得顾放没有接到褚阿姨的电话，是飞机上手机关机了。

许樱奶奶的事情，顾放八成还不知道，不然也不会在市队守株待他。

沈燃也没有多说什么，就扔下一句"今天有事，哪天有空训练再联系"，就不回消息了，任满怀希望的顾放在那头放声地呼唤。

沈燃头顶压下一片阴影，他手很快，将手机扣下，抬起头，神色无辜。

许樱指了指桌子下，再瞪了瞪眼，自认为严厉，其实一点儿杀伤力也没有。

沈燃补充着想，许樱还是不适合做讲师。

他将手机放到窗边，双手举起，做投降姿势："我错了班长。"

沈燃的声音不高不低，很轻易就被收到台式机自带的收音话筒里。许樱脑子一热，什么也顾不上地去捂沈燃的嘴，可是已经来不及了。

弹幕上，蒋京迟疑地发了一条。

蒋京："是我听错了吗……我怎么好像听到燃哥的声音了。"

郑知许："燃哥怎么可能跟樱桃回家，你肯定听错了，你是太思念燃哥了吧！"

蒋京："这么说也是。"

许樱松了一口气，下一秒，她的微信就收到了郑知许的消息。

阿许："啊啊啊！燃哥是吧燃哥是吧！"

阿许："你偷偷告诉我呜呜呜，只有我们三个人知道。"

许樱一阵心梗，疯狂对沈燃使眼色，想让他拯救一下局势。

沈燃径直拿起她的手机，长指翻飞，敲下一行字给许樱看——你正常去直播，我来解决。

许樱坐了回去。

她心里很慌乱，可表现出来的却一如既往地镇定，只是余光时不时地往沈燃的方向瞟。时间一秒一秒地过，沈燃打字的手没停过。

不知道过了多久，他终于放下手机，朝她微笑点点头，示意她已经解决了。

许樱放心下来，又好奇他到底和郑知许说了什么才堵住了脑洞之神郑知许的思维发散，可又不好再过沈燃那边去，生怕再传出什么声音更说不清。

这一场直播她心不在焉，全靠强大的学习相关知识储备能力死撑。

等到时间一到，她立马下了播，近乎是用抢的将自己的手机抓过来。

沈燃伸了个懒腰站起来，慢悠悠地往外走："我饿了，去找点儿吃的。"

许樱点进微信郑知许的聊天对话框，而接着刚才她和郑知许对话的下面只有两句完整的话。

第一句是沈燃发的：我是沈燃。

接着中间穿插了无数个"你撤回了一条消息""'阿许'撤回了一条消息"。

紧跟着是郑知许发的最后一句话："我知道，我有分寸，不会有任何问题，我会保守秘密的。"

许樱："他们到底说了什么啊？"

特工接头的严谨度，也不过如此吧！

许樱这种之前对什么都兴趣不大，也刻意克制自己不过多在意什么的人，一旦生了好奇，知道真相的急迫度和普通人比翻了几倍。

她问了郑知许，平时藏不住话，仿佛微信是她家的人，这次过了十分钟一个字都没有回，她就更抓心挠肝的了。

楼下传来褚阿姨的喊声：“小樱，下来吃好吃的了！”

许樱关好电脑，下了楼。

褚阿姨将一大一小两个火炉搬到了院子里，小的炉子上放着篦子，红薯洗净裹着锡纸放在上面烤，火苗滋滋地往上蹿，很快香味就传了出来。

褚阿姨另外准备了口大锅，架在大火炉上，洗净切口的栗子跟盐前后下锅翻炒，直到栗子炸开口。

褚阿姨把白糖往锅里倒，大铲子快速地从栗子底部往上翻炒，糖稀渐渐裹住每一颗饱满的栗子。

宋帘对美食的向往打败他对展堂的恐惧，他搓了搓手，拿起他面前烤好的红薯，在两只手的掌心颠了颠，烫得手发红也舍不得扔。

展堂一双锐利的眼就盯着他，等好不容易凉下来能吃了它突然蹿起来一口叼走，气得宋帘捏着拳头追着它跑。

奶奶裹着条披肩，躺在摇椅上慢慢晃着，火烤得她眯起眼，昏昏欲睡。

沈燃拿夹子夹过红薯的尾巴，用小刀一切为二，勺子刮着里面金黄色的瓤，刮到一起，再送到嘴里，和方才宋帘吃时的狼狈形成鲜明对比。

吃了几口，沈燃看到许樱过来，毫不客气地将刚才宋帘坐的小马扎往自己这儿挪，拍了拍：“再不来一会儿连红薯皮都没得吃了。”

许樱本来不饿，被这气味一勾，肚子不争气地“咕噜咕噜”叫着。

红薯的糊香和栗子的甜交织在一起，是记忆里冬日的气味，放在这个春天，也并不违和。

沈燃如法炮制，将另一半红薯瓤刮到一起，又拿了一个新的木勺子放在旁边，像一艘红薯小帆船，推到许樱这座海岸。

红薯软软热热，和城市里的不一样，经过柴火的烤，有独特的木香，一口下去，什么烦恼都跟着飘走，她满足地眼睛弯起来。

“奶奶说，从前你住在这儿的时候最喜欢吃她亲手做的烤红薯和糖炒栗子，尤其是栗子，每次都吃到快要把肚皮撑破才肯停。”

奶奶口中小一点儿的许樱和现在完全不一样，沈燃回想之前奶奶说的话，笑了一下："一开始是你一个人吃，后来隔壁院子里的小外孙闻到香味，不好意思地过来想买一点儿吃，你很热心肠直接抓了一把栗子给他，他就把自己最喜欢的牛奶送给你。再之后奶奶再炒栗子，就变成你们两个人一起吃了。"

褚阿姨掀开锅盖，焖了五六分钟的栗子已经熟透，糖已经炒到干燥，在颗颗饱满的栗子外皮裹上一层亮亮的糖衣。

"栗子来喽！"褚阿姨装了满满一大簸箕，端着放过来。

许樱的心沉了沉，生出一丝隐晦的凉意。

好像这两日的那些轻松与勇气，都被一下打散了，她又要缩回自己的壳子里，避开天光。

可光那么暖，沾染过一瞬她就不想再缩回去了。不管会不会被灼伤，她都想拥抱太阳。

她伸手剥了一颗栗子，"嗯"了一声："是宋嘉平，他外婆之前住在隔壁。"

沈燃剥了一颗栗子放在嘴里，怨念满满："我有些嫉妒宋嘉平，他能那么早就吃到这么好吃的栗子和红薯，我比他晚了十几年才吃到。以后，我要多跟你回来吃，一定要超过他。"

他言语中有关未来，听得她不由得抬起眼，他神情认真，不像是在幼稚地开玩笑，倒像是承诺。

她轻声说："宋嘉平的外婆早就搬走了，他不会再来吃栗子了。

"我也不喜欢喝那个牛奶了。"

"那，我再来吃十年，就够了吧！"沈燃很认真地在计算这件事。

许樱也不由得认真起来，点了点头，说："应该够了。"

两个人像是在讨论一道能决定命运的数学最后大题。

那边，宋帘气喘吁吁地回来，看自己的位置被占了，一阵心梗。

许樱体贴地想让出位置，被沈燃制止住了。

"小宋司机最喜欢蹲着，不要剥夺人家的爱好。"

许樱好奇地问："真的吗？"

小宋司机被沈燃盯得如芒刺背，如鲠在喉，只能点头点头再点头，抓着一把糖炒栗子，蹲在一边苦兮兮地嗑。

院子中央立着一个高高的柱子，上面悬着一盏老式的灯笼。

时间在这个院子走得都异常缓慢，沈燃明白为什么许樱这么喜欢这里。

他们都经历太多，都一度痛苦到无法自拔过。他们需要一个地方，寄托自己仅存的那一点，对这个世界的向往。

他也爱上了这里。

3.

许樱和沈燃在祁山镇待了三天，第三天一早启程回嘉城。

临走时，褚阿姨塞了一兜子的生红薯，又把起早现炒的栗子装在保温盒里，一盒给许樱，一盒给沈燃。

奶奶拍着沈燃的手，笑得一脸褶：“等高考完再和小樱一起来奶奶这儿玩。”

沈燃点头：“一定，只要奶奶别嫌我，我一定会经常来的。”

对许樱，奶奶没多说什么，只是伸手抱了一下她，温柔地拍拍她的后背，就送她上车：“走吧！路上当心。”

早起下了雾，祁山镇笼进一片白里，像云端里的世外桃源。

宋帘车开得慢，下午才到嘉城，沈燃半路接了个电话，把许樱送上楼就匆匆走了。

许樱晕车，就也没撑着学习，早早休息养足精神。

第二天一早五点就起来了，她买好早饭坐公交车去学校，一切仿佛都和以前一样，可有什么已经在悄然改变。

比如，每天在公交车上就会相遇的郑知许。

以前郑知许看见她，都会拉着她分享沈燃的种种。

今天却决口不提任何和沈燃相关的事，偶尔说着说着学校八卦跑偏到沈燃身上，也会及时刹车拐一个720度的弯生硬地转移话题。

这一下又提醒许樱去想沈燃和郑知许那天疯狂撤回的对话内容了。

沈燃是高手，他不说她很难套出话。再加上面对他，她也做不到那么冷静地套话，要想知道真相，只能突破郑知许。

“阿许——”许樱眨巴眨巴水汪汪的眼睛，轻声喊了一声，尾音上挑，娇柔又可爱。

郑知许听得浑身都酥酥麻麻的，不由得咽了咽口水：“干、干吗？”

许樱没出卖过自己的美色，只是凭感觉去做，她双手捂住自己的脸颊，歪着头，樱唇嘟嘟地鼓起来，对着郑知许撒娇：“我有事想问你。”

郑知许快乐得像纣王，被勾得三魂七魄都没了：“爱妃想问什么，孤王知无不言言无不尽。”

许樱心下一喜。

郑知许又说：“关于那天燃哥说什么除外。”

许樱放下手，不解：“为什么啊？”

“反正现在不能说，等之后毕业了我才能说，我可是对着灯发过誓的，要是说了陈最就会爆红，我就算死也不会允许这样的事情发生！”

这么严重，那看来毕业前郑知许真的不会说了。

郑知许拍拍许樱白嫩的小脸，深沉地说：“樱桃，我们都希望你好。别问，这不是你这个年纪该经历的。”

许樱淡淡地说：“知道了，郑阿姨。”

墙上贴的高考倒计时日期又往前进了几天，教室的学习气氛更浓重，许樱和郑知许踏进校门时，和以往不踩点不来的李不言与蒋京撞上。

“哎，蒋京，你之前不是和燃哥一起上学的吗，燃哥人呢？他昨晚回来了吧！”

蒋京摇头，呼出一口气：“我在燃哥住的小区门口等了会儿也没看到人，可能是先来了吧！燃哥这学习劲头，真是让我等汗颜。”

李不言嚼着烤肠，啧了一声：“‘汗颜’这个词用得很好，下次别用了，听你用这个词我隔夜饭都要吐出来。”

进了教室，挨着窗的座位上并没有人，沈燃没有像蒋京说的那样先来了。

可能是去祁山镇太累了，还没睡醒吧！

许樱这样想着，到饮水机边上接了杯水，用纸巾擦掉水杯外的水珠，她抬头再看一眼教室门口，班里同学来了一多半，还是没有沈燃的身影。

许樱心里莫名有些乱，书翻来翻去也看不进去一个字，还有五分钟上早自习，她决定给自己找点儿别的事做。

四楼办公室，许樱敲了三下门走进去。

梁晨已经来了，一看到她的脸，十分关切地说：“前几天你家婶婶给我打电话说你病了，把我急坏了，身体怎么样了？要还是不舒服在家多休息休息。”

婶婶？

许樱不知道沈燃是找谁打了电话，不过确实好过他来找梁晨请假。

许樱微微笑着，说：“已经没事了，谢谢梁老师关心。我想管梁老师要一下这几天的课堂练习卷。”

梁晨是教生物的，这一科相对理综其他两门而言，算简单的，分数占比也少一些。

“我家小班长真是太用心了，不放过任何一张试卷。”

梁晨翻着书桌，找出这几天每节课课上的专题练习卷，交给许樱：“这些内容你肯定都会的，考查的都是基因遗传的内容，要是没时间就不用做了。”

许樱点头应下：“谢谢梁老师。”

其实她是给沈燃要的，等会儿其他科的老师来，她也会去要一份。沈燃为了陪她回去缺了的课，她要想办法给他补回来。

“哦，对了。”梁晨想到什么又开口，“沈燃同学请假，最近不来上课了。”

“为什么？”话一出口，许樱自己都没觉得声音太高太突兀。

梁晨只当她是关爱同班同学紧张的，没多想什么。

“是他爸爸打电话请的假，说沈燃病了，需要时间休养。唉……高三了嘛，你们压力都很大，身体也真是扛不住，看你们一个接着一个的生病，我还挺着急的。”

“那他有没有说请多久的假？”

“没说，我让他休息好了再来，身体是学习的本钱嘛！”

再深的梁晨就没有再说了，沈燃的家世她有所耳闻，高考对他而言其实并没有那么重要，他会不会直接休学到高考，都很难说。

后面梁晨说什么许樱都没怎么听了，她拿着帮沈燃要的试卷从办公室出来，神情还很恍惚。

沈燃病了？他身体看着那么好，怎么病了？会很严重吗？

梁老师说是他爸爸打电话请假的，会不会也是沈燃随便找的人冒充的？

如果是这样，他去做什么了？

一连串的问号充斥着许樱的脑袋，她今天没有带手机过来，也联系不上沈燃，只能等放学回去再说。

课一节节地上，许樱睁着眼睛，脑中却是一片空白。

好不容易挨到放学，许樱几乎是第一时间卷着书包跑到公交车站，想了想，觉得公交车太慢，直接拦了个出租车回了家。

老旧的手机已经有些卡顿，开机花了快一分钟，在快要耗尽许樱的耐心前终于亮起。

令她失望的是，并没有沈燃的消息。

“所以他是真的病了吗？是因为陪我回祁山镇病的吗？”许樱的思维刚一发散，就被她强制地甩开，她不能多想，沈燃也不会想让她胡思乱想。

沈燃分给了她一个梦想：要学着轻松。

沈燃让她学着接受来自同学的好意，她可以关心他，但不应该把什么都揽在自己身上。

她相信沈燃，应该会照顾好自己。

许樱捧着手机，打下一行字。

樱桃："早日康复。"

梁晨看最近班内同学得病浓度有些高，将高考前每周五下午的自习课改成了体活课，班内所有的同学都要出去活动，不能留在教室里。

"许樱，一起去图书馆吗？"

宋嘉平不知什么时候进了教室，语气温柔。许樱能平稳自己的心态，不代表她能若无其事地面对宋嘉平。

和她曾经创伤有关的人之一。

还没等说她什么，郑知许老母鸡护鸡仔一样抱住许樱："不行，许樱答应跟我去篮球场打球了。"

许樱："是，我要跟她去篮球场。"

宋嘉平有轻微的近视，今天戴了个无框的眼镜，配上一尘不染的白衬衫，显得更干净温和。

他推了推眼镜："我看班里很多人不想去操场，所以找了图书馆学习，这节课只有我们班不用上课，图书馆很安静，很适合安心复习，我想你应该会喜欢。"

他说着话一顿，笑着说："不过学习太久适当活动也是必要的，那我也跟你们去打篮球好了，我也很久没有打过了。"

郑知许鼻翼动了动，她怎么闻到了一股味。

一股，绿茶味。

郑知许拉许樱去篮球场，当然只是在扯。

只不过那天她和沈燃聊天的重点，一件打死也不能说，一件说了不如做了好。

后者，就是保护许樱，远离宋嘉平。

郑知许看宋嘉平不爽不是一天两天了，刚巧燃哥也有一双看不上宋嘉平的慧眼，保护樱桃联盟上次经历了误会顾放的事故濒临解散，现在多了燃哥这个重磅盟友，又重新建立了。

现在燃哥不在，保护樱桃的重任就落在她身上。

高三年级这一节都在上课，操场上只有高二年级有个班在上体育课，正在老师的要求下跑圈。

三个篮球场都空着，郑知许带许樱过去，全程牢牢地抓着她，两个人中间紧密得连个缝隙也没有。

许樱觉得最近郑知许的一些举动很奇怪，但想想对方是郑知许，奇怪是常态，也就没什么奇怪的了。

郑知许在来的路上给蒋京和李不言发了消息，很快，三对三的篮球局就攒了起来。

许樱、李不言、蒋京三人一队，宋嘉平、郑知许和班里的体育委员刘士奇一队。

许樱很头疼："我是真的不会。"

"没事，等比赛一开始，我就拉着你在旁边坐，当啦啦队。"

郑知许说得出做得到，等哨声一开始，篮球在中间被宋嘉平跳起来扣住，她就拽着许樱站到了一旁。

许樱："还可以这么打球的吗？"

郑知许不以为意："我攒的局我说了算，我有最终解释权的。"

许樱："我真的很希望你学习的时候也有这么灵活的变通能力。"

提到学习，郑知许瞬间垮下脸。

目光放到赛场上，李不言和蒋京两个人拦球，宋嘉平手里的球远投不中，自己一跃而起，将篮板球抢了下来。

"学长好帅啊！"

“学长加油！”

高二年级的体育课自由活动时间开始，有女生被吸引过来，渐渐围了半场。

宋嘉平长得好看。

这种好看和沈燃那种很有攻击性的不同，和煦得像夏夜的月光，白衬衣的少年，永远温和从容，带着斯文的书卷气息，从来不会让人厌烦。

他就算做打篮球这种剧烈运动，也是有条不紊的，不会因为得失球而骂脏话，白衬衣的袖口翻上几圈，汗水浸透衣襟也不会一把脱下，去换凉快的篮球衫。

许樱看着他，眼前闪过的，是上一次她站在篮球场边上，看到的驰骋赛场的沈燃，和黄鑫热血对抗的沈燃。

对比之下，眼下这场所谓的“比赛”，有些索然无味。

许樱没了再看下去的兴趣，再看郑知许兴致正浓，她悄悄地往后退，走出了人群。

一转身，正对上一个高大的身影。

黄鑫和谷一鸣正站在长椅上看里面的战况，这节体育课正是他们班的。

之前几次撞上黄鑫都很不愉快，许樱绕开长椅走，不想让他看到自己。

不想刘士奇一个漂亮的带球暴扣，全场目光都迅速掉转，黄鑫一转头，余光就看到了她。

这一下，四目相对。

黄鑫看球时激动得龇牙咧嘴的动作下意识地收起来，立正站好。

许樱觉得莫名其妙，她低头往前走，黄鑫从椅子上跳下来，追了上去。

“那个学姐，我有话跟你说。”

黄鑫挡在许樱前面，头发剃成了板寸，看着比沈燃的还短一些，莫名有些憨。

许樱往后看了一眼郑知许的方向，准备随时喊人。

“学姐别紧张，那个，之前的事情是我不对。”黄鑫一鞠躬，标准九十度，“学姐对不起！”

许樱皱着眉，觉得这世界变化太快她有点儿跟不上了：“你……你要是被人绑架了就眨眨眼。”

上次黄鑫脑子一热在操场上骂了许樱然后被沈燃踹一脚之后，当晚，黄鑫的爸爸就真的收到了一个信封，里面将黄鑫这两年干的破烂事都写在了上面。

黄鑫爸爸气得当夜从国外回来，让黄鑫别念了丢他的人。

黄鑫喜上眉梢：“你以为我乐意读，我早就不想读书了！”

之后，他被爸爸踹进旗下的电子厂，拧螺丝，天天和工人同吃同住，干了五天他就受不了了，和他爸签了保证书才回来。

“上学多好啊，不用劳累想吃就吃想玩就玩，以后谁不让我上学我就和谁急。”

黄鑫挠了挠头：“燃哥今天不在是吧，学姐你看到他帮我说一声，那个我以后保证不再干那些破事了，我改过自新了，就让他收手吧！”

“是沈燃做的？”她像是在自言自语，没用黄鑫回答自顾自肯定说，“确实是他做的。”

在上学的时候被迫离开学校去打拼，这是沈燃经历过的。个中的痛苦他最清楚了，相同的苦让黄鑫也尝一遍，黄鑫就知道该珍惜现在了。

可黄鑫只用了五天就变了一个人，而沈燃扛了快两年。

他的心智，远比同龄人要坚韧。

一个人若是有了致命的闪光点，那身上其他所有的缺点都可以忽略不计。

就像是打光板，肤色不均，皮肤不好，在光之下，全都能变得饱满漂亮。

这是光的效应。

黄鑫一次一次地道歉，直到许樱说一句“没关系”才松一口气跟班里同学去玩。

之后，许樱独自一人去了图书馆。

图书馆在一中校区的最北边，高中时期，学生们为高考而学习，没太多时间涉猎课外读物，一中图书馆里最多的就是以“五三”为首的各科复习真题，放在二楼最显眼的地方。

许樱上了三楼，找了很久，才在偏僻的角落里找到一本《小王子》。

版本很老旧，状态却很新，一本一本整齐摞在一起，没有多少人翻过。

《小王子》是则童话故事，很短，通篇读完，也不过半小时的时间。

从遥远星球降落在地球的小王子，自以为自己的花是独一无二，其实那只不过是朵玫瑰花，和地球上千千万万朵玫瑰花都没什么区别。

他在旅途中遇到了很多人，遇到了领地只有自己一个人的国王，遇到了红脸先生，也遇到了狐狸。

狐狸教给他，只要我们相互驯服，就是彼此的独一无二。

他之于狐狸，玫瑰花之于他，都是独一无二。

最终，小王子决定离开地球，回去找他的玫瑰。

“To me ,you will be unigue in the world.（对我而言，你是世上唯一）。”

“To you,I shall be unigue in all the world.（对你而言，我是独一无二）。”

这两句话，是曾经沈燃抄写在本子上的。

她闭上眼，仿佛能看到就在教室里，就在那个窗边的位置。

沈燃顶着惺忪睡眼，信手翻着书页，随便翻到哪一页，就拿着笔随手在纸上记下两行。

窗外的枯树抽了新芽，花苞开花。

是红红一树的玫瑰花。

他是拥有所有玫瑰花的王子。

所以王子，你在哪里呢？

操场上，“2V2”篮球赛宋嘉平队以20分的巨大领先优势获胜。

宋嘉平接了几瓶女生递过来的水，礼貌地说着“谢谢”，手上一瓶都没有打开。

他的目光在人群里搜寻，却没有了许樱的身影。

“学长能加个微信吗？”可爱的学妹大胆地追上来，见方才和煦笑着的学长眼中突然清冷下去。

他摇摇头，语气还是很温和有礼，说：“不好意思，我没有带手机。”

“哦，那好吧……”学妹满怀失望，但也只能遗憾地走开。

被高大男生挡住的郑知许从人和人的缝隙中探出头，眼神锁定宋嘉平落寞的背影，得意地做了个鬼脸。

她要保护樱桃，远离一切可能会打乱樱桃生活的人。

/第九章 童话镇的一秒钟/

1.

接下来的一周，沈燃那边依旧没有任何消息。

许樱给自己列了时间表，每时每刻要做什么都写下来，逼自己按计划完成，学习效率比之前还要高。

“这个时候我们乱了，别人更会说沈燃起了不好的带头作用。如果真的为了沈燃好，就努力去做自己应该做的事情，然后等沈燃回来。我相信，这也是沈燃想要看到的。”

许樱的话像是强心剂，郑知许深以为然，也渐渐冷静下来，决定在剩下的日子里好好努力。

晚上，许樱的直播间对整个年级的同学开放，并延长一小时，自愿加入。

一时间，一中的学习氛围更浓了。

许樱过得很充实，时间被填得满满当当的，等到十一点，直播结束，刷题结束，万籁俱寂时，躺在床上的她总是不可控地想起沈燃。

她脑子里充斥着在祁山镇的一幕幕，有漫天的杨絮，有不见尽头的公路，有西沉的太阳，有烫手的红薯，有甜香的栗子……

那几天，像是一场梦，一场最盛大的梦。

她沉醉其间，不愿意醒过来。

又一晚睡得不好，第二天早上，许樱脑袋有些昏沉，是手机铃声把她叫醒的。

来自她又有段时间不见的亲哥顾放："我早上刚好有空，一起吃个早饭，也让你大早上看看你帅气哥哥的俊脸。"

许樱听完，真的很想这么一睡不醒。

顾放在小区旁边的早餐店等她，炸得酥酥的油条，熬得入味的茶叶蛋，卤子鲜香豆腐软烂的豆花，不大的店面里充斥着烟火的香味。

顾放豪气地一挥手："放开吃，哥哥买单。"

许樱看他一眼，恍然大悟道："你被队里开除拿赔偿金了呀！"

顾放被噎住少有地没回嘴，见她表情语气都很轻松，叹了口气："没有，但也快了。"

许樱小口地咬着油条，咽下去之后抬起头，很认真地说："哥，我没事，你不用有顾虑。我已经长大了，不管什么事，我都会学着去接受。"

顾放看了她一会儿，确认她眼神没有往常的躲闪，才斟酌着开口："就算我不说，你也应该能知道，市队的成绩不好，说不好那都是轻的，简直是烂得要命。如果不是盛指导，我也不会接这一堆烂人。"

盛指导，就是当时挖掘顾放，一手带他出道的师父，对他有知遇之恩。

之前队内选拔体系一直有纰漏，只选各大体校或者青队的队员，可射击这个运动有太多的不稳定性，成年之后才练习，几年就在世乒赛上夺冠的天才并不是只有一个两个。

队内选人眼光狭窄，顾放接手之后积极改革，可市队的名声在外，好苗子都流到外省去了。

“这两年该做的我都做了，也算对得起盛指导。”顾放一口干了一海碗豆浆，许樱看着都撑得慌。

她把自己那碗没动的也推过去：“喏，给你续杯。”

顾放没接她的梗，兀自笑了一下，那笑容有些苍凉的味道，他眼神黯下来：“小樱，我好想带个世界冠军出来啊！”

许樱的眼神凝住，耳畔陡然响起那伴着湖边的风灌进她耳朵里的声音：“我要做世界冠军。”

“沈燃。”这两个字一出口，兄妹两个皆是一怔。

许樱完全是下意识地开口，而顾放没想到她这么快就想到了沈燃。

看到顾放的表情，许樱试探着问：“你想带沈燃是吗？”

“沈燃刚到一中的时候，我就联系过他，不过那时候有误会没怎么谈。”

顾放将联系沈燃的事情刨去自己丢人的那部分大致和许樱交代了下，然后承接现实时间线：“两周前我去洛城，是想签一个联赛上出头的黑马选手，但还是被别的队抢走了。我正烦着呢，沈燃发消息给我说，说想在我这儿训练。我本来想等到他毕业再敲他，没想到惊喜来得这么突然。我急忙赶回来，他却又有事鸽了我。”

顾放懊恼，像一个苦苦等待心上人回头的小可怜：“那之后我发消息他就没有再回我，打电话也不接，我得到消息他不在一中，去了外省。我这颗心啊，拔凉拔凉的。他一定是被哪个人给弄走签了，我悔啊，好不容易等来的希望，又要破灭了。那些情爱与时光当真是错付了！”

话说到最后，顾放嗓音隐约都带了哭腔。

许樱伸手蹭了蹭顾放的眼角，顾放往后躲：“干吗？”

“我看你有没有流泪。”

“我心里在流泪，你看不到。”

许樱沉默了一会儿，开口说："有人说他去试镜了，你说他去签约了，我也不知道沈燃到底去了哪儿，我可能帮不到你。"

顾放能因为队里的事情来找她，许樱知道他是没有办法，才死马当活马医，来问问沈燃会不会联系她。

听许樱这么说，顾放并没有怎么气馁："要换作我是沈燃，我也不愿意进成绩这么差的队，这也正常。嗐，是我做梦了。"

许樱拿勺子，戳了几下豆花。

她低垂着眼，声音也像低进尘埃里："哥，这是你的梦想吗？"

"什么？"顾放没太听清。

"得世界冠军，也是你的梦想吧！"许樱抬起眼，眸底有微光。

顾放故作轻松地摊手："不想当将军的士兵不是好士兵，但凡做运动员的，谁不想拿冠军，你来当运动员你也想。可冠军不是谁都能拿的，成千上万人里只有一两个能得的，剩下的人那不是梦想，是做梦。"

"你可以得的。"许樱顿了一下，"我知道，你本来应该是可以得的。"

他们之间，从来没有谈过这件事。

许樱刻意回避，顾放也深知这是她病的成因，连边角都不愿意提起。

就在这一个许樱没太睡好醒来的清晨，在人来人往的早餐店，她突然就很自然地开了口。

顾放喉咙哽住，摇摇头："没什么本应该，没得就是没得。这个世界上有太多运动员，在赛场上拿了一次又一次积分赛的第一名，但在世界大赛上次次脱靶。你可以说我成绩好，但不能说我本来应该可以得。就算没有你的事情，谁都不能保证我一定能拿下那次比赛，哪有那么容易。"

"小樱，你是我妹妹，我只有你这么一个妹妹。当哥的对妹妹好，是天经地义的。"顾放靠在椅背上，姿态很放松，"冠军虽然对我来说很重要，可远远没有你重要。如果你当时真的出了什么事，我会一辈子活在痛苦里，永远也走不出来。拿了冠军对我来说，又有什么意义呢？”

许樱的指尖发凉，温热的手覆在她的手背上，握了握，给她安心。

当年她在医院里醒来，第一眼看到的，就是这样的一双手。

她曾为这双手不能捧起奖杯，而怨恨自己，厌恶自己。

现在，也因为这双手而决定放过自己。

她在长大，时光在向前。

顾放想培养一个世界冠军，说是弥补自己的遗憾也好，说是来展现自己的冠军能力也好，他和沈燃是一样的人，目标清晰而明确。

前方有希望，就能将人从沉溺的过去中拉出来。

“哥，沈燃可以吗？”

“他是我近年见到的，最有天赋的苗子。他这还没系统地练，如果他能跟着我，我认为他就是下一个世界冠军。”顾放不笃定自己可以拿当年的冠军，却对沈燃的未来有十足的信心。

顾放不是会说大话的人，许樱明白，错过了沈燃，顾放将会错过最好的机会。

她回握住顾放的手，紧紧地攥住：“我会尽我所能，让沈燃跟着你训练。”

她也想看着沈燃，成为这个冠军，她想看着顾放和沈燃一起捧起奖杯。

“小樱，你好像变了很多。”顾放很欣喜这种改变，他说得小心翼翼的，怕呼吸重了她就会变回去。

之前褚阿姨也这么说过，许樱笑着，双手捧着脸，毫不要脸地说：“变可爱了我知道。

“不过，我一直都很可爱。”

只有可爱的人，才会有别人对她好。

郑知许的，顾放的，还有……沈燃的。

只不过过去，她不觉得自己值得。

以后不会了。

一顿早饭吃得兄妹两个都热血沸腾，活像是吃了一桌鸡血宴。

顾放提出送许樱去上学，许樱说："阿许要是在公交车上等不到我会着急。"

"阿许？你之前说的那个小同桌？"

许樱点点头："就是她。"

顾放刮了刮自己的鼻子，轻咳一声："这个容易，你先上车，我去公交车站边上等，之后送你们一起去学校。"

许樱有些惊讶："你见过阿许？"

"之前在游乐园，我和她一起抓过贼的你忘了？"

"哦哦，我想起来了。"

不用挤公交车，许樱还是很快乐的，她迅速钻进车后座，把事情交给顾放去办了。

顾放腿长个子高，从小练体育，站姿比一般人要挺拔，就这么一会儿许樱已经看到好几个路过的女生回头看他了。

在许樱有印象里他就非常招蜂引蝶，但因为进队训练很苦，顾放一直都没有交过女朋友，用他的话来说就是："我可不想异地恋，找女朋友要是不天天见面吃饭睡觉都在一起，那哪儿算谈恋爱。我单方面宣布，把异地恋开除恋爱籍。"

顾放以前做队员现在做教练，大部分时间都在队里，根本看不到不异地恋的希望，怪不得奶奶要跟沈燃偷偷地骂他。

许樱想起沈燃荒腔走板学奶奶骂人，低头笑起来。

那边231路公交车在令问街这一站慢慢刹车，准备停下，郑知许打了个哈欠，往座位里靠了靠，等着许樱上来投喂她今日份的早饭。

"哇，前面那个哥哥好帅啊！"

"我……我好像在哪儿见过！想起来了，是在昨晚的梦里，呜呜呜……"

后座的两个女生咬耳朵，叽叽喳喳的。

郑知许嗤笑一声："真是没见识，到底能有多帅……"

她歪过头，顺着车窗看出去。

车在这一刻停下，外面站着的帅哥的眼随着车的前行而移动，目光似在寻找什么。忽然像是发现了什么，他扯起唇笑了下。

“哇，哥哥看过来了，好像是在看我！”

“别做梦了，是在看我，他的眼睛已经在勾我了，呜呜呜，这是令问街妲己吧！”

顾放的手对着郑知许勾了勾，郑知许立刻站了起来，顺着人群往外挤，走了两步想起来什么，对着后座的那两人神气地一扬眉：“他是来找我的，你们不要做梦了。”

郑知许对别人神气，但一下车面对顾放就忍不住紧张。

顾放像是没发现，指了指路对面的车：“我今天送小樱上学，顺路也捎你过去吧！”

郑知许重重地点头，很客气很有礼貌：“那谢谢哥哥。”

这个称呼一出，郑知许很想找个地缝儿钻进去。

顾放眼神恍惚：“你叫这个称呼，让我想起一个名场面。”

“什么名场面？”

“张飞喊刘备。”

郑知许一愣。

“哥哥！”顾放气壮山河一声吼。

郑知许觉得，很好，她立刻去找豆腐自尽！

顾放很快领郑知许到了车边，许樱往里面挪了挪，给郑知许腾位置。郑知许眯眼笑了一下，然后迅速打开副驾驶的车门坐了进去，将安全带扣好，双手放在膝头，乖巧地说：“那就麻烦哥哥了。”

许樱有点疑惑，阿许今天，怎么更奇怪了啊！

顾放已经听过一次，这一次已经有了心理准备，他手拿着钥匙敲了敲方向盘，回道：“不客气，三弟。”

三弟又是谁啊？

许樱脑袋发晕：“你俩……之前很熟吗？”

“不熟。”

“不熟啊！”

许樱看着这两个人很熟的样子，也许这是独属于他们这些社交达人的天然表现吧！

一见如故？

大概就是这么个感觉吧！

2.

进入高三后，季节仿佛都模糊了，时间也不被日历上的日期定义，而是被考试划分。

三轮模拟考试结束之后，紧接着就是高考。

月末，第二轮模拟考试来袭。

从老师们的角度来说，二轮模拟考试是个分水岭，学生们的最终考试成绩和排名，几乎会在这一场考试中稳定下来。

许樱的时间表比之前还要严格，每天把自己淹没在题海间，下午放学一直学到学校关门，晚饭就在食堂解决。

晚上的直播课在传授学习方法之后也暂停了下来，之前那场体活课上的打篮球是她最后的放纵。

养樱桃的郑知许关心她的成绩胜过自己，一手包办许樱的早饭午饭晚饭，外加牛奶饮料。

下午放学，一中食堂。

郑知许给许樱抢到了最后一盘糖醋小排，许樱摇了摇头，把排骨推给她：“你吃吧！你最喜欢吃糖醋小排了。”

“那怎么行，我答应人好好照顾你。”

许樱正戴耳机听作文朗读，没听真切，她摘下耳机，问：“你说什么？”

“没什么，嘿嘿，我说你这么辛苦得好好补补，瞧这小脸都瘦了一圈，我这越上高三越胖，该减肥啦！”

“我这儿多拿了一份糖醋小排。”宋嘉平端着餐盘，放到两个人的桌子上，笑着说，“匀给你们好了。”

许樱婉拒：“不用了，我不是很喜欢吃糖醋小排。”

郑知许倒是一点儿不客气，将一小碗糖醋小排端过来：“那就谢谢宋同学了。”

“不用客气。”宋嘉平摇头，余光里许樱伸手夹了一筷子清炒藕片。

吃了人家的嘴短，郑知许也不好意思不让宋嘉平坐在这儿，她一边吃一边盯着宋嘉平，一心二用，吃得饭粒都沾到了脸上。

许樱递给她纸巾，示意她擦一擦。

郑知许吃饱了也有心情说话了：“宋同学怎么还下凡来食堂吃饭了？”

“今天家里没有人，就近过来了。”宋嘉平拿着格纹手帕擦着手，推了推眼镜，“那边有饭后的甜点，今天是红豆双皮奶，我请你们吃吧！”

“那多不好意思，多加点儿红豆，谢谢宋同学。”

宋嘉平点头，看向许樱：“你呢？许樱。”

“我不喜欢吃双皮奶，我不喜欢吃甜的东西。”许樱很直白地说，听起来格外像是借口。

几次三番的拒绝让宋嘉平心里也有些不舒服：“你不是很喜欢吃甜的吗？”

许樱收起耳机，抿了抿唇，说：“曾经很喜欢。”

换言之，就是现在不再喜欢了。

宋嘉平突然就想起之前沈燃说的那两句特别刺耳的话：“小时候的牛奶小时候喝很好，可并不适合长大再喝，口味变了，喜欢更好更合适的牌子。

“时间在向前走，人也是一样。”

那种自重逢而来的深深的挫败感又涌了上来，他有些口不择言：“那沈燃呢？”

这话问得前言不搭后语的，许樱仿佛没听懂，皱着眉：“沈燃怎么了？”

“没怎么，只是好长时间没看到他，我以为你们会知道他去哪儿了。”

许樱很诚实地说：“我不知道。”

宋嘉平不再说话，沉默着起身去买双皮奶。

等他再回来，那个位置已经没了人。

只留着一张字条，是郑知许留下的。

——双皮奶欠着，下次请我哟，提前谢谢宋同学了！

宋嘉平坐下，盯了字条很久，盯得眼睛都快花了，总是弯着的嘴角放平，喃喃低语：“我好像怎么做都不对。”

像以前一样送牛奶不对。

说话不对，打球不对，帮她拿她喜欢吃的也不对。

他走了一趟再回来，一切仿佛都不对劲儿了。

可这一次，明明和之前他去比赛走的时间也并没有差多少。

那种不解的苦恼渐渐漫上来，像是最熟悉的琴谱，每一个音符都熟记在心，可弹奏的时候却不成曲调。

少年揪着琴谱反复地练习，也找不到原因。

人类的悲喜并不相通，宋嘉平苦恼时，暗中把他当敌人对抗的郑知许表示爽到了。

到令问街目送许樱下车，郑知许激动得在车座上打滚。

许樱显然不知道这其中的弯弯绕绕，她背着书包沉默地往回走，到小区门口听到一声清亮刺耳的喇叭响。

她没当回事，再迈步，车喇叭再一次响起，比刚才急促很多，很明显是叫她的。

许樱这才注意到，小区西侧的那棵大榕树下，藏着一辆黑色的车。

许樱眼睛倏地亮起来，几乎是小跑一样到了车前。

这车比之前宋帘开的大很多，后车车门打开，一双好看的眉眼对上她的：“许樱是吧？快点儿上来。”

许樱的肩膀却一下垮下去。

不是沈燃。

“喂喂喂，你这是什么表情，我这么帅你怎么这副嫌弃的表情啊！”陈最气急败坏，呵了一声，“果然是和沈燃同流合污的人，和他一样审美落后。”

“你认识沈燃？”许樱眼底刚熄灭的光重新亮了起来。

陈最非常有未来顶流的危机意识：“这里人多眼杂，上来再说。”

车上除了司机，后座还有一个长相很温柔的姐姐，非常熟络地自报家门：“我是小最的经纪人，叫我唐姐就好。”

“你好。”

陈最摘了口罩，许樱仔细地看着他的脸，总觉得在哪里见过：“你是……”

陈最露出个迷人的微笑，许樱说：“看沈燃不顺眼的那个陈最吧！”

陈最的面色陡然变得铁青，随后没忍住翻了个白眼。唐姐看陈最吃瘪，没忍住笑出了声：“你们兄弟这冤家的角色还真是深入人心。”

许樱无意间发现了这个秘密，惊得嘴巴大张：“兄弟？你和沈燃？”

“才不是。”陈最拒绝和沈燃扯上关系，他烦躁地扯了扯衬衫领口。

这女生不光审美随沈燃落后，说话也和他一样，处处戳人心窝子，这就是人以群分吧！

陈最不想和许樱多待，速速说明来意：“沈燃被老头子带去封闭训练了，具体去哪儿我就不知道了。他之前很久没训练，老头子为了让他专心把他所有通信设备都没收了，他在走之前让我来告诉你一声。我这日理万机通告太多了，到今天才有空过来。”

沈燃之前说想到了办法，应该就是陈最说的这些了。

横亘在心头多时的疑问终于有了答案，许樱沉默了一会儿，忽地笑开："我就知道，他一定不会放弃的。"

她这笑容太璀璨，又太美丽，有种向死而生后脆弱的惊艳。陈最看得有些发愣，他上一次看到这种笑，还是某部老TVB剧里女主知道男主没死时演出来的画面。

唐姐拍了拍他，提醒："沈燃不是给了你个东西？"

"哦，哦。"陈最从口袋里翻出个小字条，叠得很规整，"沈燃给你的。"

这对异父异母的兄弟俩完全不一样，沈燃怕热，陈最怕冷，这个时节车上还开着暖风。

许樱握着字条走下车，热得有些出汗，连嗓子都发干。

得到了沈燃的消息，又得到了字条，她恍惚得像是在做梦，她在小卖部随手拿了一瓶水，站在门口仰头灌了大半瓶，才稍稍解渴。

一排排路灯又亮起，绿叶在光下摇曳。有小孩子踢踢踏踏地跑过来，浑身是汗，抱着球去买水喝。

夏天未至，春天正浓时。

许樱慢慢地走回家，阳台上的桃花已经开完，花瓣落在水泥的缝隙中，要落未落。

她将花瓣收起来，夹在字条中，又忍不住抚下去花瓣，借着客厅透过来的那一点儿光，再一次看字条上的内容。

——To许樱。

是他每次给她传字条惯例的开场白。

——嘉城很好，天气很好，离祁山镇也不算远。

——糖炒栗子和烤红薯，我们每周都可以回去吃。

——许樱，我们一起去嘉南大学吧！

"嘉南大学……"

许樱想的一直都是逃离这座城市，从没考虑过同是名校的嘉南大学，只因为离得太近了。

她逃离嘉城，是为了摆脱过去。

她如果留在嘉城，是为了未来。

一个，有沈燃的未来。

那一定是个，很好很好的未来吧！

许樱摸了摸脸，热得发烫，喉咙又有些发干。她把剩下的水一饮而尽，还是觉得不够，又用樱桃图案的水杯接了大半杯，捧着大口大口地喝。

“这水怎么喝完晕晕的……”许樱到卫生间，手掬着冰凉的水往自己脸上拍，无意间抬头，看到圆圆的镜子里，自己脸红得像是只熟透的番茄。

她吸了吸鼻子，捧着自己的脸，左右端详着，说了一句：“确实很可爱，怪不得阿许总是说我可爱。”

许樱看了半天，脚步有些踉跄，带倒了放在门口斜插着最后一枝桃花的小瓶子。

她还记得将花捞起来，揣在臂弯里走进卧室。

随手扔在书桌上的手机屏幕发出异样的光，她手撑着桌面坐在椅子上，来电显示是一个来自外省的陌生号码。

陌生号码她是惯来不会接的，今天或许是那一瓶水让她变得不像自己，她看了一会儿就接起来了，轻咬下唇，模糊地吐出一个字：“喂……”

电话对面一片沉默，她又“喂”了一声，那边才开口：“许樱，是我。”

简单的称呼，后面没有说是谁，许樱却一下就听出来了。

她觉得自己浑身像是被火烧一样，连带着脑子都烧得混混沌沌，她应该是笑着的，因为她摸着自己的嘴角，是上翘着的：“是沈燃呀……”

她声音很含糊，娇娇的尾音上挑，像是化开的棉花糖，绵绵密密沁进人心里。

沈燃一下就听出了异样：“你喝酒了？”

“没有！”

许樱坚定地开口，脊背都立得直直的，只是没撑一会儿就歪在了书桌上：“我只是刚喝了一瓶水，一瓶水，就只有一瓶水……”

她一句话重复几遍，沈燃也不和她再争。

沈燃望着山巅隐没在昏暗里的翠绿，沈复想知道他的实力再做打算，几乎是绑着他来训练的。

在这里累倒是其次，苦他吃得够多了，也不怕苦。

他只是很遗憾，看不到她此刻的样子。

“你有话快点儿说，别被人发现，不然让沈总知道我会死得很惨的。”宋帘猫着腰过来提醒他，一双眼骨碌碌来回转。

这些日子沈燃晒得皮肤黑了一些，身上的野性更足，眼风扫过他，那种不是好人的感觉更明显了。

宋帘乖乖闭嘴，走出帐篷替他把风去了。

“沈燃啊，沈燃……”

话筒里，许樱在锲而不舍地叫着他的名字。

沈燃心痒痒的，含笑接上她之前的话：“嗯，只喝了一瓶水。那你是为什么要喝‘这一瓶水’？”

许樱笑起来，声音透过话筒也清晰可闻：“我高兴！

“陈最今天来找我了，我高兴！”

沈燃查过各种资料，也询问过沈家相熟的医生，知道对一个有情绪类疾病的人来说，简单的“高兴”这种情绪，得来难于上青天。

沈燃笑了一下之后，冷下脸，问：“陈最今天才去找你？”

许樱已经毫无辨别语气的能力，他的任何话落在耳朵里都是平铺直叙的文字，她只点头：“是呀！

“沈燃，我真高兴，我好像好久好久好久都没有这么高兴过了。”

沈燃不想把这宝贵的时间分给陈最，顺着说：“那你上一次高兴是什么时候呢？”

许樱的呼吸很均匀，似是睡着了，过了一会儿才开口：“是之前知道没事的时候，再之前……好像是顾放带我去游乐场的时候，他偷偷从队里跑出来带我去的。我想要那个好大好大的熊，比我的个子还高……”

她顿了一下，仿佛比画了一下，才继续说：“其实也好像没那么高……顾放把自己所有的零花钱都花光了，打了一下午，才把那个熊拿到。我开心极了，抱着它回家，然后……”

“然后？”

许樱的声音哑下去：“妈妈知道顾放为了带我玩，耽误了半天的练习时间，她很不高兴，拿剪子一下一下把大熊剪碎了，扔到了垃圾桶里。我哭着去翻垃圾桶，只捡回了一点儿大熊的棉絮。后来，我就再也没去过游乐场了。”

沈燃也沉默，他突然很想冲回去摸摸她的头顶，给她安慰。

可他也知道，这是唯一能听到许樱心声的时候，他知道她发病的症结，才能真的拯救她。

于是，沈燃把声音放轻、放柔，同她低语：“小樱桃以前，吃了很多苦是不是？”

“妈妈和我说，最苦的日子我还没有出生，所以我这根本不叫受苦。”

许樱絮絮叨叨说着以前的事，沈燃很快勾勒出她一家的形象——祖辈出身贫苦，父母皆在镇中长大。

长子有射击天赋很早就被选进校队，是带他们走出长久压在身上的贫困阴影的希望。

父母为长子扬名前的训练外出打拼，无意间做生意发了家，因为忙碌，小女儿被扔给奶奶抚养。

许樱即将升初三那一年，也是顾放作为射击运动员以预赛第一名闯进世锦赛决赛的那一年，世界聚焦在他身上。

一个马上要中考，一个是家中给予厚望能带来荣耀，这一对兄妹的人生，都面临着重要的转折点。

就在这个时候，许樱生了病。

“从小到大我的成绩都很好，可爸妈并不因为这个高兴，他们总说小女孩就知道学习，长大了也没太大的出息。不管我做什么，他们好像都不满意。他们把关注的目光都放在顾放身上，我就想努力，努力考好这一次，我要做中考状元，我要考到最好的一中去。

“可不知道为什么我越这么想，就越是心慌意乱，注意力下降，复习效果很差。一开始我不知道这是病，我只觉得心情很不好很不好，看书的时候觉得课本上的字在我四周乱飞，我抓不住它们在哪里。我很恐慌，我不知道怎么办，我和爸妈说，他们说我女孩家就是容易矫情，是我没把精力全放在学习上，才有心思胡思乱想。

“祁山镇离初中很远很远，我住在学校的宿舍里，每天每天睁着眼到天亮。我觉得自己坏透了，从身体往外的坏，有一天早上，我醒来，感觉喉咙像是被人掐住，我怎么也说不出话，也没有力气去挣扎，我觉得自己得了什么绝症。”

她说着，轻轻地笑了一声，像是在笑那时的傻瓜。

落在沈燃耳朵里，酸涩得就像一把刀，一刀一刀将她身上最后一层苦涩的外衣敲掉，他看见藏在里面的，蜷曲着的，泪流满面的许樱。

“我给妈妈打电话,我说我心里很难过,她打了一笔生活费给我，让我别成天胡思乱想，就把电话挂了去忙她的生意。我觉得我快病死了，死之前我有遗言想说，奶奶年纪大了我不想让她担心，我辗转要到了顾放在国外的联系方式打了电话给他。如果我真的死了，除了奶奶，只有顾放会记得我吧！

“我不记得我说了什么，好像是让他好好照顾奶奶吧……之后迷迷糊糊我就没了意识。”

许樱再睁开眼，眼前是一片刺眼的白。

耳畔是许婧愤怒的叫声：“什么焦虑症什么情绪抑郁，不过就是小孩子成天不做正事胡思乱想，她能有什么事啊！你等了多少年等到这么一个大好的机会，怎么就能为了看她这么跑回来而白白丢掉了！”

顾放咬着牙反驳道:“我的手在出发前就受伤了,比赛我参加了，最后成绩不好是我自己的问题，和小樱有什么关系？甩锅也得有个基本法吧！”

“你预赛成绩一路领先，要不是她给你打的那个电话让你分了心，冠军就是你的！”

顾放冷笑，声音带着嘲讽：“你是赛事主席？谁得冠军你早早预定？许女士你是来搞笑的吧！”

许婧还要再说什么，被顾言山喝住：“吵够了吗？不嫌丢人吗？”

顾放疲于再和她说什么，蹲到床边，将许樱的手放到被子里。

刚握住，她的指尖轻动。

顾放抬起眼，看到她面色苍白，抖着唇哑声说：“哥……”

“我没有哭，我也没有很难过，我觉得我的灵魂飘在半空，看着底下的人在争吵。之后我休息了很长时间，直到中考才回去考试，是顾放陪我去的……哦，对，就是他自己陪我去的呢！”

第二年的中考的考试难度并不算高，许樱就算有一段时间没有复习也算是顺利考了下来。这不到一年的时间里，顾放手伤不能再打比赛，退役归家养伤，照顾许樱。

中考结束，许樱顺利考进一中。

在去嘉城前的那个暑假，许樱配合吃药，远离一切。

在耗过药物的副作用之后，时光好像又回到了小时候，在祁山镇，奶奶、顾放和她，守着那个小院子，度过一日一夜。

慢慢地，她的情绪稳定下来。

只是许婧和顾言山的注意力，从顾放，移到了她身上。那些她从来没听过的溢美之词，从他们的口中说出来。

“这孩子从小就聪明，我和她爸也没怎么管……哎呀，我也不知道她怎么学的学这么好，反正有这么个女儿我这辈子就知足了。”

……

电话里，声音骤然贴近，仿佛是许樱握紧了手机更贴近自己。

她无意识地笑了一下：“我以前那么努力，就想让他们夸夸我，让他们抱抱我……后来他们夸我抱我了，我却只想离他们远远的。

以前是顾放，现在是我，在他们的眼里，谁能让他们面上有光，谁就是他们的好孩子。”

可枯萎的花，迟来的阳光没办法唤醒它。

许樱一点儿也不觉得开心，反而更麻木。

像是内心想和过去的自己一刀两断，才不会被过去的痛苦牵绊，许樱的口味变了很多，以前爱吃的甜的辣的，她都敬而远之。以前喜欢的五颜六色的衣服，都被她封在衣柜里。

许樱逃得远远的，顾放为了让她住得安心，找遍了嘉城才找到一个和祁山镇一样，有桃花，安静又温柔的小区。为了许樱不再为家里困扰，只要顾放在嘉城就会挡着许婧不让她去找许樱。

可十次总会有一两次，让许婧钻了空子。

“我也不记得从什么时候开始，他们互相抱怨，每次妈妈找我，都会说一通爸是怎么对不起她。爸爸偶尔给我打电话，也会说妈妈总在外面玩，大半夜也不回来。每次接触到他们，我都会不舒服，我不想吃药，我努力做一个正常人，我想控制自己的情绪，不想做被药物控制的人偶，可好难啊，好难啊……

“我害怕大家的目光聚在我身上，我觉得那是在笑我。

“我想找一个壳子把自己缩在里面，让谁都看不到我……”

她终于啜泣出声，那泪软软绵绵，隔着时间和空间，滴进千里之外沈燃的心里，灼得他浑身都发疼。

“我在小区后面树林里找到你的那次，你见过你妈妈了是不是？”

许樱想了很久，才嗫嚅着开口：“我不记得了……”

“不记得也没关系，都过去了。”

“现在有人喜欢你就更重要。许樱，现在有很多人喜欢你。”沈燃心念鼓动，却忍了又忍，只轻声说，“等我回来。”

许樱轻轻地抽泣，慢慢酿成一场号啕大哭。

沈燃一直在低声问什么，后来她不记得自己再说了什么。

夜渐渐往深里坠落，坠落到最黑处时，就会有光亮起来。

她在黑夜里踽踽独行，不知前路，不知方向。

直到有一天，有一束光撕裂她头顶的阴霾，照进来。

光在她耳畔呢喃：“不想面对，就把脸藏在我的后背。”

她迷迷糊糊的，在光下沉睡。

3.

人生中，没有什么，会比宿醉后的第二天早上更让人茫然的时刻了。

许樱睁开眼，只觉得一阵刺痛冲击着自己的天灵盖和太阳穴，她撑着胳膊起来，一片茫然：“我怎么在桌子上睡着了？”

一开口，嗓音嘶哑得变了音，喉咙干疼得厉害，桌子上有半杯水，许樱仰头一口气干了。

干到一半，破碎的记忆里冲进来几乎一模一样的动作，许樱差点儿呛到自己。

她咳了两声放下水杯，捡起已经滚到窗帘下面的水瓶，捂着额角痛苦地道：“果然是含酒精的饮料。”

顾放酒精过敏，以前喝一点点就会浑身通红，她也没好到哪里去，才 4 度的饮料喝一瓶就断片了，这兄妹关联可以说非常紧密了

许樱去洗脸，冷水一下一下往脸上拍，她脑子清醒了不少，看着镜子里眼神涣散的自己，觉得这一幕也仿佛似曾相识一样。

“然后我干什么去了？”她沿着路回到卧室，自己那只可怜的老年机已经没电，黑屏静静躺在小樱花台灯旁边。

她连上充电器，过了两分钟，手机艰难开机。

通话记录显示，昨天她和一个陌生号码打了三小时四十八分的电话。

许樱竭力回想，实在是想不起来太大块的对话内容，只有残留在脑海里的断断续续的声音碎片艰难拼凑成一个完整熟悉的声线。

是沈燃。

之后的每天早上，教室的桌子上都会摆着一瓶透明玻璃瓶的牛奶。

中午下课，郑知许全程围在许樱身边，将她的饮食安排得妥妥当当。

郑知许有时去玩或者不在学校自习，下了晚课许樱独自一人回家时，总会在学校门口看见停着的车，牌子不同，司机也不同，但都是陈最叫来送她回家的。

沈燃依旧不在一中，可他又像是随时随地都在她身边。

他的气息浓重得似醇厚的薄荷糖，一颗含下去，清冽的气味无孔不入，又舒心畅意。

二模考试结束，许樱成绩稳定，依旧排在年级第一位，让她高兴的是，她最不擅长的语文作文，在这一次拿到了43分。虽然和年级语文大手比还有差距，可总算不跑题了。

这一次她看作文的题目，并没有太深想，第一眼看到什么就下笔写了什么。

“不要多想。”

这是她现在不管学习还是生活，最重要的四字箴言。

郑知许排名提升了五名，虽然还在倒数，但足够她兴高采烈，快乐地争取许樱生日的承办权。

许樱生日就在五月十九日，她上户口的时候出生日期填错了，比她真实的年纪大了快一岁。

除了家里人，只有郑知许知道她真实的生日。这还是郑知许软磨硬泡才问出来的。每年郑知许给她准备一个小蛋糕，两个人蜡烛都不吹，吃完就算过完了。

因为许樱不喜欢吃甜的，只是象征性吃一点儿，剩下的都被郑知许卷进肚子里。

“这可是毕业前你最后一次生日哎，得好好庆祝一下！”

郑知许兴高采烈地提议，不出意外地遭到许樱的摇头拒绝：“不用那么麻烦了。”

郑知许：“哦……”

许樱看她失望有些不忍心，想了想，又说：“我哥说要请我吃火锅，不然叫上李不言和蒋京，我们一起吃？”

“好耶！”郑知许跳起来，脸上带着许樱读不懂的红晕，“那蛋糕还归我负责，樱桃我好爱你！”

许樱也被感染，眯眼笑起来。

高中前两年许樱过生日时顾放都很不巧地不在嘉城，这一次好不容易他人在，发誓要给妹妹一个最好的生日。

晚上放学，热热闹闹的火锅店，顾放造气氛一个顶十个，大手一挥：“毛肚畅享，肉丸无限量，弟弟妹妹们给我吃起来！”

几人举着杯子敬出钱的人，他们喝的是饮料，顾放喝的是啤酒。

许樱一看见酒就有些心惊肉跳，想伸手去拦，顾放不在意地说：“你哥哥我现在已经脱敏了，千杯不醉就是我。”

许樱：“真的吗？”

她没拦住，但看顾放除了脸红一些嘴角一直挂着“天下没有人比我还帅”的笑，确实和平时也没什么异样，就没再管，专心和清汤锅里捞出来的丸子作斗争。

香滑的虾丸子，比虾滑肉质更紧，沾上她喜欢吃的酱汁，咬在嘴里一口满足。

她一连吃个三个，旁边喝到兴起的顾放敲了敲玻璃杯子，发出清脆的响声：“今天我们欢聚一堂，是为了庆祝我的好妹妹，你们的好同学许樱的生日。让我们一起祝许樱，生日快乐！”

火锅店的店员听到“生日”两个字像是雷达探到目标一样，手里举着写着“生日快乐”字样的灯牌，端着郑知许早先拿过去的蛋糕，从四面八方赶过来。

还没等许樱来得及反抗，一顶小巧的生日帽就已经戴在她的头上了。

店里的音响放着前奏歌曲，店员齐刷刷地站成两排。

“今天你生日，送上我祝福，特别的日子有灿烂的笑容……”

“我们来相聚，带着满满的关爱，祝福你好运常伴……”

李不言和蒋京已经完美融入店员，随着他们一起舞动。

熟悉各类男团女团舞的郑知许做领舞担当，顾放站在椅子上，拿着两根公筷，倾情投入，做全场大指挥。

其他桌的人听到声音，都笑着看过来。

许樱坐在所有人视线最中央，脸被火锅升腾起来的热气熏得发红。面前的每张脸都喜气洋洋，是在她走到今天的人生路上遇到的很好很好的人。她没有心慌，没有手心发麻，没有小腿发软。没有像以前一样，恨不得一秒逃开别人的注意中心。

她已经不再是之前的她了。

歌曲放到名歌词这一段，许樱站起来，拍着双手，跟着其他人一起大合唱。

“对所有的烦恼说 Bye Bye！对所有的快乐说 Hi Hi！”

“亲爱的亲爱的生日快乐，每一天都精彩！”

……

蛋糕是简单的慕斯蛋糕，只在洁白的糖霜上缀着一颗一颗晶莹剔透的小樱桃，精致又可爱，是郑知许在蛋糕店一眼就看中的款式。

她将写着“1”和“8”的数字蜡烛插到蛋糕上，站在顾放身边，朝许樱探出头：“樱桃来许愿吧！”

这是许樱这三年以来，第一次在过生日的时候点燃蜡烛许愿。

小时候每一次吹蜡烛，她都会许愿这世上有人只爱她，这一年许的愿望都没有实现，第二年她还是会继续许一样的愿望，小小的人只能靠这个希望一切变好。

长大了，她知道许愿本来就是虚无缥缈的东西，只是自己的慰藉而已，越是这样，越让她觉得人生灰暗没有希望。

今年，一切都不一样了。

她不单寄托于许愿，也会努力，等一个愿望成真。

许樱闭上眼，在一声声《生日快乐歌》里双手合十，虔诚地比在胸前。

她心里反反复复默念着愿望，睁开眼，将蜡烛吹灭。

“樱桃生日快乐！”

顾放喝了酒不能开车，就找了代驾，送许樱到家之后把郑知许顺路捎了回去。

许樱看他脚步很稳，就也放心，挥挥手和他们说再见。

郑知许降下车窗，对她远远地飞一个吻：“再一次说爱你樱桃！”

许樱被逗笑了，手上提着一个大大的袋子，里面放着今晚收到的礼物。

她心情很好，一边走路一边哼着歌，影子被拉得很长，她走一步，影子就跳一下。

慢慢地，影子和其他影子融在一起，没了清晰的轮廓，不分彼此。

许樱似是有所感应，心“怦怦”地跳快了两下，她抬起脸，那个消失了许久的人赫然出现在单元楼门前。

他今天不像之前那样总是一身运动休闲装，穿着板正的黑色西装裤子，灰色的丝绸衬衫，最上面的扣子解开，胸前的肌肉若隐若现。

头发也长出来了一些，软软地垂下来，不再显得那么凌厉，看起来倒像是有几分贵公子的模样。

许樱的脚步停住，抿了抿唇，有点儿不确定地喊了一声：“沈燃？”

沈燃垂头看了一下自己，揶揄道：“我才走了这么几天，你就不确定我是谁了？”

许樱摇头：“不是，就是……你出现得太突然了。”

沈燃走近几步，在她面前停下，这下近距离地看到，她才发现他黑了一些，可眼睛却更明亮了。

他说：“郑知许说你们去火锅店过生日了，我想了想我不太适合过去。”

“为什么不适合啊？”

沈燃笑而不答，很自然地去接许樱手里那个看着颇有分量的礼物袋子：“很晚了，我送你上楼。”

他先走一步，许樱脑子生锈，转了几秒钟才想起来提步跟上。

老式的小区没有电梯,这一层层的楼梯,拉长了他们上楼的时间。

许樱很想问沈燃最近都做了什么，问题刚问了一个：“你去哪里训练了呀？”

沈燃就反问：“那天打电话我和你说过了。”

许樱立马就“闭麦”了。

她现在最怕沈燃提起那天打电话的事情，她不记得自己说过什么，也希望自己没说什么，可那通话时长提醒着她，那是不可能的。

她很怕沈燃知道自己生病，和正常人不一样。他也怕和沈燃离得近，她会受到攻击再一病不起。

除了学习，她对有关于人心的一切事都没有什么把握。沈燃会有千千万万朵玫瑰花，她没把握做能驯服他的那一枝。

可驯服她的狐狸，却只有沈燃一个。因为他的到来，她的病情转好，他是她的一味药。

说到底她最怕的，是身边没了沈燃。

除了考学，她有了清晰的目标。

两人上了二楼，声控灯年老失修，听到跺脚声也不亮。

许樱摸索手机要开灯照亮，一脚踩空差点儿崴脚，在半空中乱扑腾的手被人抓住。

“怎么这么不小心。”他的声音带着呵斥，关心却更多。

许樱只觉得周遭安静极了，自己的心跳声才会像擂鼓一样，声音那么大，那么迅疾。

一束光打亮，沈燃拿着礼物袋子，指尖夹着手机照路，另一只手始终没松开，拉着她往上走。

“找时间和你们这儿的物业说说把灯换一下。”

不知不觉间两人走到了门口，这一层的灯亮着，沈燃伸手关上了手机，将礼物袋子放到她脚下时，顺手从里面拿了一个巴掌大小的瓶子。

浅棕色的，瓶身贴着一张写满英文的麻布条，看着像瓶香水，不知道他什么时候放进去的。

“这是我给你准备的礼物。”他按下银色的按泵，一瞬间，时光像是被扯回了祁山镇，扯回了那个温柔的夜晚。

炉子里的火，炸开的糖炒栗子，香香的烤红薯。

香水炸开的一秒就是童话。

“by the fireplace.（壁炉火光）”他念着香水的名字，带着一点点想要邀功的得意，“我不用香水，做了很多功课才找到这个味道。”

许樱拿着香水瓶子，放到鼻尖轻嗅，很诚心诚意地说：“我很喜欢。”

听她没说“谢谢”那两个字，沈燃笑得更深，他叫了她一声：“许樱。”

“嗯？”许樱不明所以地抬头，一道银色的光从她眼帘坠落。

她仔细一看，是他指尖垂下来的一条项链。

链条很细，中间缀着一颗小小的樱桃。

“这也是路边摊上买的吗？”

沈燃不置可否，许樱曾听郑知许说过很多次，陈最是仗着家里有钱买票出道的。

陈最和沈燃是兄弟，沈燃被他爸弄去专门训练的地方……沈燃的家世，肯定不寻常，他能送出来的东西也不会是路边摊买的。

“肯定不是。”许樱摇头，“你说谎了。”

“嗯，我说谎了。”沈燃丝毫没有愧疚的意思，“可你之前不也说谎了？我们就互相抵消吧！”

他的手晃了晃，那道银色的光碎在许樱眼底，像是一把钥匙，抓住它，就能开启一个新世界的门。

他问：“那你要不要？”

“要的！”许樱清脆地说出来，伸手将“钥匙”抓住，小小的一颗樱桃在她手中，比千斤还重。

在声控灯再一次灭了又亮起时，沈燃笑了笑。

许樱定定看着他的脸，心跳怦然。

世界再一次暗下来，她听见他的声音，划破黑夜，隽永而温柔。

“小樱桃，生日快乐。”

4.

2021 年 5 月 19 日

今天我收到了生日礼物，阿许、李不言和蒋京这三人组合起来买了一个很大的奖牌，上面写着：樱桃樱桃，法力无边。樱桃樱桃，岁岁平安。

顾放照旧买了一条很漂亮的裙子，很没有新意。是夏天的裙子，我想在高考那天穿上。

奶奶打了电话给我，等高考完，我想回祁山镇住上一个假期。

我还收到了沈燃的礼物，两件。

一个是祁山镇的所有味道，一个是属于我这颗樱桃的小樱桃。

所以我今天许了愿望，也有两个。

人们总说，好事成双。

我希望，我和沈燃一起上嘉南大学。

我希望，沈燃喜欢我。

/第十章 我的小樱桃/

1.

顾放是个诚实的人。

他和许樱说自己喝酒没事那就是没事，就算最后手脚不听使唤，第二天醒来头痛欲裂，那也是没事。

顾放拖着发软的身体倒了一杯冰凉的水，往下灌时喉头不自觉地滚动，疼得他“嘶”了一声，一照镜子，脖子上有个很明显的红痕。

昨天，他送郑知许回去时，经过一个水坑，车颠簸间她一头撞到他身上，头上的发卡划了一道。

顾放在市队不远的地方有个小公寓，平时他住队里，只偶尔过来。他这一不回去，周逸就觉得他在外面闹事了，未接电话一个接一个的，连他亲妈都没这么操心过。

顾放发了条语音过去：“昨晚喝酒去了，在外面住了。”

周逸很快回："你这声音这么嘶哑……不会去找女朋友去了吧！"

"别胡说。"

周逸看他这此地无银三百两的样子瞬间就疯了："是谁啊？是不是上次比赛那个腿巨长的美女主持？还是前段时间总来送花的那个你前粉丝兼地产老总家千金？是谁是谁？抢走了我的挚爱顾队！"

一个新来电进来，顾放眼睛一亮，瞬间抛弃周逸接了电话，他掐着喉咙，深沉地开口，语气很懒散："哪位？"

对面沉默一下，然后说："哦，我打错了。"

"喂喂喂，沈燃是吧，我是你哥，没打错没打错。"虽然他痛恨沈燃"鸽"了他，可不得不承认他至今都在等沈燃电话，急得头发都掉了好几根。

"你回嘉城了吗？"

"回了。"电话背景里传来器械搬动的声音，耳熟得顾放脖颈儿处的鸡皮疙瘩起了一片。

沈燃继续说："你今天有空吗，我想让你帮个忙。"

"有空有空，我闲得都要长蘑菇了。"顾放开着扬声器，一下跳起翻出衣服套上，嘴上问，"去哪儿找你？"

"红缨射击馆。"

红缨射击馆是嘉城对外开放的，最大也最专业的市内射击馆。

红缨射击馆占地三层，一层是给对射击有兴趣来玩玩的游客，二层是给有一定基础想找教练训练的射击爱好者，三层则是给已经掌握射击这项运动，有专业能力的运动员以及相关人群。

周二的上午，射击馆人不多，顾放一路走上去，很快就在三楼入口看到了沈燃。

沈燃穿得很闲适，一身黑色运动服，头上扣着一顶黑色的鸭舌帽，拿着手机低头在打字，显得气质很冷冽。

刚才电话里沈燃说了个大概，他爸要考他，考赢了沈燃就归自己。

顾放不太清楚这其中的关窍，就只下意识地问：“考输了呢？”

沈燃说：“不存在考输了这种事。”

顾放一怔。

霸气，他喜欢。

他一路激动，很想造个火箭直接飞过来，却碍于堵车只能在车流里挤向远方，时间一分一分流逝，他没了一开始的激动，只剩下疑惑。

沈燃他爸……考他什么啊？

“来了。”看到他，沈燃收了手机，和旁边教练说了两句话，把手机交给教练。

沈燃引着顾放上楼，走上楼梯，靠窗的黑色真皮沙发上坐着一个中年人。一身板正的黑色西服，长相很威严，仔细看，能看出和沈燃眉眼间有几分相似。

顾放知道了，这一定是沈燃的父亲了。

沈燃介绍道：“这是我爸。这是嘉城射击市队的主教练，顾放。”

“伯父您好。”顾放伸出手。

沈复锐利的眼上下打量了他一圈，伸出手握了一下松开，开口问：“顾言山是你什么人？”

“是我爸，伯父认识他？”

“不算认识，见过两次。”沈复没再就这个话题说什么，抬腕看了眼表，眉间挤出一道深邃的沟壑，说，“我时间很紧，开始吧！”

“今天麻烦顾指导来做个裁判，一切按照正规比赛流程来。”

顾放听他称呼的变化，也严肃起来，单手插进口袋：“我会以要求专业运动员的标准来要求你。”

沈燃点头，走向射击台，站在黄色的射击底线后面。

设备已经调试完毕，一切和男子十米气手枪的比赛场合一致。

沈燃和沈复斗了那么多年，明白他这个爸爱面子胜过一切，尤其是现在这个关头，沈复想深化改革，让方氤氲加入沈氏，令旗下的直播合作带动沈氏改革发展，再引入外面资金做大。

这一举动毫不意外遭到了沈氏高层的沉默对待，他们的沉默有部分原因是在等沈燃。

沈燃马上高中毕业，进入大学。

毕业之后的假期就可以到沈氏实习，到时候他们让沈燃也加入项目中，防止方氤氲独大，之后吞了沈氏。

可他们不知道沈燃现在的成绩，上大学非常勉强。

等他再复读一年，又一年，时间往后拖下去，方氤氲做什么都绰绰有余。到时候沈氏的高层就不再是沉默以对，而是有所行动，对于转型的沈氏来说，内忧比外患更可怕。

而这，是沈燃的机会。

“我可以保证成绩能上嘉南大学，但有个条件，我要练射击。”

一句话，沈燃把自己的底牌亮了出来——他主观能创造的考试成绩，想往上就往上，想往下就往下，谁也操控不了。

沈复自以为沈燃受了苦乖乖回来走他安排的路，就是他们父子大战的终局，却没想到沈燃虚晃了一枪，他被算计了。

可他沈复也不是吃素的。

练射击行，可他沈复做什么都要有回报，他的儿子，浪费时间搞什么运动，要是一点儿成绩也没有，说出去都让人笑掉大牙。

沈燃和沈复承诺，练一个月，之后当着他的面，以比赛的形式把自己的水平展现给他看。

沈燃本来就想跟着顾放练，却没想到沈复远比他更想快点儿看到结果，直接将他拉去找前国手开的基地封闭训练了一个月。

这一个月除了练习射击，沈复还找人考了沈燃的文化课，百分之百确定他上次考试是装的，之后就放心地和他打这次的赌了。

不管赢或者是输，沈燃都要好好参加高考，这对沈复而言有百利而无一害。

输了最好，沈燃就只能专心地回沈氏了。

沈复这么想，可真的到了射击场，他心里还是隐隐期待沈燃会打出的成绩。

“装子弹！”

听到口令沈燃低头，将子弹装上上弹夹，上膛，沈复不自觉地坐直，搭在膝上的手也收紧。

沈燃戴上护耳，将枪举起。

十米开外的靶子，小得肉眼只能看清是个圆形，更别说针眼大小的靶心。

瞄准的动作更多是靠下意识的肌肉记忆，沈燃没有犹豫，叩动扳机，射出第一枪。

电子靶第一时间反映环数，顾放高声喊出来：“10.8 环！”

气手枪靶心的一圈是 10 环，正中央的针眼大小的靶心，是满环 10.9 环，越靠近靶心环数越高，第一枪，沈燃堪称完美表现。

沈燃的手臂垂下，回头看了一眼沈复，肆意地笑了一下。

那样张扬的样子，气得沈复胸口一堵，可又不得不感叹一句，年轻真是好。

他年轻的时候，也是这样的不管不顾，想做什么就做什么。从某种角度来说，沈燃真的很像他。

前六枪，沈燃的成绩很稳定，最差的只有第四枪是 9.8 环，剩下的都在 10 环以上。

打完六枪，一直沉默看着的沈复出声：“正式比赛也不是只有他一个人比，纸上谈兵再厉害也没有用。”

正式单人的十米男子气手枪决赛中，前六枪决出总成绩，之后每两枪淘汰一名选手。进入淘汰轮，身边选手带来的压力会极大地影响发挥。是以射击场上风云变幻，名宿会爆冷早早淘汰，无名之辈能成为黑马一骑绝尘夺冠，这样的新闻太多太多。

沈燃摘下护耳，不甚在意地说：“那就请专业的选手过来一起比吧！”

顾放立刻给周逸打了电话，叫一车专业选手过来撑场子，也叫他们看看什么是老天爷追着喂满汉全席般的天赋异禀。

这一会儿太阳爬到了正午时分，一中的午休铃声响起。

郑知许喊许樱去食堂吃午饭，许樱斜着眼问了一句："你怎么了？一上午都在发呆。"

郑知许脑海里都在循环播放她铁头功撞顾放怀里，导致他流血流泪，差点儿扭到脖子的画面，她真的很想投胎重活一次。

这种糟心丢脸的事她不想和许樱分享，摇摇头："没什么，樱桃你想吃什么？"

宋嘉平放下书走出教室，听到声音回头看了一眼，再走出去的脚步放慢。

桌堂里的手机振动，许樱看了一眼，又若无其事地放回去："我想起来了还有道题想解完，你帮我随便带点儿什么吃的回来吧！"

马上快高考，许樱多一分努力她就多一分开心，更何况这样就不会碰到宋嘉平了，简直是一箭双雕的好事。

郑知许蹦蹦跶跶地跑出去，教室里一晃就没有了人。

窗户打开，风吹起窗帘，教室里每张课桌上的习题和试卷高高地堆成一座座小山。

一晃已经是这个春日的最末，正午的阳光无限明媚。教室里所有景色像被裹上一层脆脆的砂糖糖衣，轻轻一敲，就有白色的糖屑掉下来。

许樱坐到窗边，将手机拿出来，刚才那条消息还明晃晃地在对话框里。

沈燃："想亲眼看我对抗老魔王吗？想的话扣 1。"

小樱桃："1。"

等了一小会儿，沈燃的视频通话打了过来。

虽然知道教室里并没有人，可她还是下意识紧张地看了看四周，才插上耳机，点开接通键。

手机的镜头天旋地转，等到固定下来，沈燃正背对着镜头走，手探到后面，对她挥了挥。

“市队的选手已经到了，沈燃要去比下一轮了。”拿着手机的人应该是得了沈燃的嘱咐，和她小声地解释了一句。

许樱以前经常去顾放队里，对射击的训练场馆很熟悉，一眼就知道沈燃人是在射击馆里。

至于市队的选手，不会是顾放带来的吧？

许樱心念刚一动，沈燃就像是有所感知一样，走到在和几个队员说话的顾放身边，镜头也随之兢兢业业地跟了过去。

果然是顾放。

顾放在队员面前素来是严苛的大魔王，大魔王说什么队员做什么，很快顾放挑选的几个队员就在各自的位置站好，听顾放指示：“就当是正式比赛的第二轮那么去比，两枪淘汰一个人，谁能撑到最后奖励三天假期。”

对这些常年泡在队里的小队员来说，没什么比这个诱惑更大了，众人面面相觑，认真对待这一场突然的“比赛”。

“谁要是一开始就淘汰了，平时训练加倍！”

场馆的气氛顿时更加凝重了起来。

沈燃闭着眼站着，角度像是经过精准计算过，露出完美的下颚线。

在射击场馆的他，看着格外赏心悦目，许樱看着看着，沙发上的人站了起来，在镜头里经过了两三秒离开，那个侧脸和沈燃的一般无二。

这应该就是沈燃口中的“老魔王”了，光是镜头里看着就那么严肃，这是沈燃和他爸的战场，许樱突然就有些紧张起来。

顾放的喊声将许樱神游天外的思绪拉回场馆内：“第二轮比赛，现在开始！”

镜头是沈燃直拍，不管轮到哪个选手开始，她都只能看到沈燃一个人。

许樱不知道前因后果，可看这个架势也能猜出个八分了。

沈燃是和他爸爸在比赛，拿到一定成绩就可以走自己想走的路。

专业的教练顾放是证明他成绩好坏的权威，队员们是用来营造正式比赛氛围的，存在都很合理。

可沈燃专门让她看，是为了什么？

许樱懵懵懂懂，想不太通，干脆就不想了，只把注意力放在沈燃身上。

只看他一个人，就会止住所有胡思乱想的情绪，这是沈燃走之后她学到的小窍门。

枪声“砰砰砰”地响起一串，终于轮到沈燃，他睁开眼，举起右手，瞄准，扣扳机，动作和许樱之前见过的无甚差别，可能是场地不同，现在这一次的沈燃比她之前见到的，都要更锋利。

也更惹人眼。

“10.7 环！”

“10.8 环！”

两枪过后，沈燃排在第一，甩第二名苏到源 0.7 环。

顾放又高兴又不高兴，他比谁都知道这项运动中天赋的重要性，可他等了这么久才等到一个沈燃，多少教练终其一生也没办法找到这样的选手，实现自己的夙愿。

被淘汰的小队员灰头土脸地走下来，为自己即将到来的魔鬼训练而陷入深深绝望中。

沈燃的手捏了捏自己的脖子，想到什么，转过头，对着镜头的方向挑了下眉。

许樱突然感觉自己被什么东西砸中，脑中晕晕乎乎的。

镜头里沈复又走回来，也往这边看了一眼。

许樱一下将手机扣下，心惊肉跳了半天，耳边枪声响了几轮，她才敢小心翼翼地翻过手机，将镜头切换到他拍模式，没有再对着自己。

场上已经只剩下两名选手，沈燃和苏到源。

上一轮苏到源打了 10.9 和 10.8 的完美两枪，沈燃被他追了将近一分，两人的分差来到 1.9。

这个分差很大，不过上一局沈燃突然发挥失常，心理会有波动，这一局也可能调整不到位。

在射击场来说，稳定更重要，不到最后一刻，一切皆有可能。

苏到源先打，镜头也知道局势紧张，从沈燃身上暂时移开到他身上，他没什么心理负担两枪都打出 10.5，结束比赛。

沈燃的第一枪再失误，只打出 9.4 环，分差缩小到 0.8 环。

现在场上所有人的目光都聚焦在沈燃身上。

许樱的呼吸加快，眼睛一眨不眨地盯着手机里那个背影。

她第一次从直播里见到沈燃，他最后留下的，就是一样的背影。

沈燃举起手，瞄了一下远方的靶子，又放下。

他转回身，看了一眼已经露出冷笑的沈复，又看了一眼手机的镜头。

他无声地说了句什么，镜头太远，许樱看不到他的口型，她只看到他转回身，动作迅疾地打出那一枪。

“10.9 环！”

顾放差点儿跳起来，队里的选手们也被这精彩一枪看得连连鼓掌。

沈燃关上保险，放下枪，隔着人看一动不动的沈复。

他赢了，赢得很彻底。

就在沈复觉得他心态根本不行的时候，他绝地反击，一如这两年到最后走投无路向他的示弱和蛰伏。

沈复惯例皱了皱眉，接了个电话直接就走了，只在临走前说了一句：“闹完赶紧滚回学校去念书！”

沈燃了解沈复，这对他而言就是让步和妥协了。

顾放急着拉沈燃聊之后训练的事情，沈燃说：“这个不着急，我现在有更重要的事情要聊。”

沈燃绕过顾放，从教练那儿接过自己的手机，走到换衣服的休息室里，关上门。

对面的镜头对准桌子，他的镜头反转对准他自己，他听到对面的人说：“恭喜你啊沈燃选手，比赛很精彩。”

“老魔王的脸色很难看。”他狡黠地笑，像是恶作剧得逞的小孩子。

许樱其实担心老魔王看到自己，之后就没敢再去仔细看视频，听他声音还是顺着“嗯”了一声。

教室的门被推开，郑知许小蝴蝶一样地飞进来：“哎，樱桃，你怎么坐在燃哥的位置？”

许樱扣下手机，仗着自己戴耳机，郑知许听不到沈燃的声音胡说八道：“这里透气。”

耳机里传来沈燃轻笑了一声。

“哦，食堂今天有好吃的菜包子，我给你买了两个，还有酥炸里脊，上次我看你吃得蛮开心……哦，宋嘉平欠我的双皮奶今天还我了，你不喜欢双皮奶我给你换了一瓶热牛奶。”

郑知许把饭菜一样一样地拿出来，拉着许樱去洗手。

许樱也没机会挂断电话，为了不暴露也不能和沈燃说什么，就只把耳机摘下来放好，期待着沈燃能自己认清形势先挂断。

两个人挽着手刚走出来，迎面撞上宋嘉平，许樱点了下头算打过招呼，绕过宋嘉平往前走。

宋嘉平的笑脸僵了僵，拐进教室走向自己的座位，走到最后一排靠窗的那个位置时，他眼前闪过午休刚结束时，他折回来看到的一幕。

——她坐在这里，专注认真地捧着手机，偶尔紧张地攥紧拳头，偶尔唇边放松，露出甜甜的笑。她的情绪被人调动，她的笑容为别人绽放。

他心里突然闪过一个念头。

教室里没有别人，鬼使神差地，宋嘉平将手伸向了扣放在桌面上的手机。

手机显示着在和人视频通话中，而通话的对象，在镜头里一眼可见。

宋嘉平只庆幸许樱这边镜头不是自拍，不会让自己这龌龊的行径被沈燃发现。

镜头里沈燃摘下棒球帽，整了整头发，开口说着什么。

宋嘉平戴上一边耳机，听他含笑的声音，一字一字都无比刺耳："我想让你亲眼见证这一幕，你也会开心吧，毕竟是你昨天的生日愿望。

"你的愿望有我，我知道。

"我的未来有……"

宋嘉平再也听不下去，摘下耳机，把手机原封不动地放回去。

教室也待不下去，他疾步跑了出去。

洗完手出来之后，郑知许被蒋京叫走去买冰激凌，许樱自己小跑着回来。

通话还在继续，许樱戴上耳机，沈燃像是坐在了院子里，满身的阳光。

他眯起眼，说："许樱，镜头切回来，我想看看你。"

许樱怔了一怔，将镜头对着自己。

"其实我也不是百分之百有把握，射击变数太大，可知道你就在镜头另一端看着我，我一定不可以输。我想让你亲眼见证这一幕，你也会开心吧！"

许樱抿了抿唇，眼神闪烁："为什么这么说？"

"毕竟这是你昨天的生日愿望。"他像是刚没说过一样第一次说这话，只是比刚才更认真，笑意也更深，"你的愿望有我，我知道。"

许樱被他一下戳中心事，脸色骤然变红："你、你怎么知道的？"

她慌不择言，越说他笑得越开怀。

"本来不知道，现在知道了。"

他使诈，她根本就招架不住，慌张得连目光都不知道该往哪里放。

“小樱桃。”他喊着她的小名，像是把泡在冰里的樱桃隔空塞进她的嘴里，冰冰凉凉，酸酸甜甜，凉得牙齿打战，又甜得沁入心扉。

她颤着声音应了一声：“嗯？”

“接下来的日子，好好努力，我们一起。”

等了半天，她缓慢地点头，说：“好。”

去嘉南大学，去夺冠。

我们一起。

2.

沈燃归来的消息，在一中又掀起巨浪。

对于他这一个月的去向，沈燃并没多说，但马上到来的第三次模拟考试，他用实际行动告诉所有人他去干吗了。

第三次模拟考试成绩发布，贴在公告栏上。

第一名万年不变还是许樱，而排在她下一位的，不是一模考试第二名的宋嘉平，也不是二模考试第二名的罗琪，而是一个谁也没想到的名字：沈燃。

郑知许拍了照片，编辑一个帖子发出去，瞬间被顶成热帖。

跟着燃哥搞学习：“燃哥闭关一个月回来，从年级倒数飞到第二名。这一个月黑子们睡觉的时候他在学习，黑子们吃饭的时候他在学习，黑子们学习的时候，他还在学习。漫天飞的谣言和攻击，我们燃哥从不多解释一句，只是把有限的时间都利用起来。努力能创造奇迹，努力能改变一切。这一刻，所有的谣言都不攻自破！

“我喜欢的偶像熠熠生辉，做他的粉丝，我永远都有底气。

“我就算是死，也要在棺材里喊出那一句话：做喜欢燃哥的小凤凰真好啊！”

帖子浅显直白，却能够引起大家的共鸣。

楼里回复都齐刷刷跟那一句：做喜欢燃哥的小凤凰真好啊！

许樱看到沈燃的名次时也很惊讶，可想想沈燃和沈复的斗法，也理解他之前是故意在隐藏学习实力演的。

别说，演得还挺像。

厉害的人在哪条路上都厉害，这是天分。

可想想之前自己当他是学习差的学渣，在他面前考他单词教他做题，许樱就脸发热，他当时一定在心里笑自己。

许樱被骗得有些不爽。

连沈燃发送纸飞机传信，她也只是捡起来放到一边，没有回复。

成绩发布之后，梁晨在接到各路老师的恭贺之后喜色藏都藏不住，进了教室之后让沈燃上讲台分享一下学习心得，给马上要高考的大家打打鸡血鼓鼓劲儿。

沈燃在如雷的掌声中走到讲台上，他穿着一中的校服，和在座的每一个人都一样，又不一样。

“我能有今天的成绩，多亏了班长许樱同学总结的学习方法。”

沈燃说着一鞠躬往旁边一步，真诚地向许樱表达感谢。

许樱慌忙站起来，鞠躬回去：“言重了，言重了。”

“应该的，应该的。”

沈燃垂下眼掩住唇边的笑意，再重新站回去的时候，面上已经看不出异样。

他拿起粉笔，在黑板上写了一行字。

——这世界永远不缺奇迹。

沈燃转回身，眸底有光，少年声线，含着无限热量。

春夏之交，光和热在这个时节交汇。

许樱侧耳听，那声音一下一下清脆敲着笼罩在教室里的冰糖糖衣，雪白的糖屑簌簌落下，铺就一条通往未来的路，甘甜又美好。

沈燃说：“希望大家都能成为奇迹，即使不能，也不要放弃成为奇迹的心。”

许樱仰着头看他，不过几个月的光景，在她心里，眼前的人和第一次站在这个教室讲台上的沈燃，已经不是同一个人了。

而她被他感染，向阳而生，重获力量去生活，去奔跑。

这就是喜欢一个人，追逐一个人的意义。

她那些不高兴烟消云散，捡起沈燃扔过来的纸飞机。

一贯的“To 许樱”之后，跟着一个跪在地上，双手合十的简笔小人。

旁边写着：不要不理我嘛。

像他这样平时冷冷淡淡的人突然撒娇，杀伤力巨大。

许樱竭力压平嘴角，还是没忍住，笑了出来。

下午上课前，郑知许有点不舒服，许樱觉得不能耽搁了，一定要带她去医务室看看。

沈燃的目光一路跟随，等着那道身影在后门也看不到，才收回视线。

课桌前站着一个人，面上没多余表情，只是看着他：“沈燃，我想和你谈谈。”

沈燃扭了扭脖子，说：“没兴趣。”

宋嘉平脖子上的青筋鼓起来：“你知道接视频电话的人是我是吧，所以你才故意专门说那些话的。”

“我知道是你。”沈燃眼皮抬了抬，又说，“可那些话不是专门对你说的，我对你可没兴趣。你之后，我又和该听这些话的人说了一遍。”

宋嘉平：“许樱怎么回答的？”

沈燃听出宋嘉平话里的急躁，他就更慢悠悠：“你想知道啊？”

宋嘉平怔了一会儿，点头。

沈燃表情很奇怪：“我为什么告诉你啊！”

宋嘉平怒道：“马上就要高考了，你这时候说那些，会分她的心。”

沈燃眯了眯眼，长长地“哦”了一声：“这就是所谓的青梅竹马敌不过天降的原因吧！”

宋嘉平看沈燃前桌的同学回来，又往沈燃那边靠了靠，声音也压下去：“你是什么意思？”

“你想等你自己学业有成，想等你家里接受许樱，想等许樱高考完不留遗憾……”沈燃笑容一下冷下去，“可你凭什么觉得许樱要配合你的节奏呢？凭你们小时候认识，还是凭你们分文理班前也是同学？”

沈燃比他想象的知道得多，敌暗我明，情况不乐观，宋嘉平咬着牙说：“许樱这么努力，不就是为了去一个好大学吗？”

沈燃站起来，他比宋嘉平个子高一些，那种压迫的气势排山倒海朝着宋嘉平涌过来：“是啊，就是因为她是要考大学的年纪，所以我只是和她说了那么多而已。”

宋嘉平的脸色很难看，是不解，对沈燃，也对着突兀的变化。

沈燃才来一中不过几个月的时间，怎么就像一切都站在他那边了。

许樱和郑知许说着话，从后门走过。

沈燃看到了，宋嘉平也看到了。

沈燃说：“你自己站在原地，就不要怪别人往前走。”

他越过宋嘉平，走到门口。

许樱和郑知许看到他停下脚步，郑知许拿着药跳着进门：“我要赶紧吃啊，赶紧吃！”

门口只剩下两个人，许樱抬头看着沈燃，问：“要上课了你干什么去？”

沈燃靠在墙边，歪着头说：“看你还不回来，怕你被坏人拐走了，出来找你。你再不回来，我就要报警了。”

他一本正经，怪可爱的，许樱被逗笑。

她笑起来格外好看，沈燃多看了几眼，每看一眼，心里埋着的那棵小树的树芽就往上升长一寸，根往下深入一寸。

她就应该这样笑得可爱，那些阴郁的情绪，那些痛苦的过往，都应该通通退散，再也别沾到她的身上。

在那个许樱意外喝醉的夜里，她说起了祁山镇，说起了那只被丢弃的橘猫，说起了顾放，最后迷迷糊糊的，提到了宋嘉平。

许樱家的隔壁就是宋嘉平的外婆家，宋嘉平小时候每逢假期会过来，他生得眉清目秀，穿着衬衫小马甲，被教得极有礼貌。

即使再馋许樱家的烤地瓜和糖炒栗子，也不好意思过来蹭吃，许樱主动把好吃的送给他，他还将自己的牛奶作为交换的礼物送给许樱。

后来宋嘉平外婆家搬走，许樱就没再见过宋嘉平。

直到她考入嘉南一中，惊讶地发现，宋嘉平和她同班。

宋嘉平初中时已经是全校风靡的校草，再加上会拉一手漂亮的小提琴，成绩又格外优秀，在新生晚会上一晚名声就传遍了整个一中。

他是老师们眼中的优秀学生，是同学们眼里高不可攀的存在。

他沉浸在学习和小提琴的世界里，对所有人都客气有礼，却也冷静疏离。

就好像没有人能让他有太多的情绪波动……直到有一天，班里有人看到，宋嘉平送了一瓶牛奶给那个乖巧却也沉默的许樱。

这瓶牛奶，一下打破了班级内营造出来的平衡景象——宋嘉平对所有人都一样。

但其实不是的，宋嘉平会经常和许樱研究难题，会每天送某个牌子的牛奶给她，会在对着许樱时神情格外放松。

这一切，都是宋嘉平没给予过别人的关心。

“宋嘉平，宋嘉平……我看到他，就会想起在祁山镇时最快乐的那段日子。我那时候病情刚稳定，还会时不时惊恐发作，宋嘉平让我平静了下来。我就不由得和他走得近，其实我也不知道我做错了什么，直到现在也不知道我做错了什么……”

以路怡为首的班内女生都很疏远她，体育课时没有人和她一起做活动，吃饭的时候其他女生凑在一桌，总会以各种理由落下她一个人，她记好的笔迹会莫名其妙地丢失，宋嘉平送给她的牛奶，总会无缘无故地在洒在课桌上。

他们总会在许樱进教室时，说一些意有所指的话，她不知道怎么反驳，反而让流言甚嚣尘上。

一双双充满恶意的眼睛一直在盯着她看，许樱胸口发闷，时不时心悸，那之前好不容易冷静下来的情绪又再次翻涌上来。

她听不进去课，每天脑子都是空空荡荡的，成绩一路下滑。

她想过和宋嘉平说，可说了又有什么用，只会让流言更难听，她已经承担不了再进一步的攻击。

那个学期结束之前，她想过要转学，可许婧和顾言山都不同意。

在他们看来，许樱的那些心思都是太闲了的胡思乱想，谁都是从那个年纪走过来的，过去了就完事了。她上了全省最好的高中，以后名校之路坦荡，许樱不应该因为这些耽误前程。

许樱站在过学校的天台上，看见风从脚边吹过。

那天的云很好看，和她在祁山镇看到的一样好看。

她从天台上一步步走下去，她不想就这么倒下，她还有奶奶，还有顾放。

她并没有做错过什么。

许樱开始躲避宋嘉平，不再和他有什么会让人引起误会的往来。

这样的举动起了一些效果，拒绝几次之后，宋嘉平不再单独找她做题，只是偶尔还会带一瓶牛奶给她，那些同学也不再只盯着她一个人看。

之后分班，宋嘉平和许樱都分到七班，路怡在三班。即使不在路怡的视线范围之内，许樱也习惯地躲避宋嘉平，她认定这是她能改善现状的唯一方法，她把一颗心锁得死死的，在最好的交朋友的花季，成为独行的人。

直到她遇到了郑知许。

郑知许喜欢一切漂亮的东西，包括漂亮的小姑娘，她对许樱的好感很纯粹，审美不会因为一些流言蜚语而改变。她总是热情积极，叽叽喳喳地围着许樱，一口一个“樱桃”地叫着她，但凡有人对她稍微不好，郑知许就会叉着腰一脚踹过去。

郑知许像是上天派来，为她挡牛鬼蛇神的小女侠。

“我其实从来也不讨厌宋嘉平，可与他有关的一切事，每一件想想都会让我痛苦。小时候我没有朋友，每个假期都期盼着他能来，可突然有一天我就等不来他了。长大了上了高中，我和他再相见，我以为我会在陌生的地方有个可以依靠的人，可最后又变成了这样……”许樱的喉咙有些发哑，她从小得到的很少，现在渴望全世界都来爱她都不为过，可其实她想要的，仅仅只是一个依靠，一个可以让她暂时将心存放的存在。

“喜欢你的人明明比宋嘉平还多才对，我也应该躲开你才对，可我躲开了又忍不住靠近。”

“沈燃，你是从哪里冒出来的？”许樱突然问了这么一句。

沈燃接口：“我是从天上来的。”

“怪不得，你总能拯救我，原来你是小神仙……神仙，保佑我考去嘉南大学吧，他也想去嘉南大学的……”

最后的最后，她意识昏沉，话说得颠三倒四。

深夜的这一通电话，将她完完整整地展现在他面前。

她伤痕累累，默默地承受着这世界的恶意，又赤诚天真，逆着河流向上攀爬。

她值得这世间所有一切的偏爱。

沈燃想，他和宋嘉平之间，说是老天爷作祟，倒不如说是命中注定。

对许樱而言，痛苦化身成宋嘉平，而他是永恒的自由快乐。

3.

这一年的六月六日，和过去每一年的高考日一样，从早起天就阴沉沉的，蓄势待发一场清凉的小雨。

许樱从衣柜里拿出今年顾放送的生日礼物，一件白色绣着小樱桃的连衣裙，长到小腿处，还配了一双白色的舞蹈小皮鞋，和同色的挎包。

许樱将头发松松地挽到发顶，樱桃发卡别在一旁。露出修长白皙的脖颈儿，纤细的项链绕上去，一颗小樱桃垂到锁骨边上。

最后再把樱桃的胸针别到包上，许樱清点了一下考试用品，确定没有遗漏什么，出发去考试。

一大早交警就在路间指挥，一切为了考生准时到达考点让路。

许樱刚站到公交车站旁边，顾放的车就停了过来。

车窗摇下，顾放顶着刚做的发型，魅力无限地对她招招手："上车，今儿哥哥给你们做司机。"

"你……们？"许樱发愣。

副驾驶室坐着的人抻长脖子对她摆手，是郑知许："樱桃快来！大哥还买了好吃的早饭呢！"

许樱坐到后座里，郑知许扭过头，对着她眼冒红心，连连惊叹："樱桃，你今天太好看了吧，呜呜呜！"

顾放一转方向盘，拐进一条街，得意地道："那是，也不看看是谁送她的衣服。"

"这个小樱桃的项链好精致啊！哎，头发上还有配套的小发卡，太可爱了吧！简直画龙点睛，特别加分，大哥你真的很会挑！"

许樱内心不想沈燃的功劳被顾某人顶上，轻声反驳道："这两个不是他送的。"

郑知许"咦"了一声："不是大哥，那是谁送的？"

顾放一脚刹车踩实，车停在公寓楼小区的门前。

沈燃穿着一件白色T恤，左胸前有个小刺绣的图案，他手里拎着一个透明的文件袋，踩着初夏薄到透明的光，大步地走过来。

顾放说：“人到齐了，可以发车了。”

沈燃走得近了，那个图案越来越明显，是一颗，小樱桃。

顾放在前面，许樱怕自己表情有什么不对慌忙低下头，又实在是忍不住，偷偷偏过头，一路看着沈燃走过来，伸手打开她那侧的车门，随后漂亮的眼睛弯了弯。

她往里面坐，给沈燃让位置。沈燃坐进去，和顾放打招呼：“辛苦哥来送我们。”

“客气什么，出发！”

沈燃接过郑知许递过来的豆浆，把吸管插进去，递到许樱手边，轻飘飘地说：“许樱同学的项链很漂亮，发卡也是。送你的人，很有品位。”

没人看见的角落里，他的掌心还留着豆浆的热。许樱低头咬着吸管，都不敢抬头看前面，生怕谁发现她脸红着。

“我们比比吧，看谁考的好。

“敢不敢赌？”

沈燃好像恨不得把宋嘉平留下的所有印记都重新覆盖一遍。

之后许樱再想起来谁送她牛奶，是他。

谁和她一起在祁山镇吃了烤红薯和糖炒栗子，是他。

谁和她比考试名次，还是他。

许樱不想多想，可控制不了自己弯弯眼，她笑着说：“好。”

两天的考试，数以千万的考生踏进考场。

教室的黑板上写着五颜六色的字迹，是大家对未来的期许。

考完最后一场，一中的大门开放，在这里拼搏了三年的高三学生鱼贯而出，积攒了整整一年的属于高三的苦闷和压力，需要畅快地宣泄。

郑知许攒了个局，在青桔路附近包了一个 KTV 大包，唱完歌想喝酒玩的留在 KTV，不会喝酒的可以去附近游乐场。

许樱和沈燃当然是她第一个诚挚邀请的对象，不过可惜的是沈燃一考完就被宋帘接走去见沈复，不能过来。

郑知许渴求的目光看着许樱：“樱桃你会去的吧？对吧对吧？”

本来想拒绝的许樱点了点头：“嗯，我去。”

今天全城的KTV仿佛都被高考完的学生攻占了，一行人来青桔路撞到好几伙其他班的人。郑知许朋友多，几伙并作一伙，一起升级了个最大的KTV至尊包房。

炫动着的灯光下，音响里传出狼嚎声阵阵，许樱强忍着坐了一会儿，实在忍不住了，伸手捂住了耳朵。

郑知许一脚踹上蒋京，扯下他手里的话筒喊：“别号了！樱桃的耳朵都要被你喊聋了！”

“我好男不和你女斗！”蒋京哼了一声，倒了一杯冰凉的啤酒灌下去，然后想起什么，又倒了一杯酒，郑重其事地双手端到许樱面前，“感谢班长的教诲，我按照你之前传授的方法，英语的选择全对，虽然还没对答案，但我很有自信！这一杯，我敬班长！”

两首歌曲的播放中间，蒋京的声音很清晰地传到大家的耳朵里。

李不言伸手按了暂停键，也学着蒋京那样倒酒，举杯：“我也敬班长！”

“我也来，我也来！”郑知许最喜欢凑这种热闹，更何况她吃了许樱的许多小灶，感激本就是衷心而发的。

包房里，参加许樱直播学习的人除了沈燃都在，一时间场面诡异又热闹。

上次无意喝醉，许樱不知道跟沈燃说了什么东西，这次再喝多还不知道会发生什么。

她出言挣扎：“那个，我不会喝酒……”

郑知许说：“就抿一小口，是那个意思就行。”

盛情难却，许樱只好接过郑知许倒的一杯果酒，喝了一小口，并没什么酒味，味道酸酸甜甜，还加了冰，蛮好喝的，她就慢慢地，将一杯都喝了……

沈燃接到郑知许的电话赶到青桔路的时候，天已经彻底黑了下去。

今夜天有繁星璀璨，也有弯月细细，明天一定是个好天气。

沈燃推开包房的门，迎面一股浓重的酒味夹杂着震耳欲聋的音乐袭来，他皱了皱眉，一眼看到抱着立麦在那儿倾情献唱的郑知许。

包房内，并没有许樱。

"燃哥你来了！"郑知许见到沈燃跳下去。

沈燃问："许樱呢？"

"这儿太吵了，我在隔壁开了个小包房让她休息，就在左手边。"

沈燃点头，推门就走。

"燃哥！"郑知许出声叫住他。

"怎么了？"

"高考结束了燃哥，放心大胆地去追她吧！"

沈燃挥挥手："去玩吧！"

KTV 装潢很富贵风，隔音也好，沈燃走进隔壁小包房，关上门，几乎听不到那边的鬼哭狼嚎了。

小包房的灯只开了一盏白炽灯，许樱就坐在沙发上，乖乖地捧着一杯热水在喝，瞧着样子根本不像郑知许在电话里说的醉得走路都走不稳。

"许樱。"沈燃出声叫她。

许樱捧着水杯，看过来，双颊蒙上红晕，眼神都涣散掉，睁着眼睛看他半天，咧开唇露出灿烂的笑："沈燃你来啦！"

沈燃眉头一皱，嗯，确实是喝多了。

沈燃坐到她旁边，看水杯见底，用水壶又给她添了一杯，问："怎么又喝酒了？"

许樱眯着眼，双手捧着自己的脸："高兴！"

沈燃盯着她，那夜只能隔着电话想象她喝醉有多可爱，可想象的终究比不上亲眼见的十分之一。

她可爱得让他心动不已。

“有什么高兴的事，分享一下。”

“终于高考完了很高兴，阿许和蒋京他们对我说谢谢我也很高兴……总之都很高兴。”

“哦，我一不在你就这么高兴，我在的时候你就总不高兴，那我走好了。”

“别走呀！”许樱双手使劲儿捂住沈燃放在桌上的手，不让他走。

“那我不走，你又该不高兴了。”

“不是的，你出现我才最高兴，比他们的高兴都要高兴。”许樱醉酒逻辑却是满分，斩钉截铁地说道。

沈燃勾起嘴角，又很快放下，板着脸说：“那你怎么不回我消息？”

许樱眨巴眨巴眼，从包里摸摸索索，找了半天，将整个包的东西都倒出来，才“哦”了一声：“我没有带手机出来。”

沈燃揉揉额角，轻笑出声：“现在把你卖了你估计都得帮人家数钱。”

许樱像是没听到，只顾着认真地一样一样将东西放回包里。

沈燃说：“我先送你回家吧！”

这句许樱听到了，她将脑袋摇成拨浪鼓：“我不想回家，我要去找沈燃的。噢，沈燃已经来了，那我也不要回家。”

“我要找沈燃的”这句话简直是太戳沈燃的心，他摸摸自己的颧骨，都快升天了。

“那你想去哪儿呢？”

许樱拍了拍发红的脸，自己咕哝着：“怎么脸很热呢？！”

沈燃又问了一遍，她才抬头，缓缓慢慢地说：“我想去游乐场。”

“我想要那个最大的大熊。”她的手张开，比画着一个她现在认知里很大很大的熊。

沈燃就这么倾身过去，嵌入她张开的双手间，和这个不算拥抱的拥抱，严丝合缝。

许樱愣怔着，手都不知道该往哪里放。

沈燃问她：“这个熊够大吗？”

许樱的手捏了捏他后背上的肌肉，下了定论：“个头够大，但是不够软。”

沈燃离开她，肩膀笑得抽动，半晌才忍住笑，拍拍她的脑袋：“走了许樱小朋友，我带你去游乐场。”

今天的青桔路33号，每十个来玩的游客里就有一个是考完试的高三生，还有两个是因学校做考场而放假的高一高二学生。

与上次相比，项目需要排队的时间变长，好在小醉鬼许樱对那些根本就没有兴趣，一蹦一跳地直接朝着射击场走过去。

沈燃在旁边时不时地扶一下，纠正她的路线。

路过兔子拱门时，她停下来，眼睛盯着商家卖的粉红色的棉花糖。

她一喝酒就和平常完全不一样，像是被封印的少女心都被释放了出来，喜欢甜的，喜欢撒娇。

或许，是她平时太想和痛苦的过去泾渭分明，才在醉酒时展现出真实的自己。

沈燃扫码付了钱，许樱手里拿着大大的云朵棉花糖，一口咬下去，将云朵咬掉一个大缺口。

她举着棉花糖：“你吃吗？”

沈燃摇头。

许樱一本正经地点头：“也是，冷酷帅哥是不能吃棉花糖的。”

沈燃失笑，他今天笑的次数属实是太多了，也不枉他为了出来见她跳了窗户跑出来。

射击场地人依旧不多，两个人到之前，有一对情侣在腻腻歪歪地打，几轮也没打中一枪。

许樱举起啃了一半的棉花糖，对沈燃招招手。

沈燃就弯下腰，和她一起藏在棉花糖后面，她小声说：“他们好笨哦！”

沈燃附和着：“确实。”

幸亏那两人只顾着嘻嘻哈哈没听到，不然沈燃就要留在这儿跟人决斗了。

场地空出来，许樱跑到橱窗边，上次的兔子玩偶已经被人拿走，只剩下一个大熊。

许樱指着那个最大的大熊：“就是这个！”

在许樱和顾放的故事里，有一只他们得到了后来却被剪碎的大熊。

后来，许樱没再来过游乐场，也没提过这只大熊，可喝醉酒后的潜意识里，她想得到的还是一只大熊。

她是渴望爱的小孩。

沈燃按着她的肩膀，许诺道：“我一定给你射到大熊，你乖乖地等着就好。”

工作人员每天见过太多个和女朋友吹牛能拿到特等奖的男生，可大多数都是拿个安慰奖灰溜溜地就走了，她不走心地说一声：“那祝你们好运。”然后引着沈燃走到射击线上，“一共十发，射中九发及以上就可以得到那只大熊哦！”

场地和上一次来时不一样了，靶子换成了气球，很明显上一次是顾放和工作人员商量，专门造了一个测试场地给他。

“多谢。”沈燃挑了枪，塞了护耳，上保险前回头看了一眼许樱。

许樱化身啦啦队，举着拳头喊“加油”！

沈燃笑了笑，举起枪。

“砰砰砰——”

一连十枪，十个气球应声爆破，全中。

工作人员的脸好疼。

“哇！你也太厉害了吧！”许樱激动地跳起来，跌跌撞撞地跑过来，差点儿被自己绊倒。

沈燃一勾手，将她身体转了个圈，推着她往前走："去拿你的大熊吧！"

许樱拍着手，眼睛紧紧盯着橱柜里的大熊。

棕色的大熊嘴巴弯着，像是在对她笑。

工作人员将大熊取出来，对沈燃露出标准的笑容："玩偶太大了，建议还是你替你女朋友拿回去。"

沈燃伸手接过，走到那边的长椅边上，许樱就亦步亦趋地跟着。

沈燃双手拽着熊的两只胳膊，微微将它拎起来，朝向许樱："喏，给你抱。"

许樱张开双手，抱住大熊的腰，手感软乎乎的，闻起来香香的。

有祁山镇烤红薯的味道，也有糖炒栗子的味道。

这是她从幼年到现在，都最想得到的大熊。

一开始她只是默默地流泪，后来啜泣出了声。

她把昔年的苦闷都在泪里宣泄而出，毫无保留。

泪很酸涩，成串的泪珠沁入大熊柔软的棉絮里，被它尽数吸收。

沈燃的手臂穿过大熊的胳膊，将大熊和她都抱在怀里。

哭得累了，她将脸上的泪都蹭到大熊身上，抬起脑袋，有些不好意思地捂着脸："我哭起来不好看的，你看到了。"

沈燃没想到她哭完第一句话说的居然是这个。他说："看到了也没事，你哭起来也好看。"

"阿许说我笑起来好看，她看到我笑的时候就什么烦恼事都忘记了。"许樱双手捧着自己的脸，冲着他笑了起来。

她睫毛湿漉漉的，眼底还有刚才哭残留的一点伤心。他的手指，忍不住，点了点她的眼角，点在了那一弯月的尖尖处。

"她说得没错，一看到你，我就什么烦恼都没了。"

"沈燃。"

"嗯？"

"你也很好看。"许樱加重语气，"是特别好看，只要一看到你，我也是，什么烦恼都没有了，你比大熊还要让我开心。

“沈燃。”

“嗯？”

许樱歪着头，眉头有些困惑地皱在一起：“你和我说过，你要去做世界冠军，那你就不会再去做偶像了是吧？如果不做偶像的话，那谈恋爱是可以的吧？”

沈燃一阵恍惚，喉头滚动：“什么？”

“我们在比赛的，比谁高考考得好。如果我赢了的话，我可以追你吗？我很喜欢你，当然我知道很多人喜欢你，如果我赢过你那就先给我个爱的号码牌，我排第一位。你什么时候想谈恋爱，可以考虑一下我。

“当然那时候你如果有喜欢的人，我可以把第一位让给她。谈恋爱这样的事，喜欢的永远应该在第一位，我都理解的。”

她口齿很清晰，将这件事情说得和解方程式一样有解有答，步骤明确。

沈燃的一颗心，就在她一席话间，起起落落落落起起。

被她吃的云朵棉花糖包裹，轻轻飘飘，甜甜蜜蜜。

他叹了一口气：“你怎么这样呢？”

他都分不清她到底是不开窍的木头，还是天生就能驯服他的高手，她像是感觉不到他的一丁点儿心意，在他想方设法地想要软化她心时，她又突然这么一本正经地扬言要排队追他。

又小心翼翼又可爱不已，让他又心酸又心动。

沈燃后知后觉地想起，她喝醉了，她可能第二天就不记得今天说的话了。

许樱长久等不到他的回应，抿抿唇，眼睛睁大了些，水雾弥漫：“如果不行的话，也没关系，我只是说我的感情。沈燃，你值得所有人的喜欢。”

沈燃打断她的话：“不论输赢，我都可以答应你。”

许樱眨了眨眼，反应过来，双手捧着，掌心朝上，递到他面前。

沈燃：“干吗？”

“要牌子，爱的号码牌。”

沈燃拍了一下她的手：“不用排队，你太可爱，表现非常优异，可以直接转正。不过我们走这种重要流程，需要记录备案。”

许樱想了一想，没想出哪里不对，点点头：“我都可以的，可要怎么备案呀？”

沈燃从刚才射击场的工作人员那里借了一个支架，是他们有时候配合直播宣传时用的。

手机卡在支架上，视频录像中，大熊放在地上，许樱靠在它左边，沈燃靠在它右边。

沈燃教她现编的“备案宣言”，许樱就傻乎乎地跟着念。

“我，许樱。”

“我，许樱。”

“自愿追沈燃做男朋友，不管是酒醉还是酒醒，都承认追求的真心性和真实性。”

“自愿追沈燃做男朋友，不管是酒醉还是酒醒……”许樱卡壳了一下，摇头说，“我没喝醉。”

沈燃垂头笑了，果然全天下喝醉的人都是这么说的。

沈燃：“这不重要，宣言就是这么起草的，照着读就行了。”

“哦。”许樱继续念，“都承认追求的真心性和真实性。”

“宣誓人，沈燃的女朋友许樱。”

“宣誓人，沈燃的女朋友许樱。”

“好了。”沈燃起身将视频保存下来，还了支架。

工作人员全程吃了“狗粮”，酸成一颗柠檬：“你女朋友也太可爱了吧！”

沈燃变换身份非常迅速，认同道：“确实。”

等他再折回来时，许樱抱着大熊，眼睛半阖着，快要睡着了。

他低头，吻上她的脸颊。

“盖章，流程生效。”

今天游乐场没有那场突然的烟花，可有突然降临的女朋友。

“回家了。

“我的小樱桃。”

/第十一章 你想看星星吗/

1.

问：当你宿醉醒来，发现人在家中，衣服完整，被子盖得严实，地上却躺着一个和这个屋子格格不入，大到几乎填满整个屋子的大熊玩偶，你觉得前一晚发生了什么事呢？

第二天一早，许樱坐在床上和地上的大熊大眼瞪大眼，面对的就是这样一个难题。

她不会昨晚喝多了去抢劫熊吧？

她好勇啊！

许樱一个激灵，左右找着手机，想看看有没有什么“妙龄女学生深夜撬橱窗偷盗熊”之类的社会新闻。

可手机并没在床上，她迈腿下床刚穿上拖鞋，正巧卧室的门被推开，沈燃手里拎着几个袋子，看着她：“你干什么去？”

“你你你……”许樱被吓得一屁股坐在床上，仰着头，和这个突然冒出来的沈燃四目相对。

她睡得头发乱糟糟的，眼神惊讶格外无辜，呆呆愣愣的。

“等一下，我要洗把脸清醒一下。”

许樱站起来飞速越过沈燃冲进洗手间，沈燃早就料到她的反应，并不慌张，把指使宋帘买来的早饭一样一样地摆在桌子上，刚摆好，许樱清醒完回来了。

很好，那么大一个沈燃还在这儿，并不是她在做梦，这可比地上的大熊来得吓人得多了。

“你怎么会在这儿啊？你是怎么进来的？”

沈燃将从厨房找到的干净碗筷也摆好，眼皮都没抬：“昨晚上我背你回来的时候你给我的钥匙。”

“你喝多了吵着要去游乐场，想要那个大熊，我就带你去了。”沈燃将椅子搬过来，做好一切，把许樱按到椅子上，“你一点儿印象也没有吗？”

许樱摇摇头，又迟疑着点了一下头：“你这么一说，好像有那么一点儿印象。”

沈燃把勺子塞到她手里，随意地问：“那你说喜欢我的事情也一定有印象吧！”

“啪嗒”一声，勺子掉在地上，许樱瞳孔地震：“什、什么！”

沈燃心里发笑，他就知道许樱会忘，提前留了证据果然是太机智了。

沈燃拉了椅子坐在她旁边，不慌不忙地说：“你还说全世界喜欢我的人太多，但她们都没你喜欢我那么深。”

“我不是这么说的！”即使记不住具体说了什么，但许樱下意识就觉得自己说不出这样的话。

沈燃眼尾挑着，一张脸显出了然的神色：“这句确实不是你说的，所以即使醉了话是不是你说的，你还是可以分辨出来的。

“你说你和我比考试赢了，就管我要一个爱的号码牌。”

许樱喉咙发干，心虚地低下头喝了一口水。

这话好像是说过，她脑海里存留的零碎片段里，“号码牌”三个字重逢的次数很多。

沈燃的脸凑近一些：“你说一看到我，你什么烦恼都没有了，我比大熊还让你开心。”

许樱又喝了一口水。

这确实是她内心真实的想法。

“你还说……”沈燃故意拉长声音，迟迟没有下文。

许樱被勾得忍不住抬头追问：“还说了什么？”

“你还问我是不是不会做偶像，如果不做偶像，谈恋爱是不是就可以。”他的鼻尖贴近，他的眼底有她红红的脸，和慌乱的眼神。

他的呼吸间有 by the fireplace 香水的味道，一秒将她的心软化。

“许樱。”他低低地说，“你已经走完了所有的程序，留了备案的视频，我们现在是男女朋友了。”

许樱卷翘的睫毛抖了抖，手无处安放地抠着桌子上的纹路，被沈燃看到，扯过来，十指相扣。

她的手指触碰到他指腹的茧，他清晰又鲜活，这并不是大梦一场。

许樱不记得昨晚是个怎么样的夜，可昨夜的自己一定很勇敢。

面对着许樱的沉默，和她清醒之后的退缩，沈燃早就有准备，可心里还是会有些闷闷的，不舒服。

是他还没有足够的安全感，让她卸下所有的防备？还是她并没有那么喜欢他？

沈燃不是个会轻言退却的人，面对许樱耐心更足，只是瞬间他便重整旗鼓，故作发狠地说：“我就知道你会赖账，还好我早就留了证据。”

沈燃去翻手机，她的手指屈起来，抠在他的手背上，一个简单的动作阻止住他。

她抬起脸，目光很清亮，轻声而坚定地说：“我不会赖账的。”

这下发愣的，换成沈燃。

许樱话音缓慢，却又很有条理。

“我虽然记不清昨夜的事情，但你说的每一句话，都是我心里的想法。如果是我说的，那就要做到，不能食言。我如果没说你却能准确地说出来，说明你足够了解我，也足够关心我。这也说明，我们之间，一直都是双向在奔赴。因果关系明确，判定条件充足，我们应该谈恋爱的。”

虽然一切发生得突然，冲击着她的灵魂，让她脑子短暂混乱。

可这混乱并不是无序的，而是像扔在两个磁极间的碎铁片一样，杂乱有序地冲着一个方向。

方向的尽头，是沈燃。

夸父追日，耗尽心血。

可如果可以真的拥有太阳，谁会介意路上的荆棘与沼泽？

沈燃是她的太阳。

站在他的身边，哪怕会被绕着太阳的流星击中，她也不想逃离。

许樱想了想，张开了纤细的双臂。

她的动作很坦荡，目光澄澈，不躲不闪：“沈燃，你抱抱我吧！”

抱抱我，拥有我，然后让我也拥有你，好不好？

沈燃单手绕到他的腰后，将她一把扣进了怀里。

他的夏天终于来了。

高考完之后，估分填志愿之前的这几天最是清闲。

班里的同学组织了各种各样的聚会活动，青春最末的这个夏天注定是热烈而喧闹的。

许樱不喜欢太嘈杂的地方，酒局饭局她都没再去。

沈燃今天一大早就被顾放拉走去了市队签个临时的合同，之后参加比赛时出了成绩再选拔正式入队，这也是嘉城市队第一次选外面的选手入队。

许樱醒来时，看到新手机里沈燃发的消息，由衷地笑了出来。

真好，他走了那么长时间的山路，终于找到了往山顶爬的梯子。

在确定关系的第一天，沈燃嫌她之前的手机太老，很坚决地要给她换一个。

“男朋友给女朋友买东西是天经地义的，这么正常的事情你不要觉得有心理负担。”

沈燃很擅长这个句式：×× 对 ×× 好是天经地义的 / 是很正常的 / 是应该的。

当时在操场上背她回教室也是这么说的，当时她觉得很感动，然后很快接受，这次也是。

他送的新手机是最可爱的少女粉，配的手机壳是融化的樱桃冰激凌。

许樱不知道在沈燃眼里她究竟是个多可爱的存在，但看到的第一眼她瞬间就想扔了自己之前的老式手机。

她对使用电子设备仅限于充电和下载东西，所以这么多年也没想换手机，实在太麻烦。

沈燃主动承包将她旧手机的所有文件和联系人传到新手机的工作，许樱第一次切身地体会到，有男朋友是件多么好的事情。

沈燃不在，吃过早饭，许樱花了一上午时间打扫了一下屋子。

这个假期结束之前，她就要从这座房子里搬走了。

在这里住了三年，她的那些泪水和汗水，痛苦和绝望，都留在了这里。

她要带着对沈燃的喜欢，带着希望，离开这里。

推开阳台的门，属于夏天太阳的温度卷到皮肤上。

细小的尘埃在空中跳着舞，然后一下一下，飘落到地上。

许樱在阳台铺上一层毯子，把大熊拖了出来，靠在软乎乎的大熊身上晒太阳。她体内的闷热潮湿和难受好像都跟着蒸发出来，心也变得炽热。

手机在这一刻振动起来，许樱胡乱伸手摸到手里。

来电显示是一个陌生的号码，许樱接起来：“喂，你好。”

“许樱。”男声温和，许樱从懒洋洋晒太阳的状态中一下惊醒。

“宋嘉平？”

“你现在有空吗？”

许樱眯起眼，沉默了几秒钟，说：“有空。”

电话里宋嘉平的声音有些紧绷：“我午饭还没有吃，可以一起吃个饭吗？”

这次许樱回答得很快：“可以，去哪里吃？”

宋嘉平说了个地点，许樱在地图APP上搜了一下，是一家刚开不久的西餐厅，叫“Machi”，离这里不算远。

许樱找出一条天蓝色的无袖长裙，套上帆布鞋，这一套是顾放昨天不知道逛到哪里的店看到的，叫店里寄了快递送来的。

顾放最近的行程很是难以捉摸，经常上午还和沈燃说队里的事，下午就去逛街。许樱最后把樱桃的小胸针别到胸口，想了想，还是给沈燃发了一条微信。

小樱桃：“宋嘉平约我去吃饭。”

沈燃回得很快。

沈燃：“地址发给我，我这边快结束了，等一会儿我去接你。”

他没问什么，就像宋嘉平只是她最寻常不过的一个同学，吃的是一顿最寻常不过的同学间的午餐。

这有点儿不太正常。

小樱桃：“我那天喝醉，和你说宋嘉平的事情了吗？”

沈燃：“说了。”

这下就正常了。

许樱想说什么，可字打了删删了打，到最后删成空白。

沈燃：“我们互相知道对方承受过的苦，知道对方的秘密，所以我们只能彼此以身相许了。‘以沈相许’CP给我锁死！”

小樱桃：“……这名字谁起的？”

沈燃：“郑知许。”

沈燃：“钥匙她已经吞了，所以我们分不开了。”

沈燃：“至于过去的事情，我没参与过，不管你想怎么解决我都站在你这边。”

2.

在打车去餐厅的路上，许樱把和沈燃的对话翻了好几遍，然后在某度输入“CP给我锁死，钥匙吞了”的字样，跳出来的搜索内容五花八门。

有演艺界的，有舞蹈圈的，有游戏圈的，但很统一的，他们在粉丝眼中，是一对天造地设的璧人。

许樱恍然大悟：“怪不得阿许最近这么奇怪。”

郑知许经常在她和沈燃说话时，捂嘴掩住尖叫。

这叫正主发糖嗑到尖叫。

在她在KTV喝醉的时候，郑知许叫沈燃来接她。

这叫给CP创造机会。

连在食堂有事没事挡着宋嘉平都仿佛有了理由。

这叫不让第三者介入。

这么看来，她和沈燃能在一起，郑知许简直功不可没。

许樱突然又想起，在祁山镇直播的那一晚，郑知许和沈燃那些被删掉的对话。

对内容的好奇心再次跳了出来，她恨不得现在就飞到郑知许身边抢过她手机去看，可也要等眼下她和宋嘉平吃过这一顿午饭才行。

车停在“Machi”餐厅门前，许樱扫码付了钱，开门下车。

餐厅走的是法式风情，红木和靛蓝的配色，配上昏黄的灯光，很有巴黎街道的味道。宋嘉平今天穿了一身深灰色格纹的西装，隆重得像是刚参加完一场音乐会。

他绅士地替许樱拉开椅子，等许樱入座了才坐到她对面。

“我先照着招牌点了几样，免得你过来的时候还要等，要是不合你的胃口你再点。”

他点了战斧牛排配餐，再加龙虾面，并上一碗奶油浓汤。许樱看了一眼菜单，摇摇头：“这些就够了。”

宋嘉平微笑：“那好。”

宋嘉平掐着大概时间点的餐，许樱坐下不过五分钟菜就开始上了。

牛排煎得很嫩，又不带血丝的腥气。许樱半天没吃饭确实饿了，一大块牛排吃了大半。

宋嘉平吃得慢条斯理，等许樱吃得差不多了放下叉子喝水，才用餐巾擦了擦嘴开口：“味道怎么样？”

许樱认可道：“很好吃。”

“这家餐厅的老板是法国人，餐厅的名字也是取自法语单词的一部分。MI Machi，是法语里‘想你’的意思。”

许樱的手搭在桌子上，她的手指动一下，水杯里的水就划开一丝涟漪。

“其实我在高考完那天晚上，就想找你吃这顿饭，可发消息你没有回，打电话也无人接听。”

“那天我和郑知许去玩了，手机放在了家里没有带。”

“之后我听班里的同学说你那晚喝了酒，喝醉了。”宋嘉平嘴角放平，“我第二天再给你打电话，接电话的是沈燃。”

许樱想起来了：“那时候他帮我在挪动原来旧手机里的文件。”

宋嘉平盯着她的眼，他像是没睡好，眼底里满是红血丝，艰难地开口：“他说，你是他女朋友。”

当然沈燃的原话并不是这样平静的叙述句，而是满满得意与挑衅的感叹句。

“找我女朋友啊！她忙着呢！忙着和我谈恋爱呢！有空我再让她回你啊！”

谈恋爱里的“有空”等于分手。

沈燃这说话的艺术让宋嘉平差点儿被气死，他翻来覆去睡不着想了一晚上，才决定再次打电话，幸亏这次接的是许樱。

许樱很直白地承认："没错，我和沈燃是在谈恋爱。"

宋嘉平眼里的光瞬间就黯淡下去，他嘴角动了动，嗫嚅着："你为什么不能等等我……至少，给我一个和沈燃公平竞争的机会。"

许樱虽然之前没有谈过恋爱，但她并不是什么也不懂不谙世事的木头。

恰是因为情绪太过于敏感，她比一般的人都能感知到别人对她的不同。

宋嘉平对她很不一样，沈燃亦是。

可宋嘉平的不一样，给她带来的是无边的痛苦。

这就是喜欢吗？

可喜欢不是会让人只有快乐没有忧愁的吗？喜欢怎么会是这样的呢？

她曾一度陷入迷惘中。

后来再遇到沈燃，她找各种借口替这种不一样找开脱，她怕这种"喜欢"再缠到她身上。

可沈燃并没有。

喜欢是一样的，人是不一样的。

两个条件缺一个，都证明不了"恋爱"全等于"快乐"这道题。

宋嘉平再抬眼，眼睛比方才还要红："孟菲菲说，你是沈燃的粉丝。粉丝对偶像的喜欢，和女生对男生的喜欢，是不一样的。而且，他粉丝那么多，他以后如果要进演艺界你要怎么办？"

"我知道。"

"那你……"

"我之前想过。"

玻璃窗外飞过一只彩色蝴蝶，许樱的眼底也映进了斑斓色："如果最后的这一个学期沈燃并没有来一中上学，我的生活会变成什么样子。

"我可能会在学生演讲时磕磕巴巴说不出话，然后在梦里一直重复循环着这段尴尬经历。

“我可能会在黄鑫几次找麻烦时不堪其扰，为了逃开他不去上学，最后休学回家。

“我可能会在那次吃过那顿泰国菜之后，昏死在小区外的树林里。

“没有人带我回去看奶奶，也没有人听我醉后讲胡话。

“很多人喜欢沈燃，我知道，我第一次见沈燃时就知道，那时候所有人都为他即将离开节目而难过。他们把沈燃当成精神的偶像，当成前进的方向。

“沈燃，也一直是我前进的方向。从这一点来说，我确实也算是他的粉丝。”

许樱想起第一次见面，在公交车上，她被迫冒充了沈燃的粉丝，那时候谁也想不到后面他们之间会发生那么多事。

她笑了笑，随后轻声说：“可我也知道，我想和他在一起。一开始只是我一个人的梦，我想我不可能拥有他。可后来梦成了现实，这次我不想去小心翼翼地考虑现实会有多残酷，我只想心安理得地享受现在的每一个瞬间。我知道他不会进演艺界，可就算我不知道，我想，我也不会舍得不看他。”

只要看向他，她就会喜欢他。

她这个不被命运偏爱的小孩，渴望拥有这个被上苍眷顾有了很多人爱的沈燃。

自重逢以来，许樱就没有和宋嘉平说过这么多的话，宋嘉平心里酸涩，终是意难平。

可他不绅士地去攻击沈燃，去设隔阂给他和许樱，已经快要突破他做人的底线。

宋嘉平端起水杯，喝了一口水，再放下水杯，面上尽力地挤出一抹笑：“对不起许樱，刚才我有些失态。”

“没关系。”

“既然你已经做了决定，那就祝你快乐。如果……”看见她半弯的眼，那是她方才想起沈燃时开心的证明，他的话溜到唇边，又生生地一顿。

“如果什么？”

“没什么。”

其实不是没什么。

他想说，如果有一天，她过得不开心，就回头看看，他还在等她。

一年，两年，抑或是十年，他都会等。

可未来的事谁又能说清。

像是他曾在纸上规划的高中生活：拿奖、考学和许樱告白。

他按部就班，一步步往前，最终还是弄丢了许樱。

生活不是计划表里的待办事项，多的是打乱一切的突发情况，譬如说从天而降的沈燃。

那还是不说了吧！

这可能是他们最后一次见面，也可能不是。

他不想在许樱心里，最后变成一个丑陋的小人。他想让她未来有朝一日想起他，还是体面、温和的宋嘉平。

许樱敏感地察觉到了宋嘉平的心态有变，她没说什么，偏头看向外面。

日头往西走，太阳的颜色渐渐加深，世界的色调也从明亮调暗一度。

十字路口红绿灯交替着亮起来，行人匆匆。

突然，她的视线聚焦到人群里的一道身影，那人对她挥了挥手，她的心就跟着轻轻地一跳。

宋嘉平也看到了沈燃，他故意长长地叹了口气，半开玩笑说：“隔着这么远，我都感觉他的眼神像要杀了我一样，我不想我的高中时光最后是被人砍着度过的，快去找他吧！”

“那宋嘉平，再见了。”许樱拿着包，脚步很快地往外走。

宋嘉平不想看她离开，就又倒了一杯水独自喝着，放了柠檬的温水，喝在嘴里又苦又酸。

他喝不下去，放下水杯，发出的轻响被另一声刺耳的玻璃砸碎声掩盖，接着不远处响起尖锐的年轻女人的声音："这么大年纪还出来勾引男人，你有个女儿是吧，她知不知道她妈这么不要脸啊！"

随后有男人立时喝道："我们早就已经分手了，你在这儿胡搅蛮缠什么？"

"你说想冷静冷静，我给你时间冷静，然后你就冷静到她床上是吧！我和你在一起七年，女人最好的七年，都喂了狗了！"

又是一段狗血的三角恋，宋嘉平不想再在这个乌烟瘴气的地方待着。他去前台结账，看到本来应该出了门的许樱站在门口，盯着被人围观的角落那一桌看。

八卦的中心，三角恋的男主和赶来发飙的女主之一面红耳赤地对峙着，另外的一个女主则坐在那儿，独自品一杯红酒，像是剧情发展和她毫无关系。

"许樱？你怎么还没走？"

宋嘉平说完，明显感觉许樱的脊背都僵住，而那边纷纷扰扰与她无关的女主二号则循声抬起头，看到许樱之后脸色骤然一变，拿起手包，踩着纤细高跟鞋疾步走过来。

"老女人，你给我站住！"女主一号气急败坏去拽她的头发。

女主二号急于脱身不成，回头一巴掌扇过去。

"啪"的一声，清脆响亮。

"他和我说他单身，自己上赶着来追我，我就给他个面子吃个饭，你以为我愿意跟你一起在这儿哄抬猪价吗？"

"你、你敢打我！"女主一号红肿着脸，疯了一样冲过去咬女主二号，场面顿时乱作一团。

许樱就愣愣地看着这一切，对后面的自动玻璃门开了合合了开毫无感知。

"我来了樱桃。"

直到一双温热的手扣到她的肩头，熟悉的声音在耳畔响起，才激得她骤然回神。

她转回头，看着赫然出现的沈燃，愣了半晌突然拽起他的手腕，一言不发，只发了疯一样用力地往外扯。

沈燃回头看了一眼战局，顺着她的力道走，路过宋嘉平时点了下头。

宋嘉平苦涩地一笑，结账离开。

玻璃门隔绝里面的纷乱，许樱犹自觉得不够，拉着沈燃跑起来。

闷热的下午，柏油路晒了大半天的日光浴，翻起热浪，跑几步就大汗淋漓。

跑到下一个路口时，许樱的呼吸已经有些喘，脸也透着不自然的红。沈燃才按住她："那里面有你认识的人是吗？"

许樱咬着下唇，胸膛剧烈地起伏，一句话也说不出来。

许婧每次越过顾放和她联系上的时候，说的都是顾言山做的破烂事和自己的不容易。

许樱比一般人敏感，早就知道他们的貌合神离。许樱不知道他们迟迟不离婚是为了什么，有时候她也会想是为了让自己不被影响，好好学习。

毕竟从她考进一中的那一刻起，她就是许婧的"好女儿"了。

可就算是早就有准备，但亲眼见到，还是以这种过于冲击的剧情展开见到，她还是被震惊到。

她和沈燃才刚在一起两天，她家的脏污面就被人狠狠地掀开。

她忽然间有些害怕，见到了这一面的沈燃，会不会因此离开她？

她刚刚还信誓旦旦地和宋嘉平说，这次和沈燃在一起不会考虑现实有多残酷，只享受每一秒。

可是那份失去沈燃的恐慌和惧怕如此强烈，快要将她的灵魂撕碎。是做了多少的准备，都接受不了的。

她好喜欢沈燃啊！

她本就陷在脏污里，被他一手拽起来才得以脱离。她不想让沈燃看到这一切，不想以怨报德将他拽进这脏污里。

许樱脑中的思绪纷杂，灵魂割裂成两半，一半抱紧沈燃，一半推开沈燃。

沈燃却弯着腰，唇温柔地贴上她的唇。

许樱愣住。

沈燃的瞳仁动了动，手扣在她的脑后，将她急促的气息搅乱。

他们的第一个吻，在黄昏的街角。

他亲得很温柔，又很强势，在濒临窒息前得一口新鲜的空气，之后又被他夺过去。

她像走失的小舟，在海上浮浮沉沉，被他这一艘大船找到，扔下一条绳子，绑在她的船头，带着她破开风浪，回到岸上。她的感知完完全全被他掌控，灵魂合二为一，被他牵着往前走。

他放开她，指腹摩挲着她的嘴角："我在路上，吃了一颗樱桃味的水果糖，我很有先见之明。"

许樱眼中含着雾，看着他的笑脸。

她的声音像不受自己大脑控制一样，和他说："那里面有我妈妈，我不知道他们究竟有什么纠葛，我也不敢让你知道，我怕你会觉得厌恶。"

"如果今天我不在这儿，你会怎么做？"

许樱摇头："我不知道。

"从前我一直在躲着她，和她吃一顿饭，我都会坐立不安……我不知道我应该怎么面对这种事情。"

"那我这么问，如果今天我不在这里，你会直接转身就走吗？"

上次回祁山镇之后，许樱从病态的情绪中走出来，最近一直很稳定，就连刚才难过时也并没觉得身体过于不适。沈燃的几声引导让她的神思放松，能好好去想。

她叹了口气："我不会。

"虽然我已经走出来了，但我并不想和过去和解。可她是我妈妈，我不会坐视不理。

“我做我应该做的，可不想再因为她、因为爸爸痛苦了。我要去过我自己的生活。”

沈燃揉了揉她的头发，一脸欣慰：“嗯，我的樱桃长大了。”

“不是长大了。”许樱笑起来，红红的脸颊鼓动，倒真像是一颗小樱桃，“是樱桃遇到阳光，变得更甜了。”

过去星星点点，又沁入脊髓的苦，需要很长很长时间来治愈。

时光还漫长，他会很长很长时间都喜欢她，陪伴她。

3.

这日的最后，许樱报了警。

许婧三人进了警局调解，直到晚上八点才出来。

沈燃陪着许樱在警局门口等着，许婧出来时许樱独自一人下了车，宋帘将车开走。

许婧脸上挂了彩，头发也乱糟糟的，她挂了叫司机的电话，似是没想到许樱会出现，愣了一下，随后不自在地捋了捋头发。

“你考得怎么样？我最近忙着，还没时间问问你。”

“挺好的。”

“那上清北没有问题的吧，成绩没发下来应该就会有电话联系你了。”许婧踩着高跟鞋走下来。她个子不算高，总喜欢穿着十厘米的高跟鞋，显得气势逼人。

许樱之前放弃保送的时候，许婧一无所知。

或者说，有关于许樱的事情，其实她都不甚了解。

她们母女情很淡，许婧从小喜欢的，放了更多心思的，是顾放。

“我要去嘉南大学。”

“嘉南大学？”许婧画得纤细的眉皱起来，“嘉南大学也很好，可跟清北比起来还是差一些的，你是怎么想的？”

在许婧的认知里，能上清北对求学者来说是无上荣耀，对求学者的父母来说亦是。

“这种大事你不能耍小孩子脾气，想怎么样就怎么样，我不同意，你爸爸和你哥哥也不会同意的。等到报考的时候我跟着你一起去填志愿。”说到这儿，许婧犹觉得不稳妥，翻出手机划着列表，“我一会儿给你们校领导打个电话，我记得小吴认识你们副校长来着。”

“你以前没有管过我，以后也不要管我了。”

许婧的动作顿住。

“我会好好孝顺你和爸爸，逢年过节我会回家看你们，平时我也会打电话问候。如果你觉得我去嘉南大学是罪恶，你白养了我，那等我以后赚了钱，会一笔一笔将你们在我身上花的钱都还给你们。”

许樱的话说得很直白，没有留任何的余地，锐利得像淬了毒，见血封喉。

许婧像是第一次认识这个女儿，这个一直以来乖巧懂事，从来不多说一句话的女儿。

“这是你跟妈妈应该说的话吗？”

“你和爸爸离婚了是吗？”许樱转了话题。

许婧的脸色微变，还是承认：“顾言山在外面有了女人，在你高一的那年我们就协议离婚了，在离婚之前他把名下财产转移给了他外面的那个女人，这两年我们一直在打官司。你学业要紧，顾放怕你分心，不让我们告诉你。”

“离婚之后你过得很好吧！”

在餐厅时，许婧身形优雅又不失线条，面色也极好，比她印象里那几年和爸爸在一起时状态要好很多。

一个人到底过得好不好，别人是能看得出来的。

“家里的生意是你和爸爸一起打拼下来的，和他分开，你一定深思熟虑了很久吧？”

警局人来来往往，都是有纠纷有矛盾的人。

在一起不快乐，分开是最正确的选择。

许婧想了想，话说得滴水不漏：“我和你爸肯定是有过感情的，只是他对婚姻不忠，我也不想再耗下去。”

许樱认同地点点头：“你在自由和婚姻里选择了前者，是因为那会让你之后的生活快乐。我在嘉南大学和清北间选择了嘉南大学，也是因为这对我来说是最好的选择。

“妈妈，我刚过了十八岁的生日。”

来接许婧的车停下，许婧摆了摆手，示意车等一会儿。

她拿手机转了一笔账过去：“我给忙忘了，你拿着钱想买什么买什么。”

“十八岁，我已经成年了，无论是在法律层面上还是社会层面上，我都可以对我自己的选择负责。不管你同意还是不同意，我都会去嘉南大学，我可以勤工俭学交学费。”

“许樱！”许婧声音拔高，手高高地举起，可面对这双和自己像极了的眼，手硬生生停在半空，怎么也挥不下去。

许樱仰着脸，面上无惧无畏：“虽然我从前很痛苦，但我从来没想过去死，因为我并没有做错过什么，受惩罚的也不应该是我。

“我只是有时候迷茫得不知道我为什么活着，现在我知道了，我是为了我自己快乐而活。

“妈妈，我不是木偶，我是个人。”

许婧神色一震。

许樱鞠了一躬，转身走下了台阶。

人行路绿灯亮起来，她一步步走到街对面。

不管许婧到底会不会听进去然后尊重她这一次，都不重要。她只是想再勇敢一次，真正为自己争取一次。以今天为界，把所有的那些犹豫、那些苦痛都留在今天。

今天，适合做告别。

许樱跑了起来，穿过白色的斑马线，踩碎倦怠的昏黄的光。

那些坏的，丑陋的，假意的，狰狞的，都甩掉吧！都忘掉吧！

她要向前跑，一直跑进太阳里。

许婧眨了两下眼，打开车门坐了进去。

司机问："还是回家里吗？"

后座久久没有回话，司机从中央后视镜看过去，那个强硬到让人心生畏惧的女人捂着嘴，肩膀剧烈地抖着，泪如雨下。

司机闭上嘴，不敢再问什么，一脚油门踩下去，车平稳地开了出去。

警局附近，有个不大的小公园，晚上有很多人来这里夜跑，沈燃说在这儿等她。

她刚走出五百米，就看见对面一家装修得很可爱的店面走出一对男女，头上都戴着毛茸茸的帽子，大夏天也不觉得热。

待仔细看一下毛茸茸帽子下的两张脸，许樱感觉整个世界都魔幻了起来。

沈燃的微信消息在这一刻传进来，再一回神，那两个人蹦蹦跳跳地走远了。

沈燃："你想看星星吗？"

这里是嘉城难得的开阔之地，如果在这人看星星确实是很好的选择。可问题是，今天天上黑得像是泼墨，连月亮都藏了起来，去哪里看星星呢？

小樱桃："想看。"

小樱桃："但是去哪里看呢？"

沈燃："我好想你。"

收到这一条消息时，掉落了一屏幕的小星星。

沈燃："我好想你。"

沈燃："我好想你。"

小星星一串一串地往下掉，每一颗都像是砂糖做的，掉在她心上，被暖化之后，甜进了她的心底。

郑知许的消息跟着进来。

阿许："你和燃哥在一起了是不是啊啊啊？妈妈，我嗑的 CP 成真了！"

阿许：“燃哥发微博了，呜呜呜！”

郑知许没用许樱去看，就把沈燃刚发的微博截图发了过来，正是刚才沈燃和许樱的对话截图。

他给她的备注，是“女朋友”，加上一颗小樱桃。

@沈燃：以后去市队训练的时候，就这么陪她看星星吧！

阿许：“甜死我了，甜死我了！”

许樱很想说：你约会居然还在嗑我们的糖，也是很努力。

只是她又想起来那件事了。

小樱桃：“那一晚，沈燃到底跟你说什么了？现在可以说了吧！”

郑知许发了一条语音过来，许樱一边往公园里走去找沈燃，一边点开语音。

“燃哥说，他在暗恋你，可知道你全身心都投在学习上，他怕自己挑明心意会让你心乱，所以让我不要把你们之间的事情说出去。还有，他说你对宋嘉平很警惕，不太喜欢和宋嘉平接触，让我在他不在的日子里，替你挡一挡宋嘉平。他还说，如果有朝一日能和你在一起，他会照顾好你，让你快乐、平安。

“呜呜呜，我都倒背如流了，他好爱你，你们好配！”

语音的最后，男声惊愕的声音传过来：“什么？小樱和沈燃在一……”

话只说了一半就被截掉，郑知许再没说过话，估计在嗑糖之余终于想起来自己身边人是正主一方的娘家人，想办法补救去了。

许樱往公园深处走，蝉鸣声不停，偶尔有飞鸟路过水面，投下一颗石子。

转过一条小路，视线豁然开朗。

旁边长椅上，沈燃倚在上面，长指一划一落，锲而不舍地发着“想你牌”小星星。

他们站在银河两端，不知对方心意，却执着地向对方奔跑。

他热烈地喜欢着她。

一如她一样。

“沈燃。”她开口叫他。

他循声抬起头，少年的眼比月光更深情。

“等填完志愿，我们一起回祁山镇吧！”

沈燃笑应着：“好。”

她的春天因他而来。

他带着她，走进了温和的夏夜。

那道从初遇时吹起的风，一刻未停。

那燃燃如风的，是我的少年。

正文完

后记
漫长的一生

我曾经和人说过，写这本书的过程中我经历了疫情被困、谈恋爱、装修搬家、领证结婚、父亲去世、得抑郁症等一系列的事情，这本书仿佛经历了我的一生。

在完稿之前，我写下了这样一篇后记，去纪念一些东西，去留住一些东西。

1. 象牙塔

我喜欢在写文时，将自己的经历加入进去，所以我的书，女主大多性格像我平时的样子，很活泼，很外向，也很可爱。她们从幼年开始就备受父母的疼爱，健康平安长大，每天只用忧愁着午饭能不能抢到糖醋排骨，双十一网购能不能第一时间入手自己心仪已久的漂亮裙子。

我在一个很普通，却很有爱的家庭里长大。物质上父母能给我的有限，可精神上，我是他们富养长大的公主。

爸爸是个顶天立地的东北汉子，记忆里他永远高大得像棵参天大树，将我和妈妈保护在树荫下，沾不到一点儿外面的风雨。他的背很宽，皮肤在日晒雨淋中变得黝黑，他喜欢爽朗地大笑，喜欢吃肉喝酒，桌上所有好吃的菜，他会把第一口留给我和妈妈。

妈妈是个很温柔的女人，她开明又明理，从我很小的时候就教我学会保护自己，逐渐长大之后，我所有的心事她都愿意认真去听，我谈恋爱她总是第一个知道。

大学毕业之后，我独自一个人租房子住，才发现我什么也不会，我不会做饭，甚至连切水果都笨手笨脚，最后干脆拿着勺子捧半个西瓜挖着吃。这么多年，我被爸妈保护得很好，不知人间疾苦。

这是我和许樱的不同。

父母不和，重男轻女，幼时的苦让她分外敏感，最终导致了重度焦虑症的产生。

可我们又是相同的，因为我们得了一样的病。

不幸让人敏感，可幸福也会让人痛苦。我从前在爸妈造的象牙塔中长大，不知道外面世界的混乱与不堪，毕业之后我一个人跌跌撞撞地闯进这个世界，哪哪儿都不适应。我选择和以前一样退缩，一个人在出租屋里写稿，不去工作，不去见人。

每天面对着白墙，面对着压力，渐渐地那炫目的白，化成我灵魂的坟墓，将我一点点困住，突然有一天我发现，我连起床的力气也没有。我一个人躺在那里，四肢无力，脑中一片空白，睁着眼睛整夜整夜不睡到天明。

我最终扛不住，和家里人说了实话，妈妈过来陪我，陪我说话，陪我看心理医生，陪我度过艰难时光。

有一晚，她攥着我的手，在睡梦中迷迷糊糊说："睡吧，妈妈在。"

我就那么在爸妈的爱中，从病中逐渐地走了出来。我把这段经历，融进了"许樱"这个人物中，文中许樱几次发病我都亲身经历过，没有一种病比这个还让人无力，没有一个人能独自扛过去。

许樱没有爱她的父母，可她有对她偏爱的沈燃。

最终我走出来了，最终她也走了出来。

我最希望的，是有同样病症的人，有同样经历的人，能从这本书中得到一点温暖，然后好好地走下去。

我们做自己的玫瑰，为自己和爱自己的人，每年都灿烂盛开。

2. 小王子

在写这本书前，我并没有完整地看过《小王子》这本书，只是零散地看了一些片段，和一些流传深远，被很多人写进作文里的“名言金句”。

“对我而言，你只是个小男孩，和其他成千上万的小男孩没有什么不同。我不需要你，你也不需要我。对你而言，我也和其他成千上万的狐狸没什么差别。但是，假如你驯服了我，我们就彼此需要了。对我而言，你就是举世无双的；对你而言，我也是独一无二的……”

这是《小王子》里小狐狸对小王子说的话，也是我想对我先生说的话。

遇见我先生，是我在写书这痛苦一年中，最大的幸运。

他在我因疫情被困发病时来到了我的身边，将我从黑暗里拉了出来，给了我数不尽的糖果和世界上最甜蜜的花。我们一起装修我们的家，一起照顾我养的猫猫旺仔和牛奶，也一起面对着亲人的离开。

在我们的婚期定下之后三个月，从记忆里一直护着我的参天大树倒下了。

癌症晚期，医院最好的专家也束手无策，我没办法，我没有办法能救他。

在无数个深夜里，我哭着到天亮，我先生就一直陪着我。在无数个白天，我奔波于医院疲惫不堪，他的爸妈代替我，细心地照顾我的爸爸。

那四个月，漫长又短暂。漫长到每一分钟的痛苦都无限大，大得能将我吞噬殆尽，又短暂得如流星一闪而过，我还没有什么实感他就从我的世界里离开，再也不会回来。

那是天很蓝的一个清晨，我们一起送爸爸离开，他和我说：他是上天派来，替爸爸照顾我的。

他是上天赐给我的礼物，让我在后来几个月被焦虑症折磨时有了活下去的勇气，让我觉得，有人在守望着我，有人在爱着我，我的存在是有意义的。

这一次，又是他，拯救了我。

我们彼此驯服，彼此救赎，我们是彼此的独一无二。

一开始在大纲设定中，许樱的奶奶本应该在那场病中离世，可是我贪心，又不忍心，最终更改了大纲，让许樱最爱的奶奶活了下来。

我做不到的，让许樱做到。

我的遗憾，由她来填满。

在平行时空里的那一天，婚宴酒店的大门打开，我挽着爸爸的手，微笑着，一步一步，走向我最爱的那个他。

3. 小樱桃

沈燃很喜欢叫许樱“小樱桃”，樱桃、樱桃，听起来就甜蜜又可爱。

许樱受过的伤，被沈燃一声一声的“小樱桃”给抚平，治愈。

写这本书的初衷，就在于此。

我们呱呱坠地，生于这个世上的那一刻，都是一样的。

我们一样的柔软完整，一样的弱小脆弱，又一样的天真无邪。之后我们会被世界的风霜浸染，表皮渐渐破碎，出现细小的纹路，小小的纹路会连成一片，脱落成疤。

有的人会就此消亡，有的人会遇到好的工匠，被他们拿起涂料和胶，黏合破碎，修修补补，治愈创伤，给予希望，以全新的面貌，以饱满的勇气，面向未来，面对未知。

就像许樱遇到沈燃。

就像我遇到我先生。

在我们都苍老到满头白发，只剩记忆鲜活时，回首去看。

这会是漫长，又很好的一生。

萧小船
